中华译学馆主倡宗旨

以中华为根译与学并重
弘扬优秀文化促进中外交流
拓展精神疆域驱动思想创新

丁酉年冬月许钧撰 罗卫东书

中华译学馆·中华翻译研究文库

许 钧 ◎ 总主编

文学翻译策略探索

基于《简·爱》六个汉译本的个案研究

袁 榕 ◎ 著

ZHEJIANG UNIVERSITY PRESS
浙江大学出版社

特别感谢电子科技大学外国语学院
翻译研究中心对出版本专著的资助

总　序

改革开放前后的一个时期,中国译界学人对翻译的思考大多基于对中国历史上出现的数次翻译高潮的考量与探讨。简言之,主要是对佛学译介、西学东渐与文学译介的主体、活动及结果的探索。

20 世纪 80 年代兴起的文化转向,让我们不断拓展视野,对影响译介活动的诸要素及翻译之为有了更加深入的认识。考察一国以往翻译之活动,必与该国的文化语境、民族兴亡和社会发展等诸维度相联系。三十多年来,国内译学界对清末民初的西学东渐与"五四"前后的文学译介的研究已取得相当丰硕的成果。但进入 21 世纪以来,随着中国国力的增强,中国的影响力不断扩大,中西古今关系发生了变化,其态势从总体上看,可以说与"五四"前后的情形完全相反:中西古今关系之变化在一定意义上,可以说是根本性的变化。在民族复兴的语境中,新世纪的中西关系,出现了以"中国文化走向世界"诉求中的文化自觉与文化输出为特征的新态势;而古今之变,则在民族复兴的语境中对中华民族的五千年文化传统与精华有了新的认识,完全不同于"五四"前后与"旧世界"和文化传统的彻底决裂与革命。于是,就我们译学界而言,对翻译的思考语境发生了根本性的变化,我们对翻译思考的路径和维度也不可能不发生变化。

变化之一,涉及中西,便是由西学东渐转向中国文化"走出去",呈东学西传之趋势。变化之二,涉及古今,便是从与"旧世界"的根本决裂转向对中国传统文化、中华民族价值观的重新认识与发扬。这两个根本性的转变给译学界提出了新的大问题:翻译在此转变中应承担怎样的责任? 翻译在此转变中如何定位? 翻译研究者应持有怎样的翻译观念? 以研究"外译中"翻译历史与活动为基础的中国译学研究是否要与时俱进,把目光投向"中译外"的活动? 中国文化"走出去",中国要向世界展示的是什么样的"中国文化"? 当中国一改"五四"前后的"革命"与"决裂"态势,将中国传统文化推向世界,在世界各地创建孔子学院、推广中国文化之时,"翻译什么"与"如何翻译"这双重之问也是我们译学界必须思考与回答的。

综观中华文化发展史,翻译发挥了不可忽视的作用,一如季羡林先生所言,"中华文化之所以能永葆青春","翻译之为用大矣哉"。翻译的社会价值、文化价值、语言价值、创造价值和历史价值在中国文化的形成与发展中表现尤为突出。从文化角度来考察翻译,我们可以看到,翻译活动在人类历史上一直存在,其形式与内涵在不断丰富,且与社会、经济、文化发展相联系,这种联系不是被动的联系,而是一种互动的关系、一种建构性的力量。因此,从这个意义上来说,翻译是推动世界文化发展的一种重大力量,我们应站在跨文化交流的高度对翻译活动进行思考,以维护文化多样性为目标来考察翻译活动的丰富性、复杂性与创造性。

基于这样的认识,也基于对翻译的重新定位和思考,浙江大学于2018年正式设立了"浙江大学中华译学馆",旨在"传承文化之脉,发挥翻译之用,促进中外交流,拓展思想疆域,驱动思想创新"。中华译学馆的任务主要体现在三个层面:在译的层面,推出包括文学、历史、哲学、社会科学的系列译丛,"译入"与"译出"互动,积极参与国家战略性的出版工程;在学的层面,就翻译活动所涉及的重大问题展开思考与探索,出版系列翻译研究丛书,举办翻译学术会议;在中外文化交流层面,举办具有社会影响力的翻译家论坛,思想家、作家与翻译家对话等,以翻译与文学为核心开展系列活动。正是在这样的发展思路下,我们与浙江大学出版社合作,集合全国译学界的力量,推出具有学术性与开拓性的"中华翻译研究文库"。

积累与创新是学问之道,也将是本文库坚持的发展路径。本文库为开放性文库,不拘形式,以思想性与学术性为其衡量标准。我们对专著和论文(集)的遴选原则主要有四:一是研究的独创性,要有新意和价值,对整体翻译研究或翻译研究的某个领域有深入的思考,有自己的学术洞见;二是研究的系统性,围绕某一研究话题或领域,有强烈的问题意识、合理的研究方法、有说服力的研究结论以及较大的后续研究空间;三是研究的社会性,鼓励密切关注社会现实的选题与研究,如中国文学与文化"走出去"研究、语言服务行业与译者的职业发展研究、中国典籍对外译介与影响研究、翻译教育改革研究等;四是研究的(跨)学科性,鼓励深入系统地探索翻译学领域的任一分支领域,如元翻译理论研究、翻译史研究、翻译批评研究、翻译教学研究、翻译技术研究等,同时鼓励从跨学科视角探索翻译的规律与奥秘。

青年学者是学科发展的希望,我们特别欢迎青年翻译学者向本文库积极投稿,我们将及时遴选有价值的著作予以出版,集中展现青年学者的学术面貌。在青年学者和资深学者的共同支持下,我们有信心把"中华翻译研究文库"打造成翻译研究领域的精品丛书。

许 钧

2018 年春

序

翻译在中国已经有了几千年的历史,但作为一门学科的翻译研究(translation studies)或翻译学(translatology)在中国则主要是从西方引进的。我们通常所说的翻译研究主要是指从某个特定的理论视角对文学翻译进行的研究,因为文学作品的审美文化含量极高,对译者的要求也最高,其对原作的改写甚至再现空间也最为广阔,因此文学翻译的过程不啻是一个再创作的过程。有鉴于此,文学翻译所引起的批评性讨论甚至争论也最为常见,因为正是这些批评性的讨论甚至争论才使得翻译研究这门学科颇有生气,不断发展完善,并产生出大量的相关专著和论文。袁榕博士的这本专著就是专注翻译策略研究的一部学术著作,基于她的博士论文修改而成。几年前,我有幸应袁榕的导师孙致礼教授邀请,主持了她的博士论文答辩,当时我就觉得她的博士论文超越了一般语言学视角的翻译研究,从语言与文化相结合的跨学科视角入手,聚焦英国文学名著《简·爱》的六个主要译本,通过仔细比照各个译本的成败得失,揭示出隐于其背后的翻译策略以及译者的选择,从而提出了一些颇能引起学界讨论的理论洞见。同时我也指出,这篇博士论文仍有很大的发展和修改空间,因而建议她在答辩后将其修改成专著出版。现在她经过几年的思考和新资料文献的搜集和阅读,又对之做了较大的修改。在这部专著即将提交出版前,她希望我为之撰写一篇序,我想这也是我作为她的博士论文答辩委员会主席所义不容辞的义务。

确实,我们今天研究(文学)翻译,通常从两个视角切入:对比语言学和比较文学,尤其是一些比较文学学者于 20 世纪八九十年代又将其扩展到文化研究的领域,酿成了一股颇具声势的"文化转向",对传统的基于语言层面的翻译研究产生了极大的挑战和冲击,造成的一个结果就是促使翻译研究得以走出语言中心主义的藩篱,逐步发展成为一门相对独立且自满自足的学科。但是在中国的语境下,对翻译的社会文化变革作用的强调从来就没有被学者们忽视。今年适逢五四运动百年纪念,我们从今天的角度来看,甚至可以这样认为,没有翻译,新文化运动至少不会像当时那样轰轰烈烈地爆发。没有翻译,大量国外优秀的文学作品以及人文学术著作就不可能进入中国并启迪国人的思想和观念。有鉴于此,我们今天对翻译的重要性的认识就不能只是基于语言转换的层面,而更应该基于文化阐释、知识生产和传播的层面,以及社会变革的层面。这样看来,翻译的策略就成了译者和研究者无法回避的一个选择。

诚然,翻译策略选择问题应该是文学翻译研究的永恒主题,它贯穿于文学翻译研究过程的始终。正如本书作者所认识到的,作为一种策略选择,译者并非随意的选择,在选择的背后隐藏着深刻而系统的社会文化制约机制,因而在很大程度上制约着译者做出翻译决策。但对翻译策略选择的研究不应仅限于语言层面的比照，而更应具有社会历史的眼光，应将其纳入社会文化研究的宏大视野，同时也应看到译者选择不同的策略在不同历史语境下所发挥的功用，这样的研究才不是孤立地看待翻译行为，才能对译著的评价具有客观公正性。显然，这是作者对自己提出的很高的要求。通过仔细阅读这本书稿，我发现她已经基本达到了这一要求。

袁榕也和当今的许多翻译研究者一样，在步入这一学术殿堂之前，从事了大量的口译和笔译工作，积累了丰富的实践经验，因而当她进入翻译研究学科领域后，稍加补充必要的理论知识，就能游刃有余地进入学术研究的层次：对于新入门的译者而言，这些基于翻译实践的经验之谈使人感到丝毫不脱离实际；而对翻译学研究者而言，从实践的比较中抽象出的结论又不乏一定的理论深度和文化高度。作者清醒地意识到，虽然文化学派研究翻译，注重译文产生的文化背景，主张将翻译与社会的政治、经济和意识形态等多种因素联系起来，但这一流派并不认为翻译研究应脱离语言研究。相反，他们十分重视对语言的本体研究，重视语言与文化之间的密切关系。因为语言毕竟是翻译操作的主要形式，翻译的主旨是文化移植与文化交融，这一切最终都是通过对语言的操控而得以实现的。袁榕的这一认识无疑是正确的。

这本专著以描述性翻译研究为主要方法，以"面向译本""面向功能"为主要导向，选取《简·爱》在中国跨越近一个世纪里出现的六个有研究价值的汉译本为蓝本，深入分析不同历史时期制约译者翻译策略选择的社会文化因素,从意识形态层面、诗学层面、话语世界层面以及语言差异性层面详细论述了这些因素对译者翻译策略选择的制约性。尽管在写作过程中,作者以勒菲弗尔的制约文学翻译策略选择的"四因素"为理论基础,试图分析在不同历史时期制约译者翻译策略选择的社会文化因素,以便结合具体的翻译实例,本着一种客观、公正的态度,探讨译者选择不同翻译策略的根本原因,以及这样的翻译策略在当时的历史语境下所发挥的社会功用,但在实际论述中,作者的倾向性观点也是明显的。

在袁榕看来,翻译策略研究应全面而系统地进行,应有系统的理论作为指导,与具体的历史语境结合起来。翻译策略的研究不能脱离具体的译本研究而抽象地高谈阔论,翻译策略的研究是一个动态发展的过程。综观学术界对《简·爱》翻译策略的研究,可以看出在一定程度上缺乏系统性和全面性。《简·爱》作品本身具有很强的时代意义、丰富的文学艺术价值以及丰厚的文化价值含量,这又增加了《简·爱》翻译的难度,而中国出现《简·爱》复译的热潮又为文学翻译策略选择的研究提供了丰富的研究素材。这种不脱离翻译实践,又不无理论分析的态度应该是我们倡导的严肃的学术研究态度。

多年前,我在专注翻译研究的文化转向的研究之前,就近距离地接触了勒菲弗尔和巴斯奈特这两位"文化转向"的始作俑者,发现这两位翻译理论大家在进入理论研究的殿堂前就已经广泛从事了多语种的翻译实践:勒菲弗尔的母语是荷兰语,但他用母语和英、法语著译的水平都达到了相同的水平,而巴斯奈特这位来自东欧的学者更是娴熟地掌握了东西欧多国的语言,翻译了大量的文学作品,并不像国内有些学者所认为的那样,从事翻译的文化视角研究会忽视语言的因素。因此,认为文化翻译研究者脱离翻译实践是毫无根据的,只是文化研究学派更加彰显翻译的文化因素。对此我们应该有清醒的认识。应该承认,袁榕对文化翻译研究学派的特征的把握是比较到位的。

既然翻译涉及至少两种或两种以上的语言,其间的差异就应该是主要的,这一点尤其体现于文学翻译。诚如作者所言,在文学翻译中,对语言本体的研究与追寻是文学翻译的本质内容。两种语言的差异永恒存在,但两种语言又绝不是相互陌生的,它们对所指事物的相互关联性又注定它们之间存在一定的亲缘关系。因此,语言之间的相互转换无论在意义上还是在形式上都存在很大的可译性。这种可译性的程度多少,是文学翻译家把握的度,也是文学翻译研究永恒的主题。这应该是作者在长期的翻译实践和学术研究中得出的一个令人信服的结论。

在纪念五四运动百年之际,翻译之于中国现代社会文化变革的作用再度成为学者们关注的一个焦点,我本人也在这方面多有著述。确实,在中国的语境中,马克思主义既是一个"翻译过来的"概念,同时又是经过中国的马克思主义者的创造性阐释和发展的一个"中国化"的马克思主义思想体系,因此我们甚至可以这样说,新文化运动之于现代中国的一个重要成果就是将马克思主义引入中国,这同时也预示了其后中国共产党的诞生以及所领导的新民主主义革命的胜利。由此,我们从中不难看出,翻译的巨大作用远远超出了语言层面上的转换,而更是在这两个方面做出了重要的贡献:促进马克思主义的中国化,以及向外传播中国的马克思主义,并且使得经过毛泽东等马克思主义者发展和阐释的中国化的马克思主义得以国际化。同样,用于文学翻译,我们也可以进一步做出这样的推论:翻译将世界文学引入中国,同时,翻译也已经并仍将推进中国文学走向世界。从事这两个方面的翻译,都离不开翻译策略的选择。这样看来,本书兼具了学术价值和实用价值,值得广大读者一读。不知国内同行读者以为然否?

王 宁

2019 年年末于上海

前　言

　　翻译策略是文学翻译必然涉及的一个重要方面。译者翻译策略的选择从总体上来看有两种趋势：一种是以原语文化为中心的翻译策略；另一种是以目标语文化为取向的翻译策略。虽然从表面上看，选择哪一种策略都是译者的自行主张，其实背后隐藏着深刻的社会政治文化因素。

　　本书以文化学派的领军人物勒菲弗尔（André Lefevere）的"改写"理论为理论基础，通过追溯他的翻译理论思想的重要来源——福柯（Michel Foucault）的"话语权力"理论，更深刻地理解勒菲弗尔翻译理论思想中关于权力对翻译的操纵所做的论述。继尼采提出"权力意志"是人存在的本质之后，福柯用权力谱系学的方法分析现代社会新型的权力机制，即作用于"人的身体"的"规训权力"。在福柯看来，权力是一种关系，渗透在社会生活的每一个角落并形成网络关系。在权力关系中，人逐渐失去自主体验和活动能力，成为可操纵和服从与温顺的主体虚构物。由此福柯得出"人之终结"这一令人文科学界震惊的结论。福柯还进一步认为，社会是一个权力运作的系统，它与社会各个层面特定的"话语"结合起来，形成一个缜密的网，驾驭其成员的思维、行动和组织规范。他在质疑科学主义"求真意志"的同时，深刻地指出人文科学与权力紧密相连的本质关系。在人文科学中，知识参与了权力运作策略的制定过程，知识是为权力关系制订一系列规则、标准及规范的实际活动过程。福柯认为，"话语"是获取"知识"的途径，而"话语"不仅是一个语言符号系统，也是与话语实践紧密结合的动态总体。

勒菲弗尔将翻译研究归为文化研究的一部分,看到了目标语社会中"权力"因素对翻译行为的"操纵",为翻译的叛逆行为找到了深层次的根源。他指出,意识形态、诗学和赞助人是主要的权力操纵因素,赞助人的意志代表着目标语社会中占据主流地位的意识形态和诗学观,制约着译者对原语话语世界以及语言差异性的处理。当语言的差异性与目标语社会中的意识形态和诗学观发生矛盾时,往往是后者胜出。他通过对大量翻译现象的研究,发现语言学派致力追求的等值翻译在实际操作过程中是不可能的,译者的翻译策略都是在意识形态层面、诗学层面、话语世界层面做出的语言选择。随着他对文学翻译策略选择问题的深入研究,他完成了对制约译者翻译策略选择的四大因素的研究并做了秩序排列:意识形态、诗学观、话语世界和语言。勒菲弗尔一再重申翻译不是在真空中进行的,两种语言是在两种文学传统的语境下发生碰撞,译者周旋于两种文学传统之间,受目标语社会文化因素的制约,不可能是中立的、客观的,总会打上目标语社会中"权力"因素的烙印。

勒菲弗尔指出,译者的翻译策略选择总是在意识形态、诗学观、话语世界以及语言差异性等四个层面上做出的决策,而其中意识形态和诗学观的影响最大。因此,翻译策略的研究必须与具体的历史语境联系起来。翻译策略不具备规约性,而是具有很强的目的性和时代特征性,译者翻译策略的选择很自然会与一定历史语境下的政治意识形态联系起来,随历史语境的变迁而有所调整变化。

本书以霍姆斯(James Holmes)的描述性翻译研究为主要方法,以"面向译本""面向功能"为主要导向,选取世界经典文学名著《简·爱》在中国跨越近一个世纪里出现的六个有研究价值的汉译本为蓝本,深入分析不同历史时期制约译者翻译策略选择的社会文化因素,从意识形态、诗学观、话语世界以及语言差异性四个层面详细论述这些因素对译者翻译策略选择的制约性。

1847 年,英国文学家夏洛蒂·勃朗特(Charlotte Brontë)发表其成名之作——*Jane Eyre*(汉译名《简·爱》)并引起强烈的反响。在随后一百多年的风云变幻里,《简·爱》历经岁月和风雨的洗礼,但仍然在世界各国盛行不衰,受到世界很多国家众多读者的喜爱与推崇。一百多年过去了,时间的流逝没有减弱它在历史长河中闪烁的耀眼思想光芒,岁月的漂白也没有褪去它在世界文坛发出的璀璨夺目的艺术光芒,《简·爱》成为名副其实的世界经典文学名著。

20 世纪 30 年代,《简·爱》被译介到中国。随后在近一个世纪里,中国掀起了《简·爱》复译的热潮。迄今为止,《简·爱》汉译本已达一百多种,而且复译的热潮至今也未平息下来。不同时代的译本由于政治文化因素的变迁,译者翻译策略的选择也是大相径庭,这种现象为翻译策略的研究提供了丰富的素材。本书选取三个不同历史时期产生的六个具有代表意义的《简·爱》汉译本,结合特定的历史语境,通过分析制约译者选择不同翻译策略的社会文化因素,来探讨文学翻译策略选择的规律以及趋向。

选取《简·爱》汉译本为研究蓝本,首先是因为作品本身具有很强的时代意义。《简·爱》是一部自传体的小说,描述了女主人公简·爱的坎坷人生之路,成功地塑造了简·爱这个自尊、自爱、自强、自立、敢于抗争、勇敢追求自由的新女性形象。在当时英国维多利亚时代"上流社会贵族富豪踌躇满志,神甫教士'神恩'浩荡,等级森严,习俗累累,金钱第一,男权至上"的社会里,理想的女人都是"家庭的天使"①。而作者却塑造了一个长相平凡、身材弱小的女性,公开揭露当时社会的黑暗,鞭笞社会习俗,藐视财产和地位,为妇女不平等的权力大声疾呼,这无疑是英国文学史上一个了不起的创举。

其次,《简·爱》是英国文学史上一笔珍贵的文学遗产,作品本身具有很强的艺术感染力和较高的文学价值。虽然一直以来文学界都把它视为一部现实主义的力作,但作品的语言优美、典雅、富有诗性,给人以美的愉悦和享受,使整部小说充满了散文诗般迷人的色彩。小说不仅酣畅淋漓

---

① 朱虹. 英国小说的黄金时代. 北京:中国社会科学出版社,1997:12.

地表现了人物意识下的深层情感,还以冷峻严肃的笔调对人物心理进行深刻剖析,在一定程度上蕴含着文学创作的现代主义精神。此外,小说故事情节还充满了隐喻式的构思、扑朔迷离的文学意象等,这又使整部作品洋溢着浓郁的浪漫主义色彩。

最后,《简·爱》具有浓厚的文化色彩。小说有六十多处引用《圣经》或借用、化用其中的典故、形象、比喻等,小说的主要情节构思也包含《圣经》故事的隐语。作者从小生长在基督教氛围浓厚的环境里,《圣经》的语言和《圣经》的意象在小说中随处可见。因此,无论从时代意义、文学艺术性还是文化意义方面来说,《简·爱》无疑都是一部思想价值和艺术价值含量非常高的世界经典文学名著。

这样一部无论在思想上、艺术上和文化上都价值厚重的世界经典文学名著,在中国出现盛况空前的翻译、复译热潮也就不难理解了。《简·爱》最早的汉译本是伍光建的《孤女飘零记》,属于节译本。他在1925年完成翻译,但直到1935年才出版。而第一个《简·爱》汉译全译本由当代著名的翻译家、鲁迅先生的学生李霁野翻译并于1935年在中国出版。此后,《简·爱》的翻译经历了一个低谷时期,直到20世纪80年代之后,中国掀起《简·爱》复译的热潮。到目前为止,在一百多种类型各异的《简·爱》汉译本中,全译本有四十多种,其他节译、改写、缩写以及英汉对照版本等更是不可胜数。根据汉译本所产生的时代背景,又可将其划分为三个阶段:第一阶段,1935—1949年,即新中国成立之前;第二阶段,1976年"文革"结束到20世纪80年代末;第三阶段,20世纪90年代至今。

第一阶段的代表是两名译者和他们的译著。一是伍光建和他的《孤女飘零记》。《孤女飘零记》是中国最早的《简·爱》汉译本,虽然该译本由伍光建在1925年就完成了,但直到1935年才被商务印书馆出版。《孤女飘零记》属于节译本,喜欢节译是伍光建的一贯风格。伍光建是稍晚于林纾的翻译家,师从于严复,很早就利用业余时间从事翻译。茅盾在评价伍光建的《孤女飘零记》时,曾这样说道,伍的译本删去了大量不表现人物性格的景物及心理描写,以及他认为与故事结构、人物个性关涉不密切的叙述和议论。"我们需要西洋名著的节译本(如伍先生的工作)以饷一般读者,但是也需要完善的全译本直译本,以备文艺学徒研究。"①

二是李霁野和他的《简·爱》汉译本,这是《简·爱》在新中国成立前第一部也是唯一的一部汉译全译本。李霁野是深受"新文化运动"洗礼并逐渐成长起来的翻译家。1933 年 7 月,李霁野完成《简·爱自传》的翻译。1935 年 8 月 20 日,《简·爱自传》在生活书店出版的《世界文库》第 4 期开始连载。1936 年 9 月,生活书店发行《简·爱自传》的单行本。1945 年 7 月,文化生活出版社出版《简·爱自传》第 3 版,并将书名正式改为《简·爱》。1982 年陕西人民出版社以及 1994 年岳麓书社均再版该译本。李霁野的《简·爱》汉译本符合"新文化运动"时期中国译学界的翻译趣味,并带有那个时代的语言特点——"欧化"的语言,对早期中国读者的影响很大,使《简·爱》在中国广为流传,奠定了《简·爱》在中国翻译文学中经典文学名著的地位。

第二阶段主要有 1980 年由上海译文出版社出版的祝庆英的《简·爱》全译本。祝庆英是我国当代著名的翻译家,她精通英语、西班牙语等,将毕生精力都致力于外国文学翻译事业的发展。她主要的译著有《简·爱》《夏洛蒂·勃朗特传》《教师》《董贝父子》等。祝庆英的《简·爱》汉译本完成于 20 世纪 70 年代,但直到 1980 年才由上海译文出版社出版。当时就发行 300 多万册,是国内最流行的汉译本,受到中国读者的推崇与喜爱。祝庆英的《简·爱》译本多采用直译,虽然在语言表达上不像李霁野那样明显"欧化",但她以原著为中心的翻译策略选择却十分明显。由于该译本诞生于"文革"之后,译者在对原著的阐释以及语言的表达上,仍然留有那个时代意识形态的深深烙印。

第三个阶段是《简·爱》汉译本出现最多的阶段,据不完全统计,仅出现的全译本就达四十多个。虽然汉译本的数量可观,但译文的质量却优

---

① 转引自:王建开. 五四以来我国英美文学作品译介史(1919—1949). 上海:上海外语教育出版社,2003:125.

劣混杂。根据译本的不同译法又可分为三类:第一类是全译本,包括1990年人民文学出版社出版的吴钧燮的《简·爱》汉译本(2016年译林出版社新版,本书引用该版本)、1994年译林出版社出版的黄源深的《简·爱》汉译本、1996年花城出版社出版的宋兆霖的《简·爱》汉译本(2005年中国书籍出版社也出版了该译本,本书引用该版本)、1997年漓江出版社出版的胡建华的《简·爱》汉译本等等;第二类是英汉对照本;第三类是编译本、简译本等。后两类译本更是不计其数,对英语语言的学习,以及文学名著的推广普及,起到极大的促进作用。

本阶段出现了三个较为严肃和具有代表性的《简·爱》汉译本。一是吴钧燮的译本。吴钧燮是人民文学出版社的编审,出版有《托尔斯泰评传》《老人与海》《烦恼的冬天》等译著。二是黄源深的译本。黄源深是华东师范大学的教授,出版有《隐身人》《我的光辉生涯》《惊醒》《道连·格雷的画像》等三十多部译著,黄源深的《简·爱》译本在社会上具有一定的影响力。三是宋兆霖的译本。该译本最初由花城出版社出版,随后有几家出版社相继出版他的译本。宋兆霖是浙江大学教授,同时也是文学翻译家、外国文学专家,出版有《最后的莫希干人》《大卫·科波菲尔》《呼啸山庄》《双城记》等多部译著,主编有《勃朗特两姐妹全集》(10卷)、《狄更斯全集》(32卷)等作品集,发表小说、诗歌、论文等多篇。

本书选取不同时期六个具有代表性的优秀《简·爱》译著作为个案研究,以勒菲弗尔的制约文学翻译策略选择的"四因素"为理论基础,全面而系统地分析在不同历史时期制约译者翻译策略选择的社会文化因素。在研究方法上以描述性翻译研究为主,结合具体的翻译实例,本着一种客观、公正的态度,探讨译者选择不同翻译策略的根本原因,以及这样的翻译策略在当时的历史语境下所发挥的社会功用。

翻译策略的研究应全面而系统地进行,应有系统的理论作为指导,与具体的历史语境结合起来。翻译策略的研究不能脱离具体的译本研究而抽象地高谈阔论,翻译策略的研究是一个动态发展的过程。综观学术界对《简·爱》翻译策略的研究,可以看出其在一定程度上缺乏系统性和全面性。《简·爱》作品本身具有很强的时代意义、丰富的文学艺术价值以及丰厚的文化价值含量,这又增加了《简·爱》翻译的难度,而中国出现《简·爱》复译的热潮又为文学翻译策略选择的研究提供了丰富的研究素材。以一种系统性的理论作为指导,透过《简·爱》在中国出现复译的盛况,研究文学翻译策略的选择具有可行性和必要性。

1972 年,美国翻译理论家霍姆斯首次发表《翻译学的名与实》("The Name and Nature of Translation Studies")一文,提出翻译学研究的范围,描绘出该学科的构架。霍姆斯将翻译学定义为实证学科,将翻译学分为纯翻译研究和应用翻译研究。纯翻译研究有两个主要目标:一是描述我们经验世界中出现的与翻译和翻译作品有关的现象;二是建立能够解释和预测这些现象的普遍原则。第一个目标指的是描述翻译研究,这一分支与实际的翻译现象关系密切,它可分为面向译本、面向过程和面向功能三大类。面向译本的描述翻译研究,是对翻译个案研究的描述,或者说是以文本为导向的描述,是历时和共时的研究;面向过程的翻译研究,涉及翻译这一行为发生的过程或行为本身的研究;面向功能的翻译研究关注译者实施翻译行为与目标语文化的互动关系,注重文本在目标语文化中所发挥的功能。第二个目标指的是理论翻译研究,即运用描述翻译研究的成果,结合相关领域和科学信息,解释和预测翻译现象,其终极目的是建立一种充分而全面的理论,以解释和预测与翻译作品相关的所有现象。霍姆斯将应用翻译学分为翻译教学、翻译政策和翻译批评三个部分。

描述翻译研究着重描述译本在何种情况下被选择,译者采取了何种翻译策略,为什么选择这样的翻译策略,以及这样的翻译策略在目标语社会中发挥出怎样的社会功能等。翻译理论研究利用描述翻译研究的成果,加上相关学科的理论,解释和预测翻译过程及翻译产品的原则以及翻译理论的模式等;翻译理论研究离不开描述翻译研究中获得的全面而具体的数据。霍姆斯在最后还指出:描述翻译学、理论翻译学和应用翻译学三者是"一种辩证互动的关系","任何一个分支都为其他两部分提供材料并利用它们的研究成果。"①

以描述性的方法进行翻译研究,将翻译研究纳入全球化时代文化研究的范畴无疑具有重大意义,这也是当今国际学术界的前沿课题。翻译本身涉及两种文化的互动和构建,从这方面来讲,巴斯奈特(Susan Bassnett)和勒菲弗尔提出"翻译是一种文化构建",将翻译研究提高到了更高、更广阔的理论研究层次。

说到描述性翻译研究,学术界可能会有一种误解,认为这种研究只谈"描述",而不做任何价值判断。勒菲弗尔在《文学翻译:比较文学背景下的理论与实践》一书中特别强调指出,这些研究"不可指示未来的译者如何翻译;它们只能让译者认识到问题的所在,认识到必须找到解决的办法。既可以用过去成功的策略实例,也可以用过去失败的实例来引导译者。译者可以决定仿效前者,避免后者"②。基于勒菲弗尔这样的观点,本书在进行描述性研究的基础之上,还会进一步探讨"问题的所在",同时做出一定的价值判断。

本书的篇章结构如下:

绪论部分是对中西方翻译策略研究的追溯与回顾,对《简·爱》翻译策略研究现状的概述。

第一章着重介绍福柯话语权力理论的基本内涵,勒菲弗尔在充分汲取福柯话语权力理论的合理成分的基础上,将翻译研究纳入历史文化的语境,将翻译行为视为一种文化互动关系,看到目标语文化中"权力"因素对翻译行为的影响。因此,他认为译者翻译策略的选择并不是一种自主行为,而是在权力网络中的一种主体遗失,译者必然会受到各种权力因素的制约。勒菲弗尔通过对大量翻译现象的研究,找到了影响译者翻译策略选择的"四因素",即意识形态、诗学观、话语世界以及语言差异性。本

---

① 陈德鸿,张南峰.西方翻译理论精选.香港:香港城市大学出版社,2003:112.

② Lefevere, A. *Translating Literature*: *Practice and Theory in a Comparative Literature Context*. Beijing: Foreign Language and Research Press. 2006:12.

书对译者翻译策略选择问题的探讨就是从这四个方面着手进行的。

第二章着重论述意识形态对译者翻译策略选择的影响。毫无疑问，翻译与政治关系密切，翻译是一种政治行为，政治是意识形态的核心内容。本章着重通过对意识形态概念、功能等方面的论述，通过对《简·爱》汉译本的历时研究，分析不同时代的主流意识形态是如何制约译者翻译策略选择的。

第三章着重分析目标语社会的诗学观对译者翻译策略选择的影响。一个民族的诗学观，是该民族文学观的一部分，即这个民族的文学样式、文学主题以及文学手法等方面的总括。文学翻译不仅局限于原文信息内容的传达，还涉及原文语言附载的审美、情感等艺术特质的传达与再现。将原著转换成目标语文学作品，译者必然受到目标语文学传统的影响，译者在做出翻译策略的选择时，目标语诗学观发挥出重要的制约作用。

第四章着重分析话语世界对译者翻译策略选择的影响。不同的话语世界之间在物体、概念以及文化习俗等方面存在巨大的差异，这些差异制约着译者翻译策略的选择。文学作为一种艺术形式，积淀了一个民族深刻的社会文化意识和民族意识，译者的翻译策略选择折射出其对待不同话语世界的态度。

第五章着重分析英汉两种语言的差异对译者翻译策略选择的影响。英汉两种语言分属不同的语言系统，无论在语音、词汇或句法层面上均存在较大的差异，翻译作为两种语言的转换过程，必然涉及很多棘手的语言问题。本章着重从两种语言在音韵修辞格、词义修辞格以及句法结构等方面的差异性入手，比较分析译者在面对这三方面的差异时做出的翻译策略选择，分析语言差异性对译者翻译策略选择的制约。通过分析与研究，指出一些好的翻译策略可为后来的文学翻译带来的启示及引领作用。

在结语部分，本书得出这样的结论：在文学翻译中确实可以看出勒菲弗尔的"四因素"对译者翻译策略选择的影响。目标语社会中占据主流地位的意识形态以及诗学观操纵着翻译的"改写"过程，当目标语社会十分强调文学的意识形态时，意识形态对译者翻译策略选择的制约性会显得特别明显。当目标语社会对意识形态意识较为淡化时,意识形态的影响就会退居其次。而这个时候诗学观、话语世界以及语言差异性的问题就会变得突出。在不同的时代,这四个因素的重要性会做相应的变化。翻译策略的研究属于文化研究的范畴,具有一定的复杂性和多变性,它不应具有规约性,而是具有很强的目的性和时代特征性,翻译策略的研究应与一定的历史语境密切结合并与时俱进。在当今全球化时代,促进世界多元文化共生成为一种时尚的理念,尊重差异、体现差异的翻译策略更应该成为这个时代的主流策略选择。

目　录

绪　论

纵观人类翻译的历史,不难发现关于翻译策略的研究一直是翻译研究的重要内容。在西方,早在古罗马时代,西塞罗(Marcus Tullius Cicero)就提出"解释员"和"演说家"式的翻译法,从而开启了西方最早关于翻译策略的研究。随后西方翻译研究从最初的"方法"到"策略"的研究经历了漫长的历史过程。在中国,自佛经东渐,开始大规模翻译之时起,就有"文"与"质"之争,蕴含着最早关于"直译"与"意译"方法的辩论。随后中国翻译策略的研究与西方翻译策略的研究同样经历了漫长的历史,直到 21 世纪对翻译策略的研究仍然是翻译研究的重要部分。本书以世界经典文学名著《简·爱》六个汉译本为蓝本,通过对比与分析译者翻译策略的选择来探讨文学翻译策略的问题。

列维(Jiri Levy)在其著名的《翻译是作决策的过程》("Translation as a Decision-Making Process")一文中指出,翻译包括一系列的步骤,每个步骤都会涉及一次选择,翻译过程是译者不断进行决策的过程。这意味着译者需要决定采取什么样的策略与方法来完成翻译任务。所谓策略,在《辞海》中的解释与战略等同,表示一种带全局性或决定全局的策划。由于策略需要"依据敌对双方军事、政治、经济、地理等因素,照顾战争全局的各方面、各阶段之间的关系,规定军事力量的准备和运用",因而与当时的社会历史环境密切相关。翻译策略的定义比较宽泛,同时在实际的运用中,经常与翻译方法、翻译技巧混为一谈。本书认同翻译策略主要有两方面的含义:一是选择要翻译的文本;二是采取适当的方法来翻译。①
也就是说,翻译策略蕴含着具体的翻译方法或翻译技巧。

一、西方的翻译策略研究

西方国家有着悠久的翻译历史,西方文明的发展、繁荣也应归功于翻译的兴起与发展。从古罗马时代起,西塞罗就提出"解释员"和"演说家"式的翻译方法。西塞罗厘定的这两种翻译方法,实际上开启了西方翻译历史上关于"直译"与"意译"之争的先河。此后贺拉斯(Quintus Horatius Flaccus)在《诗艺》中提出,"忠实原作的译者不会逐字死译"②。这句话成为活译与意译用来批评死译与直译的至理名言。

在西方翻译史上,《圣经》的翻译占据着重要的地位。关于《圣经》的翻译策略,在西方出现过两种不同的主张:一是奥古斯丁(St. Augustine)主张直译法;二是哲罗姆(St. Jerome)主张翻译《圣经》应采取字字对译(word for word)法,而文学翻译则应采用"意译"法。他把二者的关系称为"互补"关系并承认自己"有时直译,有时也意译"③。这样在早期的西方翻译史上形成以西塞罗和贺拉斯为代表的"意译派",以奥古斯丁为代表的直译派,以及以哲罗姆为代表的折中派。

在中世纪的西方翻译史上,尽管也络绎不绝地涌现出许多翻译理论家,他们也提出过一些很有洞见的翻译主张,但都没有突破早期的这些模式,直到文艺复兴时期才出现真正的飞跃。14世纪文艺复兴在意大利兴起之后,15世纪逐渐蔓延到欧洲各国。在这一期间,德国翻译家马丁·路德(Martin Luther)提出的翻译策略主张蕴含着最初的"归化"(domestication)意味。他说,"真正的翻译是把外国语变成译者的本族语

① Baker, M. *Routledge Encyclopedia of Translation Studies*. Shanghai: Shanghai Foreign Language Education Press, 2001:285.
② 谭载喜. 西方翻译简史. 北京:商务印书馆,2000:26.
③ 谭载喜. 西方翻译简史. 北京:商务印书馆,2000:33.

言","翻译中必须使用地道的德语,而不用拉丁化的德语"①。英国的查普曼(George Chapman)对翻译理论研究也很有见地,他反对逐字对译并将逐字对译列为"死译"的范畴。西方文艺复兴时期,翻译的一个最大特点就是开始强调译入语应该具有本土的语言特点,也就是说译入语应该向目标语读者靠拢。

17、18世纪时,欧洲学术理论界受科学主义"求真意志"(the Will to Truth)的影响至深,使翻译理论研究也蒙上显著的"求真"特点。泰特勒(Alexander Tytler)提出的"翻译三原则"就具有这个典型的特点,泰特勒的翻译三原则是以"忠实"为根本前提,也就是说译作应在内容、风格上忠实原作,同时还要忠实原作的通顺。

19世纪时,德国学者施莱尔马赫(Friedrich Schleiermacher)在《论翻译的不同方法》("Ueber die versschiedenen Methoden des Uebersetzens")一文中提出对后世影响深远的"翻译的两条途径"。施莱尔马赫认为,要帮助目标语读者正确而完整地看懂原作,译者可以采取两条途径:"一是尽可能不打扰原作者的安宁,让读者去接近作者;另一个是尽可能不打扰读者的安宁,让作者去接近读者。"②施莱尔马赫认为两种途径彼此截然不同,因而无论采取哪一种途径都必须坚持到底,如使二者混淆,势必产生不良后果。③ 第一种途径,是把读者送到陌生的原作发源地,读者根据译者提供的语言形式,去理解原作的真正含义,这是一种向原作靠拢的翻译策略;第二种途径,是让外国作者像本国作者那样说话、写作,也就是说译者需要将原作的语言通过翻译变成地道的目标语语言,以便于目标语读者的阅读埋解,这是一种向目标语读者靠拢的翻译策略。"前一种方法就是我们说的'异化',后一种方法就是我们说的'归化'。译者可在两种方

---

① 谭载喜. 西方翻译简史. 北京:商务印书馆,2000:81.

② Munday, J. *Introducing Translation Studies: Theories and Applications*. London & New York: Routledge, 2001:28.

③ 陈德鸿,张南峰. 西方翻译理论精选. 香港:香港城市大学出版社,2000:25.

法之间进行选择。"①施莱尔马赫主张异化的翻译策略,他强调要刻意保留原语的文化特征,保留原作的异国情调。

进入 20 世纪之后,翻译理论研究进入一个新的里程。新的翻译理论思想涌现,翻译理论大家迭出,各种翻译流派纷呈。作为解构主义的杰出代表,韦努蒂(Lawrence Venuti)从德里达(Jacques Derrida)那里受到启发,他承认不同语言文化之间的差异以及翻译既是不可译的又是不可或缺的悖论,呼吁通过强调一种异化的翻译策略来结束译者的隐身状态,从而弘扬译者的主体性和创造性的建构。他通过对西方翻译史的追溯,"考察了从 17 世纪到当代的西方翻译,揭示了'通顺的翻译'策略一直在西方翻译史上占据主导地位,其根本原因是要以西方的意识形态为标准,在英语中形成一种外国文学的规范"②。韦努蒂认为,从德南姆(Sir John Denham),到德莱顿(John Dryden),再到泰特勒,他们都主张"通顺"的翻译策略。通顺的翻译一味追求译文的自然与流畅,因此,这种翻译策略能有效地归化异国文化,给读者造成一种假象,即他们阅读的作品就是外国文本。韦努蒂认为,这种主张把翻译看成是恢复外国作家所要表达的意义,而意义的转换又不受不同文化背景中的规范和价值观的影响。这种"透明"的翻译使译者"隐身",其主体地位得不到彰显,翻译也相应地被视为"次等的""从属的"活动。

韦努蒂提出一种反对译文通顺的"抵抗"(resistancy)式翻译策略,这是一种"异化"(foreignizing)的翻译策略。这种策略首先承认不同文化之间的差异,并要求在翻译中表达出这种差异。译者永远不能,也不应该抹杀掉这些差异。译本应该是目标语读者了解外国文化的场所,他所主张的"抵抗"式翻译策略就是要保留外国文本的差异性和陌生性。韦努蒂提倡的这种翻译策略是施莱尔马赫所主张的"异化"翻译策略,这种翻译策略提倡译文的表达向原语靠拢。因为,通过这种策略选择,可以有效地吸

① 郭建中. 当代美国翻译理论. 武汉:湖北教育出版社,2000:192.
② 郭建中. 当代美国翻译理论. 武汉:湖北教育出版社,2000:188.

收外国语言的表达方式,达到丰富目标语语言文化的目的。韦努蒂认为,异化翻译"致力于抑制翻译的民族中心主义暴力,是对当今世界事务的一个策略性的文化干预,是用来针对英语国家的语言霸权主义和在全球交往中的文化不平等状态,是对民族中心主义、种族主义、文化自恋主义和文化帝国主义的一种抵制,有利于在全球地域政治关系中推行民主"①。作为异化翻译策略的支持者和鼓吹者,韦努蒂在批判西方强势文化对翻译的归化策略的同时,还从自己的翻译实践出发,着手构建一种后殖民主义的抵抗式的异化翻译策略,以抵抗归化对弱势语言文化的暴力和打压。② 因而在韦努蒂看来,异化的翻译策略不仅仅是一种翻译途径,而是蕴含着深刻的文化批判和解构主义的意义。

在 20 世纪,与这种翻译思潮背道而驰的是奈达(Eugene A. Nida)的翻译理论思想,他被学术界公认为是归化翻译策略的代表人物。他提出的"动态对等"(dynamic equivalence)原则,即译语"与原语最切近而又自然的对等"③,成为许多译者恪守的至理名言。奈达认为译文语言应自然流畅,为了便于目标语读者的理解,还可用目标语中与原语具有"功能相等"的文化信息代替。由于奈达的"动态对等"强调反应对等,即目标语读者在阅读译文时应产生与原文读者一样的感受,是一种以目标语读者的接受为中心的翻译策略,因而具有强烈的"归化"色彩。在后期奈达又提出"功能对等"(functional equivalence)的翻译思想,其本质与内涵不是追求两种语言表面的刻板对应,而是要实现两种语言在功能上的对等。据此,奈达认为"意义是重要的,形式是其次"④。这种以目标语和目标语文本为归依,以译文和译文读者为中心的翻译策略,深深地打上归化翻译策略的浓重色彩,并对西方的翻译理论思想影响深远,在 20 世纪西方的翻

---

① Venuti, L. *The Translator's Invisibility: A History of Translation*. Shanghai: Shanghai Foreign Language Education Press,2004:20.
② 王宁. 翻译研究的文化转向. 北京:清华大学出版社,2009:96.
③ 王宁. 翻译研究的文化转向. 北京:清华大学出版社,2009:45.
④ 郭建中. 当代美国翻译理论. 武汉:湖北教育出版社,2000:74.

译理论史上,一直占据重要地位。

实际上,早在 18 世纪就有学者提出翻译应该尊重原语文本的异质成分,这种思想在 19 世纪乃至整个 20 世纪的西方翻译理论中,虽然没有占据主流地位,但一直都如一股强劲的潜流而持续地存在着。例如,纳博科夫(Vladimir Nabokov)就极力主张翻译应采取直译方法,甚至应达到字字对译的地步,将主张异化翻译策略推向了极致。可以这么说,20 世纪西方译坛几乎都处于究竟是选择归化翻译策略好还是异化翻译策略好的热辩之中。20 世纪中期之后,目的论(skopos theory)学派的出现,使翻译策略的研究有了新的转机。弗米尔(Hans J. Vermeer)是这个学派的首倡者,他认为翻译是一种行为,而任何行为皆有目的。因此,翻译要受到目的之制约,衡量译文的标准不是"忠实",而是能否达到预期的目的,目的总是决定性的标准。另一位目的论的代表诺德(Christiane Nord)则进一步发展了弗米尔的理论,她认为,"译文的功能并非由分析原作而自动得出,而是由跨文化传译中的目的所确定。译者不是要制作与原文等值的译文,而是要制作能发挥(由策动者的需要决定的)预期功能的译文"①。目的论是翻译的行为论,这种理论暗示译者的翻译策略选择带有很强的目的性,同时也应与一定的历史文化语境结合起来,才能发挥出译文预期的作用。

20 世纪 70 年代以后,翻译研究逐渐呈现出多元化的趋势。在这些理论或流派之中,值得一提的是多元系统理论,该理论由以色列学者埃文-佐哈尔(Itamar Even-Zohar)提出。佐哈尔在俄罗斯形式主义提出系统概念的基础之上开启系统研究的方法,来解决翻译理论以及希伯来文学的历史结构等相关问题。在佐哈尔看来,各种符号现象,如文化、语言、文学、社会等可视为若干不同系统组成的多元系统,它们之间相互交叉并互为依存,构成一个有组织的整体而运作。整个多元系统维持着一种持续

---

① 转引自:陈德鸿,张南峰. 西方翻译理论精选. 香港:香港城市大学出版社,2000:85.

的、动态的发展状态。在这个多元系统中,处于中心地位的成分试图维持现状,而处于边缘地位的成分力争走向中心。因此,系统中的各成分始终处于斗争状态。佐哈尔把翻译行为与文化的强势与弱势联系起来,研究和探索决定和影响翻译文本的各种因素,其实质是研究目标语文化对外国文学的接受以及翻译文学对目标语文化文学的影响。

多元系统论还认为,某个时期翻译文学在一个文化文学系统中的地位决定译者如何选择翻译策略。在以下三种情况下,译者最有可能选择异化翻译策略:一是新兴文学从古老文学中寻求现成的文本类型;二是弱国文学被强国文学的光芒遮盖时;三是古老的、基础坚固的模式难以获得,只有通过翻译引入新的观念来弥补。而在其他情况下,译者可能选择归化翻译策略以维持传统模式。多元系统理论为翻译研究开辟了一条描述性的、动态的研究方法。传统的翻译理论仅拘泥于文本之间的对等关系问题,而多元系统理论则把翻译视为多个系统,目标文本不再是孤立的现象,而只是系统中一个成分,翻译程序受到目标语多元系统中各种因素的制约。

多元系统理论的产生,给翻译研究带来了拓展性的变化,直接导致另一个学派——文化学派的产生。以多元系统理论进行翻译研究,凸显出翻译在文化演进中起着举足轻重的作用。翻译远非一种处于边缘的活动,相反,它一直是一股塑造和左右目标语文化的主要力量。把翻译文学置于目标语文化语境中进行研究,将政治、意识形态、经济、语言、文学作为与翻译文学并存的系统,会对翻译文学产生深刻的影响,并推动翻译研究的“文化转向”。1990 年,文化学派的领军人物巴斯奈特(Susan Bassnett)和勒菲弗尔(André Lefevre)为他们共同编写的《翻译、历史和文化》(*Translation*, *History and Culture*)论文集撰写《导言:普鲁斯特的外祖母与〈一千零一夜〉:翻译研究的“文化转向”》(“Introduction: Proust's Grandmother and the Thousand and One Nights: The ‘Cultural Turn’ in Translation Studies”),正是在这篇导言中,他们正式宣称翻译研究的文化转向,对国际译学界产生了重大的影响。

　　文化学派提出翻译研究的文化转向,打破了传统的翻译研究语言学模式而将翻译研究上升到一种文化反思的高度,这一翻译史上新的里程碑的树立,使西方翻译研究逐渐被纳入广阔的社会文化背景中,成为文化研究的一个重要组成部分。对翻译策略的研究也更多从文化研究的视角入手,从目标语社会文化中去找寻制约译者翻译策略选择的根本原因。20 世纪 80 年代出现的后殖民主义翻译理论无疑是一种最具革命性和解构性的文化批判理论思潮。这种理论思潮似乎较少关注翻译学本身以及两种语言的转换问题,而更多关注对帝国主义文化霸权的消解与批判,他们将批判的触角伸入文学和文化批评中,也将批判的触角伸入翻译理论研究之中。

　　后殖民主义思潮最具代表性的人物首推斯皮瓦克(Gayatri Chakravorty Spivak),她在其著名的《翻译的政治》("The Politics of Translation")一文中指出,"一切翻译都不只是语言文字上的转换,而是充满了政治和意识形态等文化批判意义。尤其是将第三世界妇女作家的作品翻译成帝国主义的霸权语言时就更是如此"①。根茨勒(Edwin Gentzler)和铁莫志科(Maria Tymoczko)认为,翻译研究的文化转向之后,翻译研究的中心应转移到"权力"上来。因此,到 20 世纪末,翻译研究又实现了"权力转向"(power turn)。翻译研究的"权力转向"使翻译研究自"文化转向"之后,又向前迈进了一大步。翻译研究的这个新转向不仅是对传统翻译理论致力追求的"忠实"神话的一次彻底解构,也使在背后操纵译者翻译策略选择的"权力"因素凸显出来。另一位后殖民主义翻译理论的代表是巴巴(Homi Bhabha),他所主张的"混杂"(hybridity)文化策略,试图通过混杂和含混的策略使原作失去其本真性,"原作的整体性被消解成碎片,译者的任务就是在这碎片之中提取最为接近原作的成分加以重新组合,最终构建一种新的东西"②。这种策略从文化层面消解了

① 王宁. 翻译研究的文化转向. 北京:清华大学出版社,2009:133.
② 王宁. 翻译研究的文化转向. 北京:清华大学出版社,2009:149.

以语言为中心的逻各斯中心主义,对翻译研究的文化转向起到了推波助澜的作用。

文化学派的两位领军人物巴斯奈特和勒菲弗尔对 20 世纪翻译研究的发展与深化可以说功不可没。他们发出翻译研究"文化转向"的呼吁,使翻译研究更加关注影响翻译活动的外部因素,特别是意识形态等权力因素对翻译活动的操纵。翻译研究与后殖民主义理论联系起来,翻译研究越来越具有强烈的政治倾向。在这个时候,勒菲弗尔提出翻译是一种"改写",而"改写"要受到包括意识形态、诗学,以及赞助人等"三要素"的制约。而译者翻译策略的选择是在四个层面上做出的:意识形态、诗学观、话语世界以及语言差异性等,从而将翻译策略的研究推向一个崭新的高度,这也就是本书着重要讨论的制约译者翻译策略选择的"四因素"。

二、中国的翻译策略研究

一般认为从佛经在中国开始被大规模地翻译起,就有关于佛经翻译的历史记载。在翻译佛经涉及具体的方法时,译经僧人支谦提出翻译佛经的宗旨是,"因循本旨,不加文饰"[1]。这个观点实际上与中国古典文学、美学传统理论密切相关。他提出的"信"与"美"、"文"与"质"等概念源于先秦时期中国传统的文艺观和美学观。另一个佛经翻译家道安提出"案本而传""五失本""三不易"的翻译原则,实际上是主张直译(偏于质)法。鸠摩罗什是意译(偏于文)的代表,他的翻译标准是,"只要不违背原本经义并且能传达经旨(意)的情况下,对经文字做一些增加或删减,都是可以的"[2]。鸠摩罗什认为,在翻译中做一些增减是必要的,这样能有助于文意更好地传达。如果死扣文句,反而损坏文意。鸠摩罗什所主张的翻译方法与中国古代思想家提出的"轻言重意"和"言简意丰"的文艺理论思想不谋而合。

---

① 王克非. 翻译文化史稿. 上海:上海外语教育出版社,1997:45.
② 王克非. 翻译文化史稿. 上海:上海外语教育出版社,1997:53.

在近代中国，翻译事业开始系统地、有目的地进行。晚清时期严复在《天演论》的序言中提出"信、达、雅"的翻译标准，这个具有历史意义的翻译标准深深地影响了中国文学翻译一百多年的历史。严复的"信、达、雅"翻译标准从中国传统的文艺美学观中汲取养分，他在序言中申明，他的"达旨"式的翻译，意在"取便发挥"，而不斤斤于"字比句次"。虽然严复本人将"信"的标准放在首位，但是通篇考察他的《天演论》汉译本，随处可见他对原文的增删，并还"加入自己的话来发挥原文之意，甚至对原书'所引喻设譬，多用己意更易'"①。严复本人是桐城派的成员，这一流派注重古雅的文风，对严复的影响至深。因此，严复在翻译《天演论》时，无形中也追求汉语语言古雅之风格。严复的"信、达、雅"翻译标准成为中国一百多年来翻译的至高标准，影响着一代又一代的翻译家和翻译理论家。

在当代中国翻译理论界，傅雷提出的"神似"观以及钱锺书的"化境"说，可以说是在严复厘定的翻译标准基础之上发展而来的。在这种翻译的标准下，译者自然会竭力向目标语文化靠拢，选择一种使译语自然流畅的归化翻译策略。用茅盾的话来说，是用"纯粹的祖国语言"，用钱锺书的话来说，是"不因语文习惯的差异而露出生硬牵强的痕迹"。纵观中国漫长的翻译历史，长期以来归化的翻译策略占据着主流地位，这种强劲的势头一直持续到 20 世纪末。

在中国现当代翻译史上，与这股主流翻译思想背道而驰的是鲁迅提倡的"硬译"以及"宁信而不顺"的观点，这个观点代表着中国异化翻译策略的主张。关于"硬译"，鲁迅曾这样说道，"我的译作，本不在博读者'爽快'，却往往给以不舒服，甚而至于使人气闷，憎恶，愤恨"②。至于为什么这样做，他认为翻译要达到的目的，首先在于"移情"和"益智"，而"这样的译本，不但在输入新的内容，也在输入新的表现法"③。鲁迅主张"欧化"的

---

① 王克非. 翻译文化史稿. 上海：上海外语教育出版社，1997：45.
② 罗新璋. 翻译论集. 北京：商务印书馆，1984：89.
③ 罗新璋. 翻译论集. 北京：商务印书馆，1984：89.

翻译策略并不是空穴来风,而是在中国当时兴起"新文化运动"之际,他希望能借他山之石以攻玉,通过选择一种"求异"的翻译策略,将中国传统文化中缺少的异质性和斗争性输入进来,达到先"求异"再"求同"的目的。同时这样也能为汉语语言"输入新的表现法",改进汉语在文法、句法上的不精密。显然鲁迅是希望通过译者翻译策略的选择来达到改造民族文化的目的,正如他所强调的那样,引进异质文化,就要像普罗米修斯(Prometheus)似的"从别国里窃得火来",以利于中国文化的发展。①

在鲁迅等一批先进知识分子的带动下,不少翻译家试图从外国文学作品中汲取营养,以达到丰富汉语、弥补汉语语言不完善的目的。因此,在"新文化运动"之后,异化的翻译策略曾盛极一时。瞿秋白从语言的角度说明异化翻译策略对创建新的白话文的意义,他认为翻译应输入新的表现法,帮助我们创造新的字眼、新的句法。在随后近二十年的时间里,在鲁迅、瞿秋白等人的积极倡导下,很多翻译家有意识地采取异化翻译策略,汉语也由此吸收大量的西语词汇,引进很多西语句法结构,最终促进中国白话文走向成熟并不断发展。

但鲁迅提倡的"宁信而不顺"的翻译策略,也带来一些负面影响,"导致了一定程度上生硬的翻译风"。因此,从 20 世纪 30 年代起,"中国译坛出现一个'逆反应'现象,归化法再次占据主导地位"②。最著名的是张谷若,他提出"地道的原文地道的译文"观点。张谷若的翻译带有浓郁的"中国味",他在翻译英国文学家哈代(Thomas Hardy)的《还乡》(*The Return of the Native*)、《德伯家的苔丝》(*Tess of the D'Urbervilles*)等作品时,大量使用汉语成语,特别是四字结构,并且在译文中采用中国地方方言来传译英国地方方言。朱生豪在《莎士比亚戏剧全集》的译者序言中,在谈到自己翻译莎士比亚(William Shakespeare)作品的体会时,明确提出翻译策略不能"逐字逐句对照式之硬译",提倡保持原作的"神味"和"神韵"。

①　罗新璋. 翻译论集. 北京:商务印书馆,1984:89.
②　孙致礼. 中国的文学翻译:从归化趋向异化. 中国翻译,2002(1):41.

他将莎士比亚的无韵诗译成散文体,"力求于最大可能之范围内,保持原作之神韵,必不得已而求其次,亦必以明白晓畅之字句,忠实传达原文之意趣"①。孙致礼在总结朱生豪采取归化翻译策略的主要表现时,指出朱生豪翻译莎士比亚的作品具有两个特点:"一是遇到原文与国情不合之处,往往加以改造,或者干脆删除,务求读来顺眼;二是原文与中国语法不合之处,往往'不惜全部更易原文之结构,务使作者之命意豁然显露。'"②傅东华也是这种归化翻译策略的践行者,他在翻译美国小说家米切尔(Margaret Mitchell)的长篇小说《飘》(*Gone with the Wind*)时,将归化翻译策略推向另一个极致,他甚至将小说的人名、地名均用中国化的人名、地名代替,并将原著中他认为与故事情节联系不太紧密的大量心理描写部分删除。他的译著也因其语言的晓畅明快、故事情节紧凑而扣人心弦等特点,吸引了一代又一代的中国读者。傅东华的译著确实堪称"仿佛是用本国文字而写",但随着时代的发展,译者选择这种极端"归化"的翻译策略是不是能真正满足当今时代读者对外国文学作品的审美期待呢?

在新中国成立之后近二十年的时间里,中国文学史上曾掀起过外国文学翻译的高潮。这个时期的翻译工作有一个明确的宗旨:"为革命服务,为创作服务。"苏联和其他社会主义国家的文学受到了特别的重视,文学翻译主要依据"政治"与"艺术"两个标准,提倡"洋为中用"的文艺理论政策。在这十多年里我国翻译界再度出现寻求"异化"的倾向,例如董秋思在翻译狄更斯(Charles Dickens)的《大卫 · 科波菲尔》(*David Copperfield*)时,完全采用直译手法,几乎到达"字字对译"的地步。由于这样的译文读起来比较生硬、佶屈聱牙,受到很多舆论的批评,由此直译法更加受到轻视。20 世纪 50 年代,卞之琳翻译莎士比亚名剧《哈姆雷特》(*Hamlet*),这是我国莎士比亚戏剧翻译的一个巨大突破。1959 年卞之琳在他的《十年来外国文学翻译和研究工作》一文中,提出翻译应"从内容到

---

① 陈福康. 中国译学理论史稿. 上海:上海外语教育出版社,1992:334.
② 孙致礼. 中国的文学翻译:从归化趋向异化. 中国翻译,2002(1):41.

形式""全面求信"的主张。他在文章中指出,"内容借形式而表现,翻译文学作品不忠实原来的形式,也就不能充分忠实原有的内容,因为这样也就不能恰好地表达原著的内容"①。虽然卞之琳选择异化翻译策略受到很多翻译家和翻译理论家的推崇与赞赏,而且其翻译的莎士比亚作品在中国翻译文学史上也占据重要的一席,但是在新中国成立之后近二十年的时间里,主张异化翻译策略的声势还是明显弱于主张归化翻译策略的声势。

　　20世纪中叶,主张归化翻译策略的声势变得更加浩大。1954年8月,茅盾在全国文学翻译工作会议上做了《为发展文学翻译事业和提高翻译质量而奋斗》的纲领性报告,之后,翻译界更是掀起了一场消除"翻译腔"的运动。在这个时期,对我国文学翻译产生重大影响的是傅雷和钱锺书两位老一辈翻译家。傅雷毕生追求"神似"而不求"形似",他认为"理想的译文仿佛是原作者用中文写作而成"。这样的翻译思想,对中国文学翻译产生了极其深远的影响。钱锺书提出的"化境"说,其根本是翻译"不能因语文习惯的差异而露出生硬拗口的痕迹,又能完全保存原作的风味"。在这种翻译思想的影响与启发下,许多译者都将追求译文语言的自然流畅,译文读起来仿佛是用中文写作而成作为翻译所追求的理想境界。在此期间,中国的文学翻译史上也确实出现过许多优秀的外国文学译著,其中杨必翻译的萨克雷(William Makepeace Thackeray)的《名利场》(Vanity Fair)在中国翻译文学史上占据了无与伦比的地位。杨必在译著中使用的语言自然流畅,被评论界认为译文的语言自然流畅达到宛如行云流水的地步。杨必主要采用归化翻译策略,致力于追求汉语表达的简洁晓畅。她在译著中频繁改变原著的句子结构,例如,打破原著的句法结构,难免破坏原著的语言逻辑条理;用中国的文化观念代替外国文化难免存在"文化失真"的问题。近年来,她的译著受到一些评论的质疑,有评论认为她的译著太过于追求译入语的自然流畅,而有些冲淡外国文学作品中的"异国风情"。

---

① 转引自:孙致礼. 中国的文学翻译:从归化趋向异化. 中国翻译,2002(1):41.

纵观我国翻译研究一百多年的历史,可以看出归化翻译策略基本上占据上风。而在对归化与异化翻译策略的选择问题上,也明显带有很强的规约性。但这种局面在 20 世纪 80 年代末开始有了转机,1987 年刘英凯在《现代外语》第 2 期发表《归化——翻译的歧路》一文,无疑对中国翻译理论界产生了不小的冲击。该文章尖锐地批判了归化翻译策略,认为这是"翻译的歧路"。作者在文章中列举归化的集中表现,最后指出,翻译应"最大程度的直译",以表现出原作的"异国情调";应尽量忠实地"再现原文的形象化语言",以"输入新的表现法"①。虽然这篇文章引来许多反对意见,但该文章通过对我国文学翻译中存在的过于"归化"现象的分析,促使译学界对翻译策略的选择进行了一场深刻的反思。

从 20 世纪 90 年代起,中国翻译理论界逐步开始朝多元化趋势发展。一些走在学术前沿的学者开始以一种描述的方式审视翻译活动,对翻译策略的研究不再局限于"归化"与"异化"主张的激烈争辩之中,而是以一种更加客观的态度分析译者选择不同翻译策略的内在根本原因。例如,王东风在《文化误读:一只看不见的手》《译家与作家的意识冲突:文学翻译中的一个值得深思的现象》等文章中,都结合具体的历史语境,深刻剖析了目标语社会文化中意识形态、诗学观等对译者翻译策略选择的制约。蒋骁华在《意识形态对翻译的影响:阐发与新思考》文章中,着重分析目标语意识形态对翻译的影响。郑海凌在《译语的异化与优化》文章中,分析译语文化中翻译诗学(包括译语文化中一定时代的审美标准、欣赏习惯和表达方式)对译者翻译策略选择的影响。郑海凌认为,人们对语言本质认识的变化,影响了对翻译本质的认识与理解。"翻译的目的不在于求同,而在于存异,一部译作的价值,不在于它的通顺程度,而在于它对语言差异的反映程度。"最后他指出,"异化是一种客观存在,是翻译行为带来的必然结果"②。郑海凌从诗学的角度出发,指出了采取异化翻译策略的必要性。

---

① 杨自俭,刘学云. 翻译新论. 武汉:湖北教育出版社,1994:269.
② 郑海凌. 译语的异化与优化. 中国翻译,2001(3):4.

进入 21 世纪,国际学术界以及中国翻译学界仍然没有停息对翻译策略的辩论,然而有些变化值得关注,自翻译研究"文化转向"之后,有关这方面的讨论重点也逐渐由关注语言形式向关注文化内涵的方向发展,不仅有理论层面的思辨,也有实证研究及案例分析。对归化与异化翻译策略的主张也逐渐由"规约性"向"描述性"方向转化,更倾向于与特定的社会历史语境联系起来,探索译者选择不同翻译策略在当时历史语境下存在的理据,注重挖掘译者在翻译策略选择背后所受到的权力因素的摆布与操控,以及这样的翻译策略在当时的历史语境下所起到的社会文化功用等。虽然这些研究在分析译者翻译策略的选择上具有一定的深度和广度,但仍然没有构成一种完整的翻译策略选择制约体系,因此这样的研究欠缺一定的全面性和系统性。

诚然,在当今全球化的历史语境下,民族文化多样性、差异性不仅没有得到消解,反而进一步增强,多元文化共生、缤纷多彩的文化交流与互鉴日趋成为主流,尊重"他者文化"的伦理受到越来越多学者的推崇。翻译策略的研究仍然是国际及中国翻译学界的研究热点,许多学者呼吁在21 世纪,文学翻译应注重体现民族文化的差异,再现原著"陌生化"的翻译策略应该成为 21 世纪的主流趋势。[①] 但我们还需要进一步深化对翻译策略选择机制系统化、理论化的研究,方法上也应多样化,应结合综合对比研究、实证研究、语篇研究、个案研究以及历史研究等方法,目的是更深地挖掘译者翻译策略选择的制约机制,探讨不同翻译策略选择在不同历史语境下所起到的社会功用。

三、《简·爱》的翻译策略研究

《简·爱》在中国的译介情况具有其特殊性,因为《简·爱》从最初译介到中国,到最后形成复译热潮,这种状况是很多外国文学作品的译介都

---

① 金兵. 文学翻译中原作陌生化手法的再现研究. 上海:复旦大学出版社,2009:148.

无可比拟的。据不完全统计,截止到 2019 年 7 月 9 日,国内陆续出版发行的《简·爱》各类译本,包括全译本、节译本、缩译本、编译本等共计 145 种。对《简·爱》作品的讨论以及对《简·爱》翻译策略的研究,可以说是 20 世纪和 21 世纪文学和文学翻译研究的热点。点击中国知网数据库,输入关键词"《简·爱》",截止到 2019 年 7 月 9 日,可以搜索到文献 2419 条,硕士博士学位论文 234 条,会议论文 27 条。在这些论文中,关于《简·爱》翻译策略的讨论占据很大一部分。根据这些文章的内容,又可以分成两类:一是对单个译本进行评说;二是选取两个或三个译本进行比较分析。

第一类译评又可分为三种情况:一是以传统的"信达雅"为翻译标准来评论某个译本在这方面取得的成效。例如,翟莉的《用诗的语言再现诗的韵味——谈〈简·爱〉翻译中的语言特色》认为,翻译是两种语言符号系统的转换,翻译活动离不开原文,译者的创造性只能在原文范围内进行,理想的译文应达到与原文形似、意似乃至神似的意境。刘新民在《文人佳境语出诗情——读黄源深的〈简·爱〉》一文中认为,黄源深的译本仿佛是原作者用中文写作而成,阅读起来既无生硬牵强的痕迹,又能完全保存原著的风格,并可以充分领略与原著同等的艺术魅力。二是从文化的角度入手,分析译者对待原著的文化态度影响译者翻译策略的选择。例如,吴南松的《谈译者立场的确立问题——兼评祝庆英译〈简·爱〉》等文章。三是认为应该根据作品自身的特点选择相应的批评视角,制定适当的评判标准。例如,王洪涛在《译路先行·文学引介·思想启蒙——李译〈简·爱〉之多维评析》一文中,从语言、文学、思想三个维度对李霁野的《简·爱》译本做了系统分析,其中在语言之维,作者评析译作的语言风格、翻译策略以及促成这种语言风格和翻译策略选择的原因;在文学之维,作者探索译作的文学价值及其与当时正在形成的中国现代文学之间的关系;在思想之维,作者考察了译作在当时社会历史背景下所特有的思想启蒙意义及其社会影响。作者指出,李霁野的译本具有明显的"欧化"倾向,将批判现实主义和女性主义思想与人道主义和个性解放的"五四"启蒙文学精神相结合,在 20 世纪 30 年代中国社会转型乃至很长一段时间内都起到积极的思想启蒙作用。

大多数《简·爱》译著的评论是选取两个或三个译本进行比较分析的,主要从以下几方面进行:一是对照原文与译本,简单地评论译者采取直译或意译的方法孰优孰劣。二是认为翻译是语际间的转换活动,将理想的译文作为标准,力求达到译文与原文之间的形似、意似乃至神似。三是以翻译的等值理论为基础,从语义、风格等方面入手,对两个译本进行比较,分析出它们是否与原文对等以及对等的程度等等。四是从现代阐释学视角出发,以伽达默尔的“理解以历史性的方式存在”为依据,从而得出译者完全客观地理解文本是不可能的,理解也不是消极地复制文本,而是一种创造性的阐释,译者主体性的介入不可避免。例如,龚北芳的《〈简·爱〉与文化过滤——从译者序看〈简·爱〉在中国的接受》,认为译者的“期待视野”制约其对作品社会意义、人物形象以及宗教文化等方面的理解与阐释。五是以勒菲弗尔的制约翻译活动的“三要素”为基础,探讨目标语社会的意识形态、诗学以及赞助人对翻译活动的影响。例如,苏州大学 2007 届朱海媛的硕士论文《从 Lefevere 的操纵理论评〈简·爱〉的两个汉译本》,以勒菲弗尔的操纵翻译活动的“三要素”为理论基础,通过对李霁野的译本与吴钧燮的译本进行比较分析,作者最后得出这样的结论:不同时代产生的译本都有其存在的价值,只有与具体的历史语境联系起来,才能对译本的价值做出客观公正的判断。六是从女性主义视角入手,通过分析对比黄源深和祝庆英的译本,得出不同性别的译者在采取翻译策略上会有所不同,文章强调女性译者的女性主义特色,从而倡导女性主义翻译理论在中国的引入以及实际运用。例如,合肥工业大学 2008 届刘小玉的硕士论文《〈简·爱〉两种译本的比较与研究——从女性主义翻译理论角度》。七是以埃文-佐哈尔的多元系统理论为基础,认为译者的文化地位决定其翻译策略的选择。八是以后殖民主义理论为基础,指出后殖民语境对翻译研究的影响,认为翻译是强势文化与弱势文化在权力差异语境中的不平等对话的产物。后殖民主义翻译理论更加突出权力因素的影响,带有很强的政治色彩。九是通过译者使用不同的措辞、用语,分析蕴含在其中深层的意识形态和社会文化因素。例如,通过比较李霁野的译本和黄源深的译本在语言上的不同特色,揭示不同历史时期意识形态对译者理解、阐释原著以及选择译文语言措辞的影响。近年来,这方面的理论文章越来越多。蒋骁华在《意识形态对翻译的影响:阐发与思考》中,就以《简·爱》译本为例,阐述意识形态对译者翻译策略的影响。十是分析目标语诗学观对译者翻译策略选择的影响。例如,李坤、贾德江的《〈简·爱〉两个汉译本的历时比较》一文,从语言层面分析比较李霁野的译本和祝庆英的译本在风格和意境的传达上的特点,从而得出译者受政治、读者的审美情趣等社会文化因素的制约。王东风的《反思'通顺'——从诗学的角度再论通顺》一文,从诗学观的角度出发,以引用《简·爱》译本中的译例,分析目标语社会诗学观对译者翻译策略选择的制约,等等。

随着翻译研究"文化转向"的深入发展,《简·爱》译本的评论也逐渐摆脱语言学翻译研究模式的桎梏,不再单一以传统的"直译"与"意译"、"归化"与"异化"等规约性的评论方式进行探讨,而是与具体的历史文化语境相联系,以一种描述的方法,分析不同时代译者采取不同翻译策略背后隐藏的社会文化原因,使《简·爱》译本的评论更具有客观公正性。

《简·爱》译本的评论也有从语言差异性的角度进行分析的,评论者从英汉两种语言的差异性入手,分析不同译者在处理这些差异时所采取的翻译策略。例如,张德让、龙云平的《主语显著和主题显著——评〈简·爱〉两汉译本》,该文章以李讷和汤普森(Charles N. Li & Sandra A. Thompson)对英汉两种语言在结构上的差异划分为依据,分析李霁野的《简·爱》译本和黄源深的译本在对待两种语言差异时所采取的翻译策略。文章在最后指出,黄源深的译本因其成功地将原语主语显著的句式转换为汉语主题突出的汉语句式而成为佳译;而李霁野的译本没有做这样的转换,因而语言显得生硬拗口。王东风在《从诗学的角度看被动语态变译的功能亏损:〈简·爱〉中的一个案例分析》一文中提出的观点,与张德让等主张的观点完全不同。王东风认为,译者一味追求译文的通顺与流畅,就会力求消除英汉两种语言的差异,这样做的结果很可能造成原著的诗学功能亏损。

从以上对《简·爱》译著翻译策略的研究综述中,可以看出这些研究多数仍然只局限于译本的某一方面的内容,或者简单地对一个、两个或三个译本进行分析或比较,在研究方法上更多用一种"规约"的方式进行,这样脱离历史语境具有传统印象式的评论不容易使译本研究具有客观公正性。当然也有用描述性的方式进行研究的,也有从目标语意识形态、诗学观以及文化差异等方面去找寻译者翻译策略选择的社会根源,但总体来说,这种研究仍然是一种零星的、非系统性的研究。《简·爱》从最初译介到中国来,迄今为止,已经历近百年的风雨历程,其间时代的更迭与变迁,众多汉译本的出现,为文学翻译策略选择的研究提供了丰富的素材。以前的研究确实也为《简·爱》翻译策略的研究提供了坚实的基础,但对翻译策略的研究需要一定的理论作为指导,更需要全面而系统地进行。

第一章　从话语权力到翻译策略"四因素"

当尼采以卓越的胆识宣称"上帝之死!"时,他发现了权力的存在。因为他发现人们深信不疑并视为天经地义的东西原来不过是某些人主观意志的表达,道德如此,上帝的观念也是如此。由此,尼采得出"知识的虚假性"以及"科学是伪善的"的结论①。权力瓦解了知识。继尼采之后,福柯进一步将知识与权力联系起来,他认为知识与权力密切相关。他用考古学研究的方法对话语进行分析,用谱系学研究方法得出"一切话语都是权力的产物"的结论。权力无处不在,最后他宣称"人之终结"②。福柯的哲学给人文科学带来了巨大的冲击,不可避免地波及翻译理论研究。目的论声称翻译是一种有目的的行为,后殖民主义理论宣称翻译是一种政治行为,文化学派呼吁将翻译研究纳入广阔的文化研究范畴,等等,都使翻译研究进入新的发展阶段。

第一节　走向话语的权力

米歇尔·福柯(Michel Foucault,1926—1984)是法国20世纪下半叶最重要的思想家、哲学家,著有《知识考古学》《词与物——人文科学考古

---

① 尼采.快乐的哲学.黄明嘉,译.北京:中央编译出版社,1999:113.
② Foucault,M. *The Order of Things:An Archeology of Human Sciences*. London:Routledge,2002:296.

学》《权力谱系学》《疯癫与文明》《规训与惩戒：监狱的产生》等一系列重要著作。作为后现代主义的先驱，福柯从结构主义思想中汲取重要的养料，他不仅重新阐释了话语的概念，还建立"话语"理论。福柯指出话语体系内部、外部存在着种种制约因素，由此他提出著名的权力哲学，突破传统哲学关于权力的论述，在政治哲学领域掀起重大思想变革浪潮。20 世纪以来，福柯和他的知识考古学、话语权力理论以及谱系学成为西方文论中出现频率极高的关键词，他的哲学理论也由此成为当代西方文论研究的前沿课题。

一、福柯哲学中的"话语"

福柯哲学中"话语"的概念是打开其哲学理论大门的钥匙，有学者将其称为"福柯哲学方法中的核心概念"①。"话语"（discourse）的概念最初出现在《疯癫史》（1960）中，而在《词与物——人文科学考古学》（1965）中，福柯用一种非正式的语气谈到，"话语"的任务是"说出所是"②。"所是"是可能被说出来的；说出"所是"是有可能的。这包含两层意思：第一层意思实际上表明，话语应当体现出对于"所是"的理解；第二层意思则表明，话语应当能够胜任说出"所是"的任务。"理解"表明对"秩序"的把握，而"能够说出"则证明有符号系统的存在。③ 这里出现两个关键词：秩序和符号系统。在福柯看来，每个时期的人们为了"认识"世界，都要运用某种标准和原则对周遭事物加以分类，其结果必然会形成"秩序"的概念。福柯将"秩序"的存在方式分为三种：文化的基本代码从一开始为每个人所确定的"经验秩序"；在生活中每个人逐渐形成和发展起来的"秩序经验"；在这个时代存在的科学理论或哲学阐述对于"秩序"的总结和反思。

"秩序"要体现出来，离不开符号系统的表达。在福柯那里，物、语言和知识都可以成为符号系统。福柯在《词与物——人文科学考古学》中着

---

① 杜小真. 福柯集. 上海：上海远东出版社，2003：27.

② Foucault，M. *The Order of Things：An Archaeology of Human Sciences*. London：Routledge，2002：48.

③ 吴猛. 福柯话语理论探要. 上海：复旦大学 2003 届博士论文，2003：24.

力分析的是展示秩序的符号系统——这就是"话语"。语言(书面语言)无法与物分离开,而且能够展示出世界的秩序,它是话语。话语还有另一种形式,这就是知识。知识与语言的关系极为密切:从一方面来说,语言在知识的内部为其奠定基础;从另一方面来说,语言将符号提供给表象,而正是借助于这些符号,表象才有可能把自己展现出来。因此,知识也是话语。

话语在福柯那里不仅是一个符号语言,而且是与实践结合的动态总体。话语被视为陈述的整体,陈述是话语的重要构成因素。陈述存在于具体的语言表达,存在于具体的物质媒介之中。知识的构成方式是话语,人类的一切知识都是通过话语而获得的,我们与世界的关系只是一种话语关系。话语在本质上是人类一种重要的活动,即话语实践。

当福柯将知识归结为话语时,他分析的重点是,知识在特定社会文化环境中的产生机制以及蕴含于其中的复杂社会斗争,特别是在这些斗争中的一系列社会文化力量的较量过程、策略、计谋及手段等等,在任何社会中,话语的产生既是被控制、受选择、受组织的,又是根据一些秩序而被分配的。根据福柯的分析,在话语的内部,存在着许多"排除原则",也就是说,有许多从事排除的程序在起作用。最明显的"排除原则"就是"禁止"。福柯认为,"禁止"使"我们不是想说什么就说什么,我们不能何时何地都说我们喜欢的东西,谁也不能想说什么就说什么"①。说话的场合、说话人的身份,决定着说话的方式。

福柯的话语按照其功能的不同可以划分为四种模式:"话语—世界"层面、"话语—话语"层面、"话语—权力"层面以及"话语—自我"层面。所谓"话语—世界"层面,是指将外部世界整理为秩序的话语。"话语—话语"层面,是在话语网络和话语实践中展示一定功能的话语。"话语—权力"层面是与权力密切联系在一起、为权力的实现或形成提供可能性条件的话语。而"话语—自我"层面就是个体进行自我塑造的话语。

---

① 杜小真. 福柯集. 上海:上海远东出版社,2003:113.

二、福柯对权力的论述

福柯的《规训与惩罚》(1975)经常被视为福柯哲学思想的转折之作,这部论著标志着福柯的话语理论从"话语—话语"层面进入"话语—权力"层面。传统西方学术界对权力的研究比较宏观,通常是建立在政治、经济制度基础上的统治权力的争夺。而福柯的权力哲学思想建立在对尼采权力意志哲学的批判基础之上,打破了固有的权力研究视角,他首先批判了传统权力,重塑关于权力的问题。福柯认为权力是一种关系,这种关系编织成一个错综复杂的权力网络,渗入社会的方方面面。"权力以网络的形式运作,在这个网上,个人不仅流动,而且他们总处于服从地位又同时运用权力。"①福柯在这里强调权力的分散性、多元性以及人在权力的网络中不得不屈从于权力,但同时也运用权力。

所谓权力,在福柯看来是指一切控制力和支配力,是在其扩散、中转、网络、相互支持、潜力差异、移动等状态中才得以存在。权力可以分为有形权力和无形权力。有形权力形式,指诸如政府机构、法律条文等;而无形权力形式,指诸如社会意识形态、道德伦理、文化传统与习俗、宗教思想、价值观念等。无形权力又被称为隐形权力,它们对人们的思想行为起着隐蔽的控制和支配作用。权力控制着人们的行为,而人们置身于权力的网络之中竟然毫不察觉它们的存在。

权力往往同"论述",特别是语言论述、知识论述、道德论述等紧密相结合,构成一种贯穿于社会文化生活各个领域复杂交织的关系。由于"论述"往往采取知识和真理的形式,当"论述"为权力而建构和散播时,是以带有强制性的规则、法规、政策和策略的形式表达出来的。福柯研究权力,旨在指出知识的各个层面,始终都贯穿着权力的力量网络,而权力网络在其运作的过程中始终玩弄着非常复杂的策略和计谋。

在福柯看来,权力在社会中产生和运作,而社会又是靠权力来维持和

---

① 福柯. 必须保卫社会. 2 版.钱翰,译. 上海:上海人民出版社,2010:22.

发展。权力同社会之间的相互紧密关联,使两者共生共存,并且在不断运动中进一步相互渗透、相互推动、相互促进。一方面权力向社会各个领域渗透,另一方面权力本身也更紧密地同社会各个因素连接在一起。权力成为宰制社会的力量,它渗透于社会生活的方方面面。权力作为社会力量的关系网络,不但可以成为统治的力量,也可以成为积极的生产性和创造性的力量。

三、福柯的话语权力理论

在 20 世纪 70 年代之后,福柯对权力的论述较之以前有所不同。他对权力赋予更加积极的生产意义,知识考古学逐渐转变成权力谱系学,也就是说,知识、话语逐渐与权力谱系学结合起来。在这个新的层面上,福柯更加注重知识和权力与道德的关系,以此来揭示知识和权力的关系问题。话语与权力缠绕在一起并作为权力存在的条件而发挥作用。随着福柯对话语研究的深入,他越来越将话语与权力紧密联系在一起。他说:"在任何社会中,'话语'的阐释既是被控制的、受选择的、受组织的,又是根据一些秩序而被再分配的,它们的作用是转移其权力的危险,应付偶然事件,避开其臃肿麻烦的物质性。"[①]在福柯看来,社会现实中的"话语"的地位并不是自主的,它受到多种因素的影响和制约。其中最主要的就是受到人这一主体的支配,人借助"话语"制定法律,发展势力并延续人类文明的发展。这样"话语"就有了"作者"。作者也因此拥有"话语"而享有财产,由此而形成自己的势力,成为一种特定的社会历史力量。在这样的情形下,"话语"就获得了一种权力,这种权力是被人所赋予的。人控制着"话语",而"话语"无时无刻不在权力的控制、影响之下。话语是具体的、历史的,它的意义始终要受到权力的制约和影响。

人文科学(human science)是一种典型的权力和知识相结合的产物。福柯认为,人文科学是关于人的科学,作为专门管辖人的思想、说话方式

---

① 王治河. 福柯. 长沙:湖南教育出版社,2002:44.

以及行动礼仪的学科,是与社会权力游戏紧密结合在一起的。人文科学在福柯的知识地图中,被放置在"目的性哲学"(la philosophie de la finitude)里。他通过对16世纪到19世纪西方知识演变过程的详细考察,得出一个惊人的、足以震撼整个人文社会科学界的结论:"人之死亡"(la mort de l'homme)①。这个结论从很大程度上揭示出,近现代人文科学同社会权力运作密切配合,对现代人主体性的扭曲以及抹杀。

某一时期的人文科学,也是这一时期思想控制的产物。它以知识的形式存在,成为现代社会维持和运作的中心支柱。知识一方面综合着整个社会的各种力量,另一方面它又必须同社会的各种力量配合起来,才能存在和发展并发挥出社会功能。知识与权力之间相互渗透,知识以话语的形式表现出来,权力关系通过话语得以建立或实现。话语必须服从于权力策略。话语实践与权力策略的交织,使话语与权力紧密联系在一起,这就是福柯的"知识—权力"这一术语的含义所在。

知识论述在其形成、建构和扩散的过程中,都离不开权力和道德的力量。知识总是紧密地与权力联系在一起,没有脱离权力运作的纯学术的知识论述体系。知识论述的产生和散布需要靠权力的运作,而知识作为论述,本身就是权力的一种表现。反过来说,即权力的运作也离不开知识,离不开知识论述的参与和介入。福柯通过权力谱系学研究方法,利用他的知识考古学方法的研究成果,全面研究了权力与知识之间的密切关系。在福柯看来,社会基本上是一个不断变动的权力系统。

在福柯对权力的研究中,策略是个非常重要的概念。福柯指出,策略在权力游戏中之所以重要,是因为权力本身是在游戏的不断运动中存在和维持的。在权力游戏中,策略是指为达到目的而选择的手段。福柯对于权力策略游戏的分析与批判,是他的真理游戏批判战略活动的一个重要组成部分,也是他的哲学理论和实践的主要内容。福柯认为,在西方传

---

① Foucault,M. *Essays*. Translated from French and Germany by Annstray,T.J. London:Harvester Wheatsheaf,1992:398.

统的真理游戏中,始终贯穿着各种权力的运作和力量的竞争。各种真理游戏的真正目的,归根结底是为了夺取、巩固和扩大某特定个人或社会集团的权力,并使权力运作产生真正效果。在现代社会中,这就意味着选择符合理性的手段和适当的策略。

福柯所强调的权力不是人与人之间的权力关系,而是制度与人之间的权力关系。确切地说,就是现代社会中各种制度压抑、控制和塑造“人”的权力。权力是一张无处不在的网络,权力关系是人的本质关系。权力使我们成为我们“所是”,权力可以起到限制、阻止和禁止的效果,同时权力是生产性、创造性的。福柯的话语权力理论,深刻地冲击了现代人文科学。

第二节　权力操纵文学翻译策略的选择

翻译目的论的出现,文化学派对意识形态的关注,表明翻译研究进入了社会文化层面,让译者进入到一个极其复杂而多元的“权力网络”中。勒菲弗尔说:“翻译与权威与合法性有关,说到底就是与权力有关……翻译不仅仅是一扇通向‘另一个世界开启的窗口’或类似这样虔诚的陈词滥调,更确切地说,翻译是一个被打开的通道,通过这个通道,外国的影响能渗入本土文化,挑战本土文化,甚至颠覆它。”①显然勒菲弗尔在这里通过翻译与权力的密切关系,说明翻译成为两种文化相遇、交锋、斗争的场所。

一、翻译的目的论

20 世纪 70 年代出现在德国的目的论(skopos theory)是功能派翻译理论发展的一个阶段。功能翻译理论(functional theories)的出现标志着翻译研究逐渐摆脱静态的语言学分类(static linguistic typologies),而转向更加注重功能性和社会文化性的翻译研究。1971 年,功能学派的创始

---

① Lefevere，A. *Translation/History/Culture：A Sourcebook*. Shanghai：Shanghai Foreign Language Education Press，2001：2.

人赖斯(Katharina Reiss)在其《翻译批评的可能性与限制》(*Translation Criticism：The Potentials and Limitations*)一书中指出，理想的译文应该从概念性的内容、语言形式和交际功能上与原文对等，但在实践中她发现等值是不可能完全实现的，而且有时也不应该一味追求。赖斯认为译者应优先考虑译文的功能特征而不是考虑对等原则。随后，她的学生弗米尔创立了翻译的目的论。目的论认为，翻译是人类的一种行为活动，是一种有目的的行为活动。

弗米尔特别强调，由于翻译行为发生在特定的社会文化环境中，不同文化又拥有自己独特的社会风俗习惯和价值观。因此，翻译并非一对一的语言转换活动。他将翻译定义为"一种转换，在这种转换中交际性语言符号或非语言符号(或两者兼有)从一种语言转换为另一种语言"[1]。弗米尔首先强调目标、目的、功能和意图是行为的属性(attributed to action)，而翻译是人类的一种有目的行为，这种有目的行为发生在一定的社会文化环境里，是一种交际行为，而不是一种纯语言之间的转换。目的论是功能派翻译理论中最重要的部分，它要遵循的首要原则是"目的法则"：翻译要达到的目的决定整个翻译行为的过程，即结果决定方法。翻译的目的有三种解释：译者的目的，译文的交际目的和使用某种特殊翻译手段所要达到的目的。

在通常情况下，"目的"是指译文的交际目的，翻译过程的发起者(initiator)决定译文的交际目的，发起者出于某种特殊原因需要译文。在理想状态下，他会给出需要译文的原因、译文接受者、使用译文的环境、译文应具有的功能以及原因等相关的细节等。目的论还有两个法则：连贯性法则(coherence rule)和忠实性法则(fidelity rule)。前者指译文必须符合语篇内连贯(intratextual coherence)的标准，即译文能让接受者理解，并在目标语文化以及使用译义的交际环境中有意义。忠实性法则指

---

[1]　Nord，C. *Translating as a Purposeful Activity：Functionalist Approaches Explained*. Shanghai：Shanghai Foreign Language Education Press，2001：11.

原文与译文之间应存在篇际连贯一致(intertextual coherence)。虽然弗米尔的忠实法则提倡忠实于原文,但是忠实的程度和形式最终则由译文的目的和译者对原文的理解而定。芒迪(Jeremy Munday)曾对目的论做过这样的总结性论述:"译文由其目的所决定;译文为目的语文化提供有关源语语言文化的信息;译文不会提供违背原文信息的信息;译文必须是篇内一致;译文必须是篇际一致。以上五个准则体现的轻重,以目的论为主。"①可见目的论者将译文所要达到的目的置于首位,且翻译自始至终都要强调目的性。

诺德是第二代目的论者,她著有《翻译中的文本分析》(*Text Analysis in Translation*)和《目的性行为——析功能翻译理论》(*Translating as a Purposeful Activity：Functionalist Approaches Explained*)等著作。诺德在《翻译中的文本分析》一书中,重点阐述原文本分析和目的论的关系,她认为目标文本的目的是决定翻译的关键因素,目的由译者的服务对象——发起人决定。为此,诺德提出"忠诚"(loyalty)原则,忠诚是一个伦理概念,指译者在与他人合作的翻译活动中的责任心,这个概念超出对文本"忠实"的范围。张美芳在评论诺德的功能主义方法论时这样认为,"她的功能主义方法论是在两大基石之上:功能加忠诚。功能指的是使译文在译语环境中按预定的方式运作的因素;忠诚指的是译者、原文作者、译文接受者及翻译发起者之间的人际关系"②。诺德特别强调"忠诚"是人际范畴,是指人与人之间的关系,而与传统意义上所指的原文与译文之间的"忠实"关系不同。

功能主义翻译观的两项基本原则表明,翻译各方面的交互作用由翻译的目的所决定;目的随接受对象的不同而有所变化。按照这两项原则,译者可以为了达到某种目的而选择他认为适当的翻译策略。在跨文化交

---

① Munday，J. *Introducing Translation Studies：Theories and Applications*. London & New York：Routledge，2001:79.

② 张美芳. 功能加忠诚——介评克里丝汀的功能翻译理论. 外国语,2005(1):62.

际中,由于原文语篇与译文语篇受到各自交际环境的影响,译文功能与原文功能有时可能一致,有时可能完全不一致。根据不同的语境因素和译文的预期功能,译者有权选择处理方法。在功能主义翻译观的指导下,翻译方法表现出较大的灵活性。图里(Gideon Toury)把"功能目的论"看作是"译文文本中心论"①,不是没有道理的。

尽管功能主义翻译理论将译文所要达到的目的置于首要位置,而将译文对原文的忠实程度放在其次,从某种程度上消减了翻译自身具有的本质属性,但这种理论的进步意义在于:人们对翻译的定义、翻译的标准、翻译的目的、翻译活动的参与者、译者的接受环境等因素对译者翻译策略选择的影响有了进一步认识。翻译的目的性对译者翻译策略选择的决定作用,这一观点对"原文至上"不切实际的翻译观是一种有力的挑战。目的论认为翻译的目的与功能不同,翻译的策略方法也会大相径庭,这种观念在一定意义上解构了长期以来占据翻译理论主流地位的所谓"忠实"的神话,为文化学派翻译策略的研究提供了理论依据。

二、权力与翻译

福柯的话语权力理论不仅给其他人文学科带来了震撼,也给翻译研究带来一场深刻的思想革命。翻译研究的文化转向之后,文化学派将翻译行为的内涵扩大到对现实生活的再现,将翻译视为一种与文化系统相结合的动态活动。翻译研究文化转向的一个重要成果是对意识形态的关注,与意识形态密切相关的权力机构和权力关系开始浮出水面。翻译与权力之间的操纵互动,诸如目标语文化语境中的意识形态、主流诗学观、赞助人以及接受环境等对译者翻译策略选择的操纵开始凸显出来。翻译与权力的关系成为文化学派的关注点,翻译研究开始聚焦于隐藏在文本之外的权力。

早在 20 世纪五六十年代,美国广告业的中心——麦迪逊大街就开始

---

① 方梦之. 译学辞典. 上海:上海外语教育出版社,2004:29.

利用大众传媒对美国乃至全世界进行"文化控制",译者运用翻译策略来达到某种预期的目的和效果。霍姆斯、波波维奇(Anton Popovic)等翻译学者注意到了这一现象,他们通过对原文的多个译文进行比较,发现译者使用不同的翻译策略来实现不同的翻译目的,而这种为达到某种目的而采取某种翻译策略的做法,其背后实际上隐藏着权力关系的运作。

随着历史进程的向前推进,翻译研究学者也加深了对权力与翻译之间关系的认识,特别是在第二次世界大战之后的二十年里,世界地缘政治格局发生剧变,随着殖民帝国的垮台,原殖民地国家在独立过程中面对如何应对或抵抗殖民主义文化遗产等问题,开始反思社会与权力的关系。在这种情况下,作为一种最具革命性和解构性的文化批判理论思潮——后殖民主义理论应运而生,这种理论对帝国主义文化霸权的消解与批判不仅体现在文学、文化批评领域,也体现在翻译理论研究领域。作为后殖民主义理论思潮的杰出代表和领军人物,赛义德(Edward Said)将批判的锋芒直接指向帝国主义文化霸权和强权政治,他对西方霸权主义长期构建出来的所谓东方主义的批判,凸显出东西方在语言文化及政治上的不平等关系。东方主义作为西方殖民主义者试图制约东方而制造出的一种政治教义,始终充当着西方殖民主义意识形态的支柱。赛义德的后殖民主义理论涉及一个重要的概念:文化再现,"或者说广义的文化翻译,也即西方人究竟出于何种目的将东方翻译并再现为一个不同于其自身的'他者'"①。而这一再现是通过翻译行为而实现的,其背后隐藏着西方霸权主义的操纵与控制。赛义德后期的"理论的旅行"实质上重复了解构主义的阐释原则:意义的不确定性以及对意义的翻译和阐释的无终结性,这些理论思想对后来的后殖民主义翻译理论有很大的影响。

后殖民主义另一个杰出代表斯皮瓦克在她著名的《翻译的政治》一文中鲜明地提出:一切翻译都不只是语言文字上的转换,而是充满政治和意识形态等文化批判的意识。这些激进的观点都将翻译与隐藏在其背后操

---

① 王宁. 翻译研究的文化转向. 北京:清华大学出版社,2009:122.

纵翻译行为的权力密切联系在一起,加快了翻译学者对权力与翻译之间关系研究的步伐。自 20 世纪 60 年代起,翻译理论研究对权力的关注与当时的社会政治背景密切相关,以至于 20 世纪 70 年代翻译理论研究兴起了权力研究的热潮。

以赫曼斯(Theo Hermans)为首的一批翻译研究者将翻译与权力的关系进一步联系起来,从而得出翻译始终受到各种权力的摆布。"从目的语文化角度而言,所有的翻译都意味着为了某种目的而对原文在一定程度上的操纵。"①为此,他们获得"翻译的操纵学派"(The Manipulation School)这一称谓。这一学派的研究表明:"译文不是第二性的、派生的,而是文学的主要工具之一,是更大的社会机构,诸如教育系统、艺术团体、出版公司乃至政府等,按照自己的意愿'操纵'特定社会,以'建构'某种预期的'文化'。要达到这一目的,原文本身就会受到操纵,以创造出一种预期的再现。"②他们的研究成果进一步推进翻译研究文化转向的深入发展。

自 20 世纪 90 年代翻译研究文化转向之后,翻译研究的语言学模式逐渐被翻译的文化研究模式所代替,翻译研究从纯语言层面的研究扩大到宏大的社会文化背景中,翻译研究的目的被重新定义,翻译的内涵被定义为"文化转换"。巴斯奈特和勒菲弗尔在《文化构建——文学翻译论集》(*Constructing Cultures：Essays on Literary Translation*)一书里强调,翻译研究是文化互动的研究,译者是两种文化互动的协调者。研究文化互动最显著、最广泛和最实证的数据是译本本身。文化学派将翻译研究置于社会文化的大语境中,注重翻译行为对目标语文化的构建作用,强调文化在翻译中的地位以及翻译对文化的影响意义。他们在宣告翻译研究文化转向的同时,也揭开了翻译与权力研究的序幕。他们呼吁翻译学者必须"深入研究社会中权力的兴衰更替和权力实施过程中的扑朔迷离,要深

① Hermans，T. *The Manipulation of Literature：Studies in Literary Translation*. Shanghai：Shanghai Foreign Language Education Press，2001：9.
② Tymoczko，M. & Gentzler，E. *Translation and Power*. Beijing：Foreign Language Teaching and Research Press，2007：5.

入研究文化生产中(翻译是文化生产的一部分)权力所发挥的作用"①。

　　勒菲弗尔从福柯的话语权力理论中得到启示,揭示出翻译活动的社会本质,即翻译是知识传播的一种方式,翻译体现知识,而知识又受制于权力并为权力服务。在目标语社会众多的权力关系中,翻译活动受到赞助人的操纵,赞助人代表目标语社会中主流意识形态和诗学观念。而目标语文化的主流意识形态、诗学观等权力因素,在社会中形成一种缜密的权力网络,使翻译行为沦为一种对原文的"改写"(rewriting)②。翻译行为自始至终都被目标语社会的意识形态、赞助人和诗学这三要素所牢牢控制。勒菲弗尔指出,"翻译本身就是一种文化和政治行为,它与权力话语的运作有着千丝万缕的联系"③。译者翻译策略的选择,在很大程度上是目标语社会中的"权力"在"话语"中的反映。通过译者翻译策略的选择,目标语社会中的"权力"再一次得到构建。

　　翻译研究开始聚焦翻译与权力之间的关系,翻译活动成为一种话语在另一种话语里的表达形式,无可避免地屈服于目标语文化的权力意识。福柯认为的权力与话语的关系,也体现在权力对译者翻译策略选择的操纵上。翻译活动既是译者的个人行为,也是一种社会行为。翻译活动是"受社会、文化、历史、意识形态、道德伦理、价值观、审美观所制约着的活动"④。它不仅局限于文本与作者以及译者之间的领域,而且受到一系列外部社会力量的操纵,是不同文化传统与不同意识形态之间的对话。

　　译者翻译策略的选择,往往体现出一定权力意志的支配。事实上,翻译与权力的关系体现的是知识与权力之间的紧密关系。根茨勒和铁莫志

① Bassnett, S. & Lefevere, A. *Translation, History and Culture*. London & New York: Printer, 1990:5.
② Lefevere, A. *Translating Literature: Practice and Theory in a Comparative Literature Context*. Beijing: Foreign Language Teaching and Research Press, 2006:3.
③ Lefevere, A. *Translation, Rewriting and the Manipulation of Literary Fame*. Shanghai: Shanghai Foreign Language Education Press, 2001:15.
④ 吕俊. 跨越文化障碍:巴比塔的重建. 南京:东南大学出版社,2001:150.

科指出:"殖民主义和帝国主义在过去和现在之所以能成为可能,并不仅仅是因为依靠军事上的强大和经济上的优势,而是依靠知识。于是,知识与知识的体现终于被理解成权力的中心。翻译一直就是生产和体现这种知识的工具。"①这句话深刻地说明话语是知识传播的工具,话语也是权力的表现形式,所有的权力都通过话语来实现。

第三节　勒菲弗尔的翻译策略"四因素"

一、安德烈·勒菲弗尔简介

安德烈·勒菲弗尔(1946—1996)是比利时裔美国比较文学和翻译研究的学者。1968 年,他在比利时读完本科之后,到英国埃萨克斯大学攻读文学硕士学位。1970 年,他硕士毕业之后,继续留在该校攻读文学博士学位。1972 年,他在博士毕业之后,曾到中国香港短时任教。1973 年至1984 年,他在比利时的安特卫普大学任教。从 1984 年起,勒菲弗尔在美国德克萨斯大学奥斯汀分校任荷兰语及比较文学教授,直到 1996 年他不幸患病英年早逝。在大学任教期间,他一面从事教学工作,一面参与翻译实践和翻译理论研究,发表了大量的译著和论著,是文学翻译理论研究的重量级人物以及文化学派的领军人物。他的理论研究著作主要包括:《诗歌翻译:七项策略和一个蓝图》(*Translating Poetry*：*Seven Strategies and a Blueprint*)、《翻译文学:从路德到罗森茨维格的德国传统》(*Translating Literature*：*The German Tradition*：*From Luther to Rosenzweig*)等。他最著名的三部著作是:《翻译、改写和文学名声的制控》(*Translation*，*Rewriting and the Manipulation of Literary Fame*)、《翻译、历史与文化论集》(*Translation* / *History* / *Culture*：*A Sourcebook*)和《文学翻译:比较

---

① Tymoczko，M. & Gentzler，E. *Translation and Power*. Beijing：Foreign Language Teaching and Reasearch Press，2007：12.

文学背景下的理论与实践》(*Translating Literature：Practice and Theory in a Comparative Literature Context*)。他与巴斯奈特合著、合编的著作是：《文化构建——文学翻译论集》(*Constructing Culture：Essays on Literary Translation*)和《翻译、历史和文化》(*Translation，History and Culture*)等。勒菲弗尔发表了大量的论文,广泛涉及比较文学的接受与影响、文学经典的形成以及重构问题、文学翻译的操纵和权力关系以及翻译的文化转向等前沿理论课题。

二、勒菲弗尔的翻译思想概述

一提到勒菲弗尔,多数人都会立刻联想到他的"改写"理论以及他的制约翻译活动的"三要素",即意识形态、诗学及赞助人。实际上,他的翻译理论内涵远比这些深邃得多、丰富得多。他的理论研究既有对翻译行为的社会学、文化学、哲学层面的理论思考,也有对翻译现象的实证考察与研究,他对翻译理论研究与翻译实践之间的张力把握自如,为翻译理论与翻译实践之间的距离关系做了最具说服力和最好的注脚。他对推动翻译研究从语言学研究范式到文化研究范式的转变,对存在于特定社会中的权力因素对翻译活动的操纵作用,以及对译者翻译策略选择制约机制的深入研究与深刻论述等,都具有里程碑式的意义,对世界翻译学事业的发展,起到了极大的推动作用。

勒菲弗尔的翻译理论思想从总体上可分为四个部分。

一是翻译研究的文化转向。1990年他与巴斯奈特合编的《翻译、历史和文化》一书出版,这在翻译研究理论史上具有划时代的意义。在该书的序言里,他们正式宣称翻译研究文化转向的到来,呼吁将翻译研究纳入宏大的社会文化背景。他们认为,翻译首先涉及的是两种不同的语言,而不同的语言依附着不同的文化语境,属于具有文化霸权色彩和意识形态意义上的"话语"(discourse)范畴。这意味着翻译不仅仅局限于语言层面上的转换,还具有范围更广的文化翻译和功能阐释的意义。翻译研究范式的重大变革,不仅意味着翻译研究被纳入文化研究的范畴,更重要的是翻译研究的视野得到了广泛的拓展。

从翻译学的发展历程来看,以语言学为基础的科学主义翻译理论观代替原有的语文学翻译观,这应该是翻译研究的一次重大飞跃,但这种翻译理论观关注语言结构的规律性,过于强调语言转换的一致性和精确性,将翻译过程简单化、程式化,而忽略翻译活动的社会性、政治性、人文性和主观能动性。翻译研究的文化转向将翻译研究置于一定的社会文化历史语境中,翻译研究的目的得到重新界定,翻译研究的内涵被定义为一种"文化转换"或文化阐释。文化学派指出:翻译活动不是在真空中进行的,而是发生在特定的社会文化历史语境中,翻译活动不是单纯地从原作语言到译作语言的简单转换,在这个转换过程中,译者会受到目标语文化中诸多权力因素的制约。原作在目标语文化中的阐释与接受会受到目标语社会中诸如政治意识形态、诗学观等因素的影响与制约,迫使翻译行为沦为一种"改写"。"改写"就意味着"操纵",翻译在目标语文化中的所起到的作用变得举足轻重。

翻译研究文化转向的积极意义在于,翻译研究不再拘泥于传统意义上仅仅是两种语言的简单转换,而是更加关注在跨文化视野下翻译作品在目标语文化中的接受、传播以及所起到的社会功用。文化学派在肯定译者的文化身份对翻译的影响与操纵的同时,实际上也凸显出译者的主体性,这在很大程度上提升了翻译的地位与作用。

二是他的"改写"理论。他的"改写"理论主要体现在《翻译、改写和文学名声的制控》一书里。作为一个文化学者,勒菲弗尔自然会注意到目标语社会中权力因素对翻译的操纵。在该书的序言里,他指出:"翻译当然是对原文的一种改写。所有的改写无论其目的如何,都反映一定的意识形态和诗学观并操纵文学在特定的社会中以特定的方式发挥作用。改写是一种操纵,是在为权力服务下进行的。"①勒菲弗尔认为,"改写"的形式

---

① Lefevere,A. *Translation*,*Rewriting and the Manipulation of Literary Fame*. Shanghai:Shanghai Foreign Language Education Press,2001:vii.

主要是翻译、文学批评、传记、文学史、编纂文集等,它们影响文学作品的接受与经典化进程,而在这些改写形式中,翻译又占据举足轻重的地位。

在谈到改写究竟是怎样的过程以及改写要达到何种目的时,勒菲弗尔进一步指出:"既然翻译是最明显得到认可的一种'改写'形式,既然由于它能使某个作者或某部或一系列作品的形象在另一种文化中得到成功的表现,那么它就具有潜在的最大影响,从而可以把那位作者或那些作品提高到超越其原文化之界限的境地。"①这段论述形象地再现了福柯对知识、权力和话语三位一体关系之论述,即知识产生于权力,而权力又是通过话语来得以表现的。因此,话语实际上占据了中心地位。按照福柯这一理论,翻译很显然是一种话语实践活动。翻译涉及两种话语:原语话语和目标语话语,因此,成功的译者实际上在操纵原作在目标语文化中的接受和传播。"显然,勒菲弗尔对改写如此看重与本雅明(Water Benjamin)的翻译赋予原作以来世生命(after life)的观点是一脉相承并且将其推向了极致。"②

勒菲弗尔在《翻译、改写和文学名声的制控》中指出:操纵翻译改写行为的"三要素"是意识形态、诗学观及赞助人,而任何改写都是在意识形态层面、诗学层面进行的,赞助人是这两种权力因素的代言人。赞助人"往往更关注文学的意识形态而超过关注诗学观",而"将后者授权于诗学研究的专业人士"③。接着他又进一步指出:"文学系统拥有一个双重控制的机制。一个是从外部控制的赞助人和意识形态;另一个是在文学系统内部控制的诗学观和改写者。赞助人和文学批评家、意识形态和诗学观控制着文学系统,从而也控制着文学的生产和传播。与文学文本一样,'改写'的生产也受到这些因素的制约。"④在这里,勒菲弗尔特别强调两个制

① Lefevere,A. *Translation*,*Rewriting and the Manipulation of Literary Fame*. Shanghai:Shanghai Foreign Language Education Press,2001:10.

② 王宁. 翻译研究的文化转向. 北京:清华大学出版社,2009:173.

③ Lefevere,A. *Translation*,*Rewriting and the Manipulation of Literary Fame*. Shanghai:Shanghai Foreign Language Education Press,2001:15.

④ Lefevere,A. *Translation*,*Rewriting and the Manipulation of Literary Fame*. Shanghai:Shanghai Foreign Language Education Press,2001:34.

约文学翻译的因素：意识形态和诗学观，并将意识形态的影响置于首位。意识形态对翻译的影响可能是译者本人认同的意识形态，也可能是赞助人强加给他的。当原作与译者以及赞助人所持的社会文化意识不相符或不相容时，译者或赞助人便会根据他所服务的意识形态而对原作进行改写，以便顺应或配合这种意识形态的传播，为原作在目标语社会中树立某种形象。译者通过改写可以巩固和加强他所服务的意识形态，但也可以破坏或颠覆现存的意识形态。

不仅如此，翻译的这种改写行为往往操纵着目标语文学中所谓"经典"的重构，影响作家的文学名声在目标语文学系统中的影响与传播。据此，勒菲弗尔指出："'改写'，主要是指翻译，深深影响了文学体系的相互渗透，这不仅仅会使一位作家或作品的形象在另一种文学中得到表现，或无法达到这种境地。"①在这里，勒菲弗尔的意思是通过文学翻译这种形式可以操控某位作家或作品在目标语文化系统中的传播与接受，达到重构文学经典的目的。

三是他的"翻译是一种文化构建"的理论。翻译是一种文化构建的理论是勒菲弗尔与巴斯奈特共同提出的。由于勒菲弗尔英年早逝，这种理论思想在他去世之后由巴斯奈特继续发展深化，到后来融入她的后殖民主义翻译理论思想中。由于翻译是一种改写，因而它在社会的不同历史语境下都扮演着极其重要的角色。各种文化以及文化团体可以利用翻译来达到构建自己所需文化的目的，成为目标语文化塑造另一种文化的重要工具。在勒菲弗尔和巴斯奈特看来，"翻译是一种文化构建"的理论提出主要从两方面着手进行：意识形态和诗学观。

在《文化构建——文学翻译论文集》中他们宣称：翻译不是在真空中进行，也绝不会在真空中被接受。而译者为了忠实于自己的委托人或出版机构、预期的读者等，不可能选择"字字对译"的翻译方法，必然对原文

---

① Lefevere，A. *Translation，Rewriting and the Manipulation of Literary Fame*．Shanghai：Shanghai Foreign Language Education Press，2001：36．

本实施一定程度的"改写"与"操纵",以便达到构建自身文化的目的。翻译可以传播一种意识形态,维护或巩固现有的社会秩序;翻译也可以输入一种新的意识形态来帮助目标语社会建立一种新的秩序;翻译还可以破坏乃至于颠覆目标语文化中现行的意识形态以及权力机构;翻译甚至还可以有效地在目标语文化中构建"他者"的形象,达到宣传、歪曲或颠覆他者文化之目的。

诗学观对文化构建的作用主要体现在,译者通过翻译可能对原文的诗学观进行"改写",以便顺应目标语社会的诗学观,符合目标语读者的诗学期待。译者还可以通过翻译引入一种新的文学样式或文学潮流,成为促进目标语文学变革与发展的一种力量,重塑目标语文学发展的方向,加快目标语诗学演变的过程。译者在原文诗学观和目标语诗学观之间做出的协调与妥协,可以洞悉文化适应(acculturation)的过程,可以清楚地见证某一特定诗学观力量的强弱程度。

在《翻译、历史和文化》一书的序言中,勒菲弗尔和巴斯奈特这样写道:"所有的'改写',无论其意图如何,都反映了一定的意识形态和诗学观,因而操纵文学在一定的社会以一定的方式发挥作用。改写是操纵,是为权力服务的。其积极的方面能有助于文学和社会的演进。'改写'可以引入新的概念、新的文学样式、新的手法。翻译的历史也是文学变革的历史,是一种文化塑造另一种文化的历史。但是'改写'也能抑制改革,并对此加以歪曲或控制。在一个各种操纵日益增强的时代,通过对翻译展示出来的文学操纵过程的研究,能有助于我们更清楚地了解我们所生活的世界。"①在这里,勒菲弗尔和巴斯奈特总结出翻译对目标语文化的演进所起到的重要推进作用,翻译是一种文化构建,这种文化构建作用需要通过译者翻译策略的选择来得以实现。

四是勒菲弗尔对翻译策略的研究,特别是对文学翻译策略深入而细

---

① Bassnett, S. & Lefevere, A. *Translation*, *History and Culture*. London & New York: Printer, 1990:1.

致的研究。

　　首先,他从文化研究的层面对译者翻译策略选择的分析研究:译者为何选择这样的翻译策略,以及选择这样的翻译策略在目标语文化中发挥出怎样的作用等。在《文化构建——文学翻译论集》中有两篇文章是从文化研究的角度对翻译策略的研究论述:一篇是《导言:翻译研究中我们身处何处?》("Introduction:Where Are We in Translation Studies?")一文,在该文章中,勒菲弗尔和巴斯奈特总结出三种翻译模式,即:哲罗姆式、贺拉斯式以及施莱尔马赫式,并对这三种翻译模式的作用做了详细论述。他们指出,哲罗姆式是指传统的"字字对译"的忠实模式,由于该模式对翻译的思考只徘徊于语言层面,忽略了翻译的历史文化语境,只可用于翻译技能的教学,用以检查学生对语言知识掌握的熟练程度。贺拉斯式是意译的模式,这种模式更倾向于忠实于译者所服务的对象。译者在两个委托人和两种语言之间进行协商,不可能完全公平对等,必然倾向于强势的一方。在贺拉斯时代,拉丁语享有绝对的强势地位,正如当今英语在全球占据霸权地位一样。因此,一切翻译成英语的文本,尤其是从第三世界国家译入英语的文本,几乎无可避免地向英语倾斜。从翻译是如何影响目标语文化中人们的写作方式,可以看出权力与强势文化的统治作用。施莱尔马赫式的翻译模式强调异化翻译策略的重要性,这是一种在翻译中刻意保持原语异质文化身份,保留原文异国情调的翻译模式。后两种翻译模式都将翻译提升到文化层面进行考量,勒菲弗尔和巴斯奈特更加关注以目标语读者为中心、以满足委托人需要为宗旨的贺拉斯式的翻译模式。因为,这种模式有助于研究翻译操纵过程中有关权力与强势文化的问题,有助于研究翻译过程中发生的统治、屈服与抵抗等问题。另一篇是《中西翻译思维》("Chinese and Western Thinking on Translation")一文,在该文章里,勒菲弗尔指出:"重要的是,翻译方法的变化不是任意发生的。相反,它们与不同文化在不同时期接受翻译现象,接受异质文化的存在所带来的挑战以及需要从若干可能的策略中选择出来对待异质文化的方法密切相关。"①在这里,勒菲弗尔说明翻译策略与方法并不是一成不变的,而是会随时代的变迁而有所变化。他通过对中西翻译现象的考察,发现译者翻译策略的选择体现出一种文化对待另一种文化的态度,这种态度的变化取决于一种文化中占据统治地位的权力机构。当然勒菲弗尔所提到的翻译策略包含两方面的内容:对拟翻译作品的选择和蕴含于策略之中的具体翻译方法。

其次,他从翻译实践的视角入手,对文学翻译策略选择所做的深入而细致的探讨,这也是勒菲弗尔翻译思想的另一个主要内容。作为文学翻译家、翻译理论家,勒菲弗尔自然会将翻译研究的重点放在对译者翻译策略选择的研究上。他早期的翻译理论研究也主要是对文学翻译策略的研究,在 20 世纪 80 年代,勒菲弗尔开始对大量翻译现象进行研究与思索,探讨具体的翻译策略选择的问题,不过那时他主要的关注点在于文本意义的得失问题上。例如,他通过对古罗马诗人卡图卢斯(G. Valenius Catullus)的诗歌翻译进行的比较,归纳出七种诗歌翻译策略:音位翻译、直译、韵律翻译、散文翻译、押韵翻译、无韵诗翻译和阐释法等。最后他总结指出,这七种翻译策略都难以令人满意,因为它们只注重原文的某一方面;译者仅仅能传达出原文语言的意义是不够的,还应尽可能地译出原文的交际意义。

在进入 20 世纪 90 年代之后,特别是在 1992 年,他同时发表三部具有代表意义的著作:《翻译、改写和文学名声的制控》《文学翻译:比较文学背景下的理论与实践》和《翻译、历史与文化论集》。在这三部论著里,勒菲弗尔除了论述"改写"理论以及与"改写"理论密切交织在一起的"文化构建"理论之外,他还深入分析了制约译者翻译策略选择的四个因素。勒菲弗尔不仅站在一个翻译理论家的高度,指出目标语社会中权力因素对翻译活动的制约,同时他也作为一个翻译活动的实践者,深入细致地研究文

---

① Bassnett, S. & Lefevere, A. *Constructing Cultures: Essays on Literary Translation*. Shanghai: Shanghai Foreign Language Education Press, 2001:12.

学翻译策略选择的问题,他将研究的重点放在译者在何种情况下选择了何种翻译策略,以及这样的翻译策略在目标语社会中起到何种作用,等等。从《翻译、改写以及对文学名声的制控》,到《翻译、历史与文化论集》,再到《文学翻译:比较文学背景下的理论与实践》等理论著述,勒菲弗尔完成了对制约译者翻译策略选择的"四因素"的研究,并对这"四因素"按其重要性做了如下排序:意识形态、诗学观、话语世界和语言。他指出,译者的翻译策略选择都是在意识形态层面、诗学层面、话语世界层面以及语言层面做出的选择。文学翻译是"两种语言在两种文学传统的语境下发生碰撞的结果,翻译是文化互动。译者周旋于两种文学传统之间,心中早有一定的目的,并按自己的主张进行翻译,不可能是客观的、中立的"①。

勒菲弗尔对翻译的研究,既没有脱离翻译的本体研究,也没有仅局限于这一狭小的范畴,他在上述四个方面的理论思想,既相互独立,又相辅相成,构成他完整的翻译理论体系。翻译理论有两大作用:一是从大量的翻译现象中提炼出来,并经过归纳与总结,上升到理论的高度,最后又回到实践中去指导具体的翻译实践;二是翻译理论还可以超前发展,与实践保持较高的距离,甚至还可能与实践渐行渐远,向纯理论方向发展,只在理论层面对翻译活动进行抽象思考。这种理论不一定能直接指导实践,但它本身具有的前瞻性、严密的系统性和抽象性,可以预示翻译研究的未来和发展趋势,对翻译学科的构建起着积极的推动作用,因而这种高屋建瓴、高瞻远瞩的翻译理论可以从更高、更远的层次上引领、指导翻译实践的发展。勒菲弗尔的翻译理论思想不仅将"形而上"的理论与"形而下"的实践不可分割地交织在一起,还让它们相互滋养,因而他的理论不仅预示了翻译研究未来的发展趋势,引领了翻译研究的发展方向,还对翻译实践起到积极的促进作用。作为卓越的翻译理论家和翻译家,勒弗菲尔完成了从实践到理论的升华,又从升华之理论达到拓展和完善翻译学科建设

---

① Lefevere, A. *Translating Literature*: *Practice and Theory in a Comparative Literature Context*. Beijing: Foreign Language and Research Press, 2006:6.

的高度,最终他的理论又落脚于对翻译实践的指导这种良性循环。他在翻译研究上取得的丰硕成果完美地诠释了马克思主义辩证唯物主义认识论,为翻译理论与翻译实践之间的关系这个令人争论不休的问题给出了最无懈可击的回答。

三、勒菲弗尔的翻译策略"四因素"

在谈到翻译理论与翻译实践的关系时,巴斯奈特在《文化研究中的翻译转向》("The Translation Turn in Cultural Studies")一文中,曾这样写道:"理论与实践永远不可分割地交织在一起,理论不能作为抽象的概念而存在,它是动态的和与具体的翻译实践相联系的。理论与实践应相互滋养。"①文化学派对翻译理论与翻译实践之间相互关系的重视,最显著地体现在勒菲弗尔对文学翻译策略选择问题细致而深入的研究中。他本人不仅从事大量的翻译实践,还通过对历史上的翻译现象进行细致的分析与深入的研究,将关注的重点放在对文学翻译策略选择制约机制的研究上。在《翻译、改写以及对文学名声的制控》一书中,他除了探讨操纵翻译活动改写的"三要素"外,也将研究的重点放在文学翻译策略选择的问题上。他反复强调,翻译是一种"改写",而改写是通过译者翻译策略的选择得以实现的。译者做出的翻译策略选择首先要受到这两种因素的制约:"译者的意识形态"和"在译文形成时代接受文学中占主流地位的诗学观"②。同时他又进一步指出,"这两者并不矛盾,最后仍会殊途同归。因为,意识形态规定了译者准备使用的基本策略,因而同时也规定了解决问题的方法,而这些问题恰恰是关涉原作中所表达的'话语世界'(universe of discourse)(属于原作者所熟悉的世界中的事物、概念和习俗)以及原作

---

① Bassnett,S. & Lefevere,A. *Constructing Cultures:Essays on Literary Translation*. Shanghai:Shanghai Foreign Language Education Press,2001:124.

② Lefevere,A. *Translation,Rewriting and the Manipulation of Literary Fame*. Shanghai:Shanghai Foreign Language Education Press,2001:45.

据以表达的语言"①。勒菲弗尔在这里不仅提到上述两个因素可以从根本上决定一部文学作品的形象被翻译成功地表现出来,而且还将话语世界和语言的影响一并提出来。

紧接着勒菲弗尔对"话语世界"的概念做了进一步解释,认为话语世界主要指"属于原作者所熟悉的世界中的物体、概念和习俗"。在陈德鸿和张南峰编的《西方翻译理论精选》一书中,将其译成"文化万象",与本书所采用的"话语世界"属于同一概念。译者通常会以自己身处的话语世界为标准来对待原文的话语世界,勒菲弗尔通过分析发现,一些译者之所以在翻译荷马史诗时不愿意将史诗里的一些词汇、事物以及习俗翻译出来,是因为这些东西在他们的话语世界里是难以接受的。因此,译者对待原语话语世界的不同态度会影响他选择不同的翻译策略,当然译文预期的读者也影响译者在处理原语话语世界时所做出的翻译策略选择。

在《文学翻译:比较文学背景下的理论与实践》著述中勒菲弗尔指出:译者出生在特定的语言环境里,熟悉这种语言使用的规范。而语言作为文化的载体与表现,必然打上译者自身文化的深深烙印。译者在翻译时很难将依附在语言中所包含的文化内涵全部传达出来。在《翻译、改写以及对文学名声的制控》著述中,他又指出:译者很容易受到目标语社会的主流翻译诗学观的影响,认为在译文中采取某一种翻译策略比采取另一种翻译策略所达到的效果更好。但是译者可以有权反对某种翻译诗学观,但他确实无法质疑两种语言之间存在的差异性。任何翻译培训不能减少语言之间的这种差异性,然而却可以提醒译者翻译诗学的相对性,以及翻译策略选择也无法克服语言的差异性。很显然,勒菲弗尔在这里指出了语言差异性成为制约译者翻译策略选择的因素之一。有鉴于此,译者翻译策略的选择不可能局限于一两个层面的问题,而是牵涉到意识形态、诗学观、话语世界以及语言本身等四个层面的问题。

---

① Lefevere, A. *Translation, Rewriting and the Manipulation of Literary Fame*. Shanghai: Shanghai Foreign Language Education Press, 2001:41.

也就是在《文学翻译:比较文学背景下的理论与实践》著述中,勒菲弗尔完整地提出影响译者翻译策略选择的四个因素,并按其重要性作如下排序:"(1)意识形态,(2)诗学,(3)话语世界,(4)语言。"①他之所以把意识形态放在首位,其中的道理很显然。首先,译者要使自己的译作出版,就要符合赞助人的意志,尽量不使其与目标语社会中的意识形态发生冲突。如果与原文有冲突的地方,译者往往会通过选择适当的翻译策略来加以处理,例如,选择删除不译或采取适当的改写等策略。其次,译作要出版,必须考虑目标语读者的接受,还要力求符合目标语的文学观(或称诗学观)。勒菲弗尔指出,原语话语世界中有些事物对目标语读者来说是无法理解的,译者不得不从目标语话语世界中找到相关的概念来代替。如果实在无法找到相对应的概念,必须利用前言、脚注或注释等形式对原语话语世界中陌生的概念加以解释。翻译对不同文化之间的沟通、交流、互鉴与吸收起着举足轻重的作用,文化适应是个渐进的过程,原语话语世界中独有的文化概念在文化交流之初有可能在翻译时会被译者"归化"为目标语读者易于接受的概念,但是随着文化交流的不断推进与深入,译者又可以采取直译与加注释相结合的方法,最后到完全吸收至目标语文化中来,这个过程是一个循序渐进的过程。勒菲弗尔用较长的篇幅对译者翻译策略选择所面临的语言问题进行了详细的论述。他着重从语言的"言外行为层面"(illocutionary level)入手,探讨两种语言差异性对译者翻译策略选择的影响。

勒菲弗尔认为,译者在翻译过程中,是着意贴近原文的形式,还是力求迎合目标语读者的意识形态和诗学期待,前一种译法被称为"忠实"的翻译,后一种译法被称为"自由"的翻译。译者在做出翻译策略选择的时候,应牢记他的首要任务是让目标语读者看懂原作。就理想而言,译者最

---

① Lefevere, A. *Translating Literature: Practice and Theory in a Comparative Literature Context*. Beijing: Foreign Language Teaching and Research Press, 2006:87.

好能将原著的信息内容和"言外行为之力"(illocutionary power)都传达
出来。然而在实际的翻译中,译者几乎总能令人满意地传达出前者,但却
难以传达出后者。"如果他们想在文本和目标语读者中发挥好的中介作
用,他们必须考虑目标语的意识形态和诗学期待,而不是考虑影响原著产
生的意识形态和诗学观。如果拿不准该怎么办时,建议译者还是向目标
语读者和他们的阅读期待倾斜,而不是向原文倾斜。"①

勒菲弗尔对这"四因素"的论述并非凭空杜撰,而是基于对丰富的翻
译现象进行分析研究而总结归纳出来的。他在该著述中以翻译卡图卢斯
的诗为典型案例,花大量篇幅详细分析这"四因素"是如何制约译者翻译
策略选择的。在卡图卢斯的第三十二首诗中,诗人描述"我"与"花娘"在
一起时的情景,在描述"我"的激烈之情时,诗人使用了较为露骨的粗俗语
言。近一百五十年来,卡图卢斯的翻译者都出于对意识形态的考虑,而对
这些露骨的粗俗语言采取不同形式的"回避"策略:要么干脆删减不译;要
么就对这些不堪入目的语言采取诗化的语言加以模糊处理,或是采取加
注释的方式来冲淡原文的不雅字眼。

从诗学观点来看,原文本是无韵诗,英国有的译者将其译成有韵体
诗,而且使用了古体字,主要是为了迎合当时英国的文学传统:即永恒的
古典作品最好用韵体诗以及用略带古体的字眼来传译。在再现原诗所体
现的话语世界方面,原诗中出现的"tabellam"一词是"panel"(门板)的意
思,但在罗马时代的"panel"究竟是什么样的结构,多数译者并没有为此多
费心思,而是不假思索地采取"本土化"策略或加以简化处理,可能是考虑
目标语读者对此会感到难以理解。对于本诗的语言问题,他着重从译者
处理语言的"言外行为之力"的问题入手,列举了诸如头韵、典故、外来词、
双关语等十八种在翻译中常见的具有"言外行为之力"的措辞或句式,并

---

① Lefevere,A. *Translating Literature*:*Practice and Theory in a Comparative Literature Context*. Beijing:Foreign Language Teaching and Research Press, 2006:19.

加以详细的分析与阐述,旨在说明两种语言的差异性对译者翻译策略的影响。最后他指出,译者首先应确定一个翻译整个文本的总体翻译策略,进而在总体翻译策略的基础上,为文本不同片段的不同问题选择具体的解决方案。

勒菲弗尔强调指出,译者都是"妥协大师",他必须在意识形态层面、诗学层面、话语世界层面以及语言层面上做出自己的翻译策略选择。作为翻译理论研究者,勒菲弗尔对翻译策略问题的研究"试图以一种超越对与错的方式来讨论翻译"①。他对翻译理论的研究是建立在对翻译现象进行细致而周密考察的基础之上,以一种历史的、描述的方法而进行的,既充分汲取语言学翻译研究的合理成分,也严肃批评该学派不是着意描述翻译事实,而是试图建立权衡等值的翻译标准,这种翻译研究范式缺乏历史的观念,又脱离特定的语境,因而存在很大的弊病,在很大程度上导致翻译理论研究的停滞不前。

勒菲弗尔最后强调,译者很难完全忠实再现原著。因为"翻译发生在作家与他们的翻译者相遇的时刻,在这相遇中,至少有一方是一个鲜活的人,有着自己的目的性。译者周旋于两种文学传统之间,他在这样做时心中早有一定的目的,不可能以一种客观中立的方式来再现原作。译作也不是在纯粹的实验室条件下生产出来的,原作确实可以再现,但却要按照译者的方式来再现,即使这些方式有时凑巧会产生出最为直译(忠实)的译作"②。勒菲弗尔从文化研究的视角解构了翻译的"忠实"神话,但不同于德里达的解构主义是从意义的不确定性入手来解构翻译的忠实性的。

虽然勒菲弗尔的翻译理论思想强调目标语社会文化因素对翻译行为

---

① Lefevere, A. *Translating Literature*: *Practice and Theory in a Comparative Literature Context*. Beijing: Forcign Language Teaching and Research Press, 2006:6.

② Lefevere, A. *Translating Literature*: *Practice and Theory in a Comparative Literature Context*. Beijing: Foreign Language Teaching and Research Press, 2006:6.

的操纵,有批评认为其理论淡化了翻译行为的本质属性,为翻译研究的"泛文化"观寻找到可乘之机,但是我们认为,勒菲弗尔的"四因素"构成一个完整的翻译策略选择制约体系,为译者翻译策略选择的研究提供了一个较为系统的研究机制。因此,本书就以这"四因素"为理论框架,通过具体的案例来探讨文学翻译策略选择的问题。

第二章　意识形态与翻译策略的选择

翻译不可避免地屈从于权力,成为目标语社会权力关系作用下的产物,继而沦为一种"改写"。在目标语社会中权力意志最显著、最重要的体现就是意识形态。翻译是向本土文化意识形态输入异域文化意识形态的过程,从表面上看,这种输入是一种"和平而友好"的"对等交流",实际上背后隐藏着两种不同意识形态之间的渗透、屈服与颠覆的过程。

第一节　意识形态概述

意识形态(ideology)属于哲学范畴,可以看作对事物的理解、认知而形成的思想观念,一般而言由观念、概念、思想、价值观等要素组成。拥有不同意识形态的个体,对同一事物的理解、认知也不尽相同。意识形态一词由 18 世纪法国著名的哲学家、政治家特拉西(Antoine Destutt de Tracy)首次提出,自此之后,学术界对意识形态概念与内涵的描述可谓千姿百态,难以形成统一的定论,有学者称其为 20 世纪的哲学之谜。尽管如此,我们还是可以从一些著名的政治家、哲学家以及文学理论家的论述中寻求到答案。

一、意识形态的概念

意识形态概念最早可以追溯到柏拉图(Plato)的"理念世界",英国哲学家培根(Francis Bacon)的"四假象说",英国哲学家洛克(John Locke)

的心灵"白板"说以及法国启蒙学者蒙田(Michel de Montaigne)对"偏见"的论述等,都可视为对意识形态概念的早期研究,而真正把意识形态作为概念正式引入西方学术史的还是特拉西。特拉西是法国著名的哲学家、政治家,他深受法国启蒙主义思想的影响,在启蒙主义理性精神的激荡下,他致力于建立一种观念的科学。这种观念科学是以我们身体的感觉为基础,对思想的起源进行理性的研究,并为其他科学奠定基础。1796 年特拉西在《意识形态的要素》这部著作中首次提出意识形态的概念并着手构建意识形态的理论,他将其称为"观念的科学"(science of ideas)。意识形态概念的提出,标志着人类对自身认知的一次大飞跃,也是认识论发展史上的一个新转向,对世界政治、经济、社会的发展具有重大意义。

由于历史的原因,意识形态一直都包含有贬义。法国大革命之后,社会动荡不安的局势把拿破仑推上独裁统治的历史舞台。由于启蒙主义思想与拿破仑实行独裁统治相违背,他对特拉西等人进行镇压,还将其军事进攻的失利归因于这些"意识形态家"。拿破仑轻蔑地称呼特拉西等人为脱离生活的空想家并赋予意识形态完全否定的内涵。"从那以后,'意识形态'便具有了赞美性和辱骂性的双重内涵,这不只在法国,而且在德语、英语、意大利语以及其他几乎所有翻译或音译了这个概念的语言里,都是如此。"①

随着西方资本主义社会的向前发展,对意识形态的批判理论成为文化研究的一个重要议题,并越来越具有跨学科的性质。在这种背景下,意识形态的概念变得更加名目繁多。根据英国著名的文学理论家、文化批评家伊格尔顿(Terry Eagleton)对目前西方学术理论著述关于意识形态概念的统计,他认为至少有十多种。他又将这十多种概念归纳为三种:一是指社会特定团体的信仰和观念,是在一定社会利益的刺激下形成的思想形式或具有行动导向的话语;二是指作为一个整体社会权力的生产所形成的思想观念;三是指必不可少的中介,通过它可以感知"它"所存在的

---

① 王逸舟. 当代国际政治析论. 上海:上海人民出版社,1995:231.

世界,并激活个体与社会结构的联系等。

二、马克思主义者对意识形态的观点

1846 年,马克思发表著名的《德意志意识形态》一书,标志着马克思主义意识形态理论的形成,与此同时意识形态的概念开始真正流行起来。在这部著作里,马克思不仅揭示意识形态的虚假性和阶级性,还指出意识形态作为上层建筑和人类文化载体所拥有的本质特点。马克思把当时的青年黑格尔派的观念称为"德意志意识形态"并认为它们是虚假的、不科学的,赋予意识形态负面的内涵。随后在《路易·波拿巴政变记》一书中,马克思的观点有所变化,他开始把意识形态当作一个中性概念来使用,并对意识与意识形态这两个概念进行了区分。马克思认为,任何意识形态的产生不是凭空想象的,而是根源于社会实践活动,是社会实践的产物。他指出,"思想、观念、意识的生产最初直接与人们的物质活动,与人们的物质交往,与现实生活的语言交织在一起"[①]。随着社会分工的发展,"意识才能摆脱世界而去构成'纯粹的'理论、神学、哲学、道德等等"[②]。

在《〈政治经济学批判〉导言》中,马克思进一步指出:"这些生产关系的总和构成社会的经济结构,即有法律的和政治的上层建筑竖立其上并有一定的社会意识形态与之相适应的现实基础。物质生活的生产方式制约着整个社会生活、政治生活和精神生活的过程。不是人们的意识决定人们的存在,相反,是人们的社会存在决定人们的意识。"[③]在《资本论》中,马克思又进一步丰富和发展了意识形态学说并赋予意识形态新的内涵。马克思认为,物质生产的特定历史阶段决定着意识形态的统治地位,生产关系代表的阶级的性质决定着意识形态的性质,意识形态与经济关系紧密相连,作为观念的上层建筑,意识形态成为统治阶级实现其统治的工

---

① 马克思,恩格斯.马克思恩格斯选集:第 1 卷. 北京:人民出版社,1995:72.
② 马克思,恩格斯.马克思恩格斯选集:第 1 卷. 北京:人民出版社,1995:82.
③ 马克思,恩格斯.马克思恩格斯选集:第 2 卷. 北京:人民出版社,1995:32.

具。在阶级社会中,意识形态又被称为"阶级社会的维护意识"。

马克思的意识形态学说不仅赋予意识形态以政治功能、经济功能及社会功能,同时还赋予它很强的文化功能。意识形态不仅是统治阶级的阶级意识,也是阶级社会中的主流文化,可以协调社会中的关系,整合社会力量,形成共同的思想动力和行动动力。在现实社会中,统治阶级的思想观念和价值取向居于思想层面的主流地位,会形成一种文化评价标准,制约人们对文化的创造。因此,意识形态实际扮演着文化发展的载体角色,社会成员对主流文化的认同也是对占据统治地位的意识形态的认同。

列宁的意识形态学说是 20 世纪马克思主义意识形态学说进一步发展的重要标志。列宁把意识形态当成一种理论,并使之成为无产阶级革命的精神武器。列宁在《唯物主义和经验批判主义》一书中,提出"科学的思想体系"的概念,他说道:"任何思想体系都是受历史条件制约的,可是任何科学的思想体系(例如不同于宗教的思想体系)和客观真理,绝对与自然相符合,这是无条件的。"①也就是说,列宁依然坚持马克思主义的辩证唯物主义和历史唯物主义观点。

毛泽东通过运用"文化""观念形态""思想体系"等三方面的内涵来探讨意识形态问题,从而进一步拓展了马克思主义意识形态学说。在《新民主主义论》一文中,毛泽东这样写道:"一定的文化(当作观念形态的文化)是一定社会的政治和经济的反映,又给予伟大的影响和作用于一定社会的政治和经济;而经济是基础,政治则是经济的集中表现。"②

作为早期的西方马克思主义者,葛兰西(Antonio Gramsci)从马克思主义意识形态学说及列宁关于领导权的理论中吸收大量营养成分并在此基础之上,提出自己的意识形态领导权理论。他在其著名的《狱中札记》(*Prison Notebook*)一书中指出:"意识形态是一种在艺术、法律、经济行为

① 列宁选集:第 2 卷. 北京:人民出版社,1960:135.
② 毛泽东选集:第 2 卷. 北京:人民出版社,1991:663-664.

和所有个体的及集体的生活中含蓄地显露出来的世界观。"①葛兰西认为，仅仅依靠暴力，政权难以维持长久，统治阶级必须通过对意识形态的控制，使得大众在思想上接受自己的统治，从而保证自己政权的稳固。为此，他们需要通过学校、报刊以及各种传播媒介来宣传与维护自己的意识形态。而包括文学家、哲学家、艺术家等在内的知识分子属于上层建筑的综合，他们不仅承担着对大众的教育与引领作用，还承担着帮助统治者制定意识形态的重任。

在葛兰西的意识形态领导权的基础之上，阿尔都塞（Louis Pierre Althusser）则进一步将哲学与国家、国家机器的权力联系在一起。他说："人生来就是意识形态的动物。"②在这里阿尔都塞给人的本质下了定义。阿尔都塞提出的另一个著名概念，即"意识形态国家机器"，与马克思曾经使用过的"国家机器"概念不同的是，他将以下机构看成国家意识形态：宗教意识形态、教育意识形态、家庭意识形态、法律意识形态、政治意识形态、工会意识形态、传播意识形态以及文化意识形态（文学、艺术等）等。马克思所指的"国家机器"的表现形式是军队、警察、法庭和监狱等，它们通过暴力而发挥作用；而阿尔都塞的"意识形态国家机器"是意识形态以观念等形式潜移默化地发挥作用，这种作用具有一定的隐蔽性和象征性。

从马克思主义者对意识形态的论述，可以看出他们都把意识形态看作一个与阶级紧密相连的概念，不仅是反映一定阶级、阶层或社会集团的社会关系的思想体系，还是集中反映一个阶级的法律、政治、宗教、艺术等的社会学说，是该阶级或社会集团的政治纲领、行为准则、价值取向、社会理想等思想理论的依据。

三、意识形态与文学的关系

按照马克思主义的观点，意识形态是一个总体性的概念，由各种具体

---

① 葛兰西. 狱中札记. 曹雷雨, 姜丽, 等译. 北京: 中国社会科学出版社, 2000: 57.
② 陈越. 哲学与政治: 阿尔都塞读本. 长春: 吉林人民出版社, 2003: 362.

的意识形态构成的思想体系,包括经济意识形态、政治意识形态、法律意识形态、道德意识形态、艺术意识形态、宗教意识形态和哲学意识形态等。意识形态这一总体结构又可以划分为三个层次:一是经济意识形态、政治意识形态及法律意识形态,它们以最直接的方式反映经济基础;二是道德意识形态和艺术意识形态,它们处于中间层,对人们的行为方式和性格形成起着举足轻重的作用;三是宗教意识形态和哲学意识形态。而后两个层次所包含的意识形态形式,它们以"润物细无声"的方式灌注于人们的心灵,渗透到社会成员的日常精神生活中,影响人们的世界观、人生观、价值观、思维模式和行为方式等。总之,意识形态可以维护统治阶级的意识,反映统治阶级的思想,充当社会的主导思想和行动指南。葛兰西把意识形态比作"社会水泥",认为它在维持社会政权的巩固与统一中,起到了"团结统一的水泥作用"①。意识形态是一套系统化、理论化的思想观念体系,它以政治思想法律制度为核心,能给人以影响、教育与教化的作用。

　　文学关注人的情感、人的命运以及人的存在,体现出人的内心世界与外部世界的对立统一关系。文学作品必然会与社会现实发生关系,文学作品本身也是构成这一社会现实的一部分。于是高尔基提出"文学即人学"的命题。马克思将文学归为意识形态范畴,认为政治和文学艺术都是在一定经济基础之上的上层建筑,并为一定的经济基础服务。恩格斯认为文学与宗教、哲学一样是一种"更高悬浮于空中的意识形态"②。只不过文学是作为一种特殊的意识形态,因为它还具有很强的审美特性。马克思、恩格斯历来十分重视文学的审美维度,主张应从美学和历史相结合的角度去评价文学。

　　文学是用语言表现心灵审美的艺术,语言是文学观念的载体,也是文

---

① 普兰查斯. 政治权力与社会阶级. 叶林,等译. 北京:中国社会科学出版社,1982:213.

② 马克思,恩格斯.马克思恩格斯选集:第4卷. 北京:人民出版社,1995:249.

学的形式。文学既是意识形态的一种表现形式,又是一种语言艺术。文学作为一种"特殊的"意识形态,具有很强的艺术审美特性。语言的传授总是自觉地或不自觉地以一定的价值观为导向,传授语言的过程本质上是传授意识形态的过程。艺术是感性的,意识形态是理性的,似乎二者很难调和相融。但正如阿尔都塞所说那样:"每一件文艺作品,都是由一种既是美学的又是意识形态的意图产生出来的……因此,艺术作品与意识形态保持的关系比任何其他物体都远为密切,不考虑到它和意识形态之间的特殊关系,即它的直接的和不可避免的意识形态效果,就不可能按它的特殊美学存在来思考艺术作品。"①显然在这里阿尔都塞旨在说明文学艺术与意识形态之间的紧密关系,不存在不包含一定意识形态意图的文学作品。在他的眼中,艺术作品在这里与意识形态达成共识:艺术作品"既是审美的又是意识形态的"②。

葛兰西更是将文学与政治密切联系在一起,他认为文学艺术是一种意识形态,并赋予文学艺术以政治功能。作为西方马克思主义者、文学理论家,伊格尔顿对文学与意识形态关系问题的论述最为鲜明、最为具体。伊格尔顿认为,文学作品直接依托的不是历史,而是意识形态。因此,文本不是历史现实的"反映",而是各种意识形态相互作用的动态生产过程。在此基础上,他提出"文学就是意识形态,它与社会权力问题有着密切的关系"③这样的观点,并且还明确指出文学是如何与意识形态发生关联的。他这样说道:"文学文本不仅是通过它如何使用语言、而且是通过它与所使用的特定语言所产生的一般意识形态相联系。"④在这里,伊格尔顿表明语言不是中立的符号系统,而是从一开始就是政治性的或意识形态性的,

---

① 陆梅林. 西方马克思主义美学文选. 桂林:漓江出版社,1988:537.
② 陈越. 哲学与政治:阿尔都塞读本. 长春:吉林人民出版社,2003:59.
③ Eagleton, T. *Literary Theory*: *An Introduction*. 2nd ed. Oxford: Blackwell Publishers Ltd., 1996:19.
④ Eagleton, T. *Literary Theory*: *An Introduction*. 2nd ed. Oxford: Blackwell Publishers Ltd., 1996:23.

文学可以被视为是这种语言斗争的动因和结果。统治阶级可以通过允许或鼓励文学传输一种意识形态,来达到建立和巩固自己的领导权的目的。因此,在文学生产中,如何使用语言以及使用何种语言首先是一个由意识形态决定的行为。

不仅如此,伊格尔顿还从对文学文本的具体分析中得出,文学文本是作者在一定的意识形态结构中生产出来的,文学的生产是审美意识形态的生产,作者总要用一定的审美形式来对意识形态进行加工,文学文本是意识形态和审美形式上的双重组合。文学创作无法逃避意识形态,对文学尤其是小说进行话语分析,也就不可能不涉及意识形态蕴含,"文学话语既是诗学的,又是意识形态的"①。

俄罗斯形式主义者对文学作品包含的"文学性"推崇备至,认为艺术是永远独立于生活的,文学的本质在于文学性。这一文学流派完全沉浸于研究文学的形式问题,似乎对政治丝毫不关心,事实上他们是为了摆脱当时的俄国政治革命,反对文学成为政治意识形态的附庸而采取的一种抵抗策略,从本质上也难以逃脱其政治性的目的。这就是为什么马歇雷(Pierre Mecherey)认为文学作品的审美效果无疑会导致某种统治效果,越是强调审美效果的,其意识形态的统治效果也就越强烈。俄罗斯另一位诗学家巴赫金(Mikhail Bakhtin)则在继承形式主义合理方面的基础之上发展了自己的文学理论观,他认为文学理论不仅存在于宏观的理论概括之中,也存在于微观的作品分析之中。文学是以独特的艺术意识形态身份参与到文化现实事件中,由此而确立文学特殊的意识形态属性。巴赫金将文学理论的研究从纯粹语言艺术的层面拓展到社会、历史及文化的层面,是对马克思主义文学理论观的丰富和发展。

① 陈越. 哲学与政治:阿尔都塞读本. 长春:吉林人民出版社,2003:59.

第二节 意识形态对文学翻译的影响

文学与意识形态之间联姻,注定文学翻译与意识形态也难以撇清关系。勒菲弗尔说译者都是妥协大师,指的是译者在原文意识形态与目标语意识形态的双重压力之下,不得不周旋于二者之间,不动声色地从事着对意识形态的操纵。

一、文学翻译:意识形态作用下的政治目的

当福柯宣称"人之终结"时,他其实是将人性置于知识—权力的关系中,揭示人性被"规训化"而丧失其主体性的实质。译者作为鲜活的人,生活在特定的社会环境之中,他所从事的翻译行为暗含着很强的政治目的性意蕴。福柯说:"一个语词只有进入特定话语的范畴才能获得意义,也才有被人说出的权力。否则,便要被贬入沉寂。特定的话语背后,总体现着某一时期的群体共识,一定的认知意愿。"①这就意味着,文学作为一种话语形式也是权力运作的工具,文学作品要得到社会普遍的认可与接受,其内蕴必须切合社会的"群体共识"。勒菲弗尔一再声称,翻译不是在真空中进行,也不可能在真空里接受,旨在说明翻译是不同的文化、意识形态交汇、碰撞的场合。其结果必然造成"一种文化和意识形态对另一种文化和意识形态的改造、变形与再创作"②。

翻译与意识形态紧密交织的关系表明,翻译具有很强的政治目的性,翻译成为一种政治行为。纵观中国近现代翻译史,翻译的政治目的性十分明确。清末民初中国翻译界流行的"豪杰译法"并不是译者的一时兴趣,而是在当时的社会环境下,一批进步的知识分子企图通过翻译来达到

---

① 福柯. 性史. 张廷琛,等译. 上海:上海科学技术文献出版社,1989:4-5.
② Lefevere,A. *Translation*,*Rewriting and the Manipulation of Literary Fame*. Shanghai:Shanghai Foreign Language Education Press. 2001:75.

对国人启蒙教育之目的。最典型的就是严复本人,他翻译书籍具有很强的政治目的性。他所介绍的西学,主要是为了宣传自己的政治主张;他所选择翻译的书籍,都是反映资本主义社会、经济和政治制度的社会科学著作;他将翻译视为一种实现自己理想和抱负的政治手段。在翻译的过程中,他又通过选择有目的地增删、省略等翻译策略来实现自己的政治主张,却消解了他所厘定的"信"的追求,而隐藏在这种"不信"的翻译策略背后的是一股隐性的政治意识形态操纵的力量。

而几乎在同一时期,另一个政治活动家和文学家梁启超更是将他的翻译活动与政治抱负紧密结合起来。他通过译介西方政治思想理论著述、科学文化知识书籍,特别是亲自从事政治小说的翻译实践,来实现自己救国报国的政治抱负和远大理想。"以译举政"是他从事译介西方先进科学文化思想的价值取向,从一开始就包含着通过翻译救国的政治动机,以便达到启蒙国民、改良中国社会的政治目的。作为资产阶级改良运动的鼓吹者和代言者,他对马克思主义学说的译介,使他获得"最早译介马克思学说的第一个中国人"①的殊荣。他在发表的《译印政治小说序》一文中,使用"政治小说"的概念,呼吁"欲新一国之民,不可不先新一国之小说"。这对中国文学文化的影响广泛而深刻。他主张译介外国政治小说以促进当时的社会变革,不能简单地以"信达雅"的翻译标准来衡量其翻译的价值含量,而是应站在当时社会变革的前沿与高处,与当时中国的社会历史语境紧密联系,看到翻译作为一种革命手段在中国社会变革乃至中国革命进程中所起到的巨大推进作用。

在"新文化运动"中,文学翻译更是在政治意识形态领域扮演着不可或缺的重要角色。正如王宁在《翻译在新文化运动中的历史作用及未来前景》一文中所总结那样:"没有翻译,中国的文学和人文学术研究就不能走向世界。"在这场运动中"翻译所起到的作用不仅仅体现在语言的层面

---

① 李静,屠国元. 以译举政——梁启超译介行为价值取向论. 中南大学学报(社科版),2013,6(19):265.

上,而更加在于文化阐释的层面上"①。也就是说通过"新文化运动",不仅催生了中国的启蒙主义运动,带来一场巨大的思想变革,同时也加速中国语言现代性的进程。在"新文化运动"中,中国的一批知识精英走在一起,通过有目地译介西方文学作品,以此来唤醒民众对社会黑暗现实的觉醒,号召民众冲破旧世界的僵死桎梏,达到建立一个崭新世界的目的。鲁迅作为"新文化运动"的旗手,在深刻体察中国几千年来封建文化对中国社会发展的严重阻碍时,积极倡导"拿来主义"思想,就是以翻译作为锐利武器,将西方先进的新思想和新理念引入到中国文化中,以便达到改造旧中国建立新中国的目的。

从"新文化运动"到新民主主义革命,再到新中国的成立,在这个漫长的历史进程中,我国的文学翻译始终受到意识形态这一因素的影响。从新中国成立之初,一直到20世纪60年代末,是我国政治文化较为敏感的时期。中国文学翻译明显表现出不平衡的状态,英美文学作品的译介弱于俄苏文学作品的译介,体现了政治意识形态的作用。这个时期我国的外国文学翻译被纳入构建和加强文学规范的系统之中,文学翻译的选材受到政治意识形态的管控。由于在政治上我们与苏联的趋同性,俄苏文学的翻译占全部外国文学译介总数的三分之二。而英美文学的译介只局限于一些被认为是主张反抗旧制度和争取民族独立的作家作品,如英国的雪莱和拜伦等,美国的马克·吐温、杰克·伦敦、欧·亨利等,他们都被视为进步的批判现实主义作家,他们的作品才有可能成为译介的对象。因此,这十几年特殊的政治导向使这一时期的文学翻译具有强烈的政治意识形态的敏感性。

政治意识形态不仅规定文学翻译作品的选择范围,还操纵着文学翻译作品经典化的构建。一些在原语社会中并未列入世界经典之作的作品,由于作品的主题思想切合了特定社会特定时期政治意识形态的内容,在译介之后却被目标语社会推至"经典"的宝座,典型的例子莫过于爱尔

---

① 王宁. 翻译在新文化运动中的历史作用及未来前景. 中国翻译,2019(3):9.

兰女作家伏尼契(Ethel Lilian Voynich)的《牛虻》(The Gadfly)。由于伏尼契与俄国革命党人关系密切,而且与恩格斯、赫尔岑、普列汉诺夫等著名人物有往来,她自然被列入"进步"的作家之列。此外,《牛虻》还受到高尔基、奥斯特洛夫斯基等无产阶级革命作家的高度赞扬。奥斯特洛夫斯基曾在《钢铁是怎样炼成的》的序言中,对《牛虻》有过高度评价。一部在英国没能被列入经典之作的文学作品,由于作品在思想上的进步性,切合了当时中国的政治语境,因此,《牛虻》在被译介到中国来之后,就被赋予了文学经典的意义,成为那个时期流行畅销的文学经典作品。

查明建在《文化操纵与利用:意识形态与翻译文学经典的建构》一文中,通过对这一时期我国文学翻译的考察,指出意识形态对文学翻译的选择和翻译文学经典的形成的操纵作用。他认为,在意识形态、诗学和赞助人系统对目标语文学翻译的操纵中,意识形态的影响力度最为显著。政治意识形态以一些文艺政策的形式对当时的文学翻译有明显的影响力,显而易见主流意识形态掌控着文学作品"进步"和"优秀"的阐释权。最后他指出,"20世纪中国的文学翻译基本上都是满足时代政治的诉求为翻译价值取向","政治意识形态以'优秀'和'进步'为名,操纵着翻译选择的范围、对象,实际上就是将文学翻译牢牢地控制在为政治意识形态服务的运行轨道上"①。

二、文学翻译:意识形态作用下的"改写"

在对意识形态概念进行论述时,勒菲弗尔曾这样写道:"意识形态是一种观念网格,它由某个社会群体在某一历史时期所接受的看法和见解构成,这些观念网格影响着读者和译者对文本的处理。"②后来勒菲弗尔采用詹姆森(Frideric Jameson)的说法并指出,"意识形态可能是行为、习俗

---

① 查明建. 文化操纵与利用:意识形态与翻译文学经典的建构——以20世纪五六十年代中国的翻译文学为研究中心. 中国比较文学,2004(2):87.

② Bassnett, S. & Lefevere, A. Constructing Cultures: Essays on Literary Translation. Shanghai: Shanghai Foreign Language Education Press,2001:48.

以及信仰的格架,它们制定我们行动的规则"①。翻译是两种不同文化交汇、碰撞的场所,不可避免地形成一种意识形态对另一种意识形态的冲击。维克多·雨果(Victor Hugo)说"翻译是一种暴力行为",主要是指通过翻译这个通道,外国文化渗入到本土文化中来,难免会形成对本土文化的挑战甚至是颠覆。

这种暴力来自于理解的历史性。伽达默尔(Hans-Georg Gadamer)的诠释学认为,文本的诠释者无法消除历史特殊性和局限性。理解者和理解对象都是历史地存在着,文本意义总是和理解一起处于不断形成的过程,这个过程历史就是"效果历史"(Wirkunsgeschichte)。在效果历史中理解作品,译者在特定历史环境中形成的"前理解"注定使其"具有特定的价值观,从而形成特定的'偏见',进而在翻译过程中做出合理的'偏见'选择"②。译者总会从自己所处的历史语境出发去解读文本,在与文本的沟通与交流中产生视界融合而最终形成文本意义。

伽达默尔的"视界融合"(Horizontverschmelzung)就是翻译这种暴力行为的结果。译者往往会通过译本的序和跋、评论或选择对原文进行有目的的增加或删减等策略形式,来阐述这种理解,悄然无声地进行着改写,使之切合翻译的目的,或更加符合"译语文学当下流行的风格和主题"③。法国翻译家、翻译理论家贝尔曼(Antoine Berman)认为,翻译策略都是在意识形态驱使下做出的选择。译者所处的社会历史环境中占据主流的意识形态不仅规定了他对原文的理解与阐释,还制约着他对翻译策略选择的取向。意识形态像"一只无形的手"隐秘地操纵着译者翻译策略的选择,使之带上明显的政治意识形态色彩。

---

① Lefevere,A. *Translation,Rewriting and the Manipulation of Literary Fame*. Shanghai:Shanghai Foreign Language Education Press,2001:16.
② Lefevere,A. *Translation/History/Culture:A Sourcebook*. Shanghai:Shanghai Foreign Language Education Press,2001:14.
③ Venuti,L. *The Scandals of Translation:Towards an Ethics of Difference*. London & New York:Routledge,1998:67.

在我国翻译的历史上,佛经之所以在东汉时期能大规模地进行翻译,主要还是由于当朝统治阶级的大力支持。而鸠摩罗什主张对原作进行删减以便"达旨",实质上是出于某种目的而对原作进行的操纵。严复提出"信达雅"的翻译标准,但他在翻译时却没有遵循这个标准,而是频繁使用注释、阐释、附录、改译或补译以及序和跋等各种方法手段对原作进行有目的的改写。鲁迅提出"硬译"的翻译策略,其目的是通过这种翻译策略将外国的语言文化输入到中国文化中来,达到改造中国语言文化的政治目的。新中国成立初期,李俍民受中国青年出版社的委托而翻译《牛虻》。为了凸显主人公牛虻"高、大、全"的英雄形象,将原著塑造成为一部不折不扣的革命文学作品,译者不得不选择删除原著中一些描写牛虻与情人绮达之间感情纠葛的内容;为了鞭笞其父亲蒙坦尼里主教所代表的虚伪宗教的化身,译者挥动译笔毫不留情地删除主教对当地村民关心与爱护的言行以及对亲生儿子慈父般的爱的心理描写部分。所有这些现象都有力地说明意识形态对译者翻译策略选择的影响和制约。

勒菲弗尔将意识形态对译者翻译策略选择的制约置于"四因素"之首位,其中的道理很明显:如果译者选择与目标语社会这种主流意识形态背道而驰的翻译策略,其译作肯定会受到代表这种主流意识形态的赞助人的排斥甚至打击等后果。在西方,从《圣经》的翻译开始,译者就处于权力的奴役之下。因为,《圣经》的翻译与至高无上的宗教权力密切相连,《圣经》成为权力话语的表现形式。哲罗姆作为罗马时代的四大权威神学家,就是因为在重译《圣经》时没有采用"神圣不可侵犯"的译法,而受到传统势力的指责与攻击。文艺复兴时期,德国宗教改革运动的领袖马丁·路德在翻译《圣经》时,由于采取一种易于被大众接受的"本土化"翻译策略而招致非议,最后遭到教会的迫害。

译者翻译策略的选择受到意识形态等权力因素的制约与控制,翻译作品必然具有模式化的特点,这种模式化又与深藏在背后的观念、价值观和态度等权力运行的形式一致。图里将规范(norms)的概念引入翻译研究,就是看到某一社会共同体的观念、价值观反映出该社会的权力关系,这些观念、价值观形成一定的规范操纵和支配人们的行为方式。所谓规范,实质上是目标语社会中被认为是正确的观念,这种观念在社会共同体内,在社会群体的权力结构和意识形态领域内逐步形成,继而成为社会成员共同遵守的准则。赫曼斯将图里的规范理论进一步深化与发展,最后得出了所有的翻译都是为了达到某种目的而对原文实施某种程度的操纵这样的论断,那么勒菲弗尔认为翻译成为意识形态作用下的"改写"行为也就是顺理成章的事情了。

第三节 《简·爱》汉译本在意识形态作用下的翻译策略选择

很显然,《简·爱》原著中所宣扬的追求自由与平等的思想主题,无疑在民国之初具有社会进步意义。《简·爱》在英国出版之后,曾受到过马克思的高度称赞,并被其称为一部"揭示政治和社会真理"的现实主义力作。因此,在新中国成立之后它很自然地被列入进步的文学作品之列。《简·爱》在中国出现复译热潮,其译介的盛况在中国文学翻译史上也是屈指可数的。在跨越近一百年的时间里出现一百多部各类译本,不同时代的译者给予它不同的解读与阐释,操纵原著在目标语文化中的接受与传播,这些现象有力地说明意识形态对译者翻译策略的选择有显著的制约作用。

一、意识形态作用下的文学价值取向

文学不仅是一种语言艺术,也是意识形态传播的一种方式,这种方式决定了它的价值取向。巴赫金强调语言符号是意识形态的表征,把艺术作品看成意识形态创造的产品之一,认为意识形态的内容从来都"占据着每一时代文学主题的首位"①。伊格尔顿认为,"文学与观察世界的主导方

---

① 巴赫金. 周边集. 李辉凡,等译. 石家庄:河北教育出版社,1998:319.

式即一个时代的'社会精神'或意识形态有关"①。他们的这些观点都有力地说明,文学价值的取向在于肯定或否定特定社会特定时期占据主流地位的意识形态。在任何社会任何时代里,政治总是会与文学牵手阔步迈入婚姻的殿堂。

在中国传统文化中,宗教意识比较淡薄。封建儒家思想对中国人的影响根深蒂固,在这种思想的影响下所形成的人治观念(法律观念淡薄),使得中国传统文化政治色彩浓厚。在中国文学传统中"文以载道"的观点一直占据主导地位,"文章合为时而著,歌诗合为事而作"的传统文学观在中国各个历史时期都以各自的形态表现出来。早在先秦时期,诸子百家的文论就把文学与时政紧密联系在一起;在清朝末年,小说的政治价值被擢升至前所未有的高度。梁启超在《论小说与群治之关系》一文中,明确提出,"欲新道德""欲新政治",必须"先新一国之小说"。"何以故?小说有不可思议之力支配人道故。"②

徐复观认为,中国文学作品"以促进政治社会的改革改进"的观点,"若说是文学中的功利主义,则这种功利主义正是中国两千多年来的文学传统"③。这种文学传统无疑为我们指明了文学的价值取向和艺术标准。文学作为一种意识形态的表现形式,是一种精神生产或精神活动,其价值取向必须首先是满足主体的精神需求,实现主体的精神价值,而精神价值包括政治信仰、文化传统、宗教信仰、道德规范以及时代风貌等社会意识形态的内容。

我们通过分析六个《简·爱》汉译本的译者序言,可以找到每个时代占据主流地位的意识形态对译者理解与阐释原著的影响,从一个方面也说明译者通过序言或跋来引导读者的阅读期待,从而达到宣扬或维护一种意识形态的目的。

---

① Eagleton,T. *Literary Theory*:*An Introduction*. 2nd ed. Oxford:Blackwell Publishers Ltd.,1996:6.

② 郭绍虞. 中国历代文论选. 上海:上海古籍出版社,1979:207.

③ 徐复观. 中国文学精神. 上海:上海书店出版社,2004:81-83.

在 1935 年商务印书馆出版的《孤女飘零记》译者序中,伍光建在对本书做了简要的介绍之后,还这样写道:"此作不依傍前人,独处心裁,描写女子之爱情,尤为透彻,非男著作家所可及。盖男人写女人爱情,虽淋漓尽致,似能鞭辟入里,其实不过得其粗浅,往往为女著作家所窃笑。且其写爱情,仍不免落前人窠臼,此书于描写女子爱情之中,同时并为其富贵不能淫,贫贱不能移,威武不能屈气概,为女子立最高人格。"①译者对原著的解读与阐释无不深深带有那个时代追求进步、追求个性解放以及争取男女平等的进步思想的影响,将女主人公简·爱忍辱负重、大胆抗争和勇于追求幸福的品格提升到富贵不能淫、威武不能屈的中国理想人格的较高层面,伍光建对女主人公具有的独立人格和高尚精神如此推崇备至足以窥见一斑。

李霁野在 1935 年 8 月《世界文库》连载的《简·爱自传》中并没有撰写译者序言,但在 1982 年陕西人民出版社出版他的《简·爱》汉译本时,在译者序言中,他这样写道:"道德的准则在同时代已难以一致,随着时代的变迁会有更大的变化。所以许多与勃朗蒂姊妹同时代的人,都被她们处理爱情、激情和人性黑暗面的坦率所震惊。对 19 世纪后期来说,她们是浪漫的'叛逆者'……这部小说所以比较成功,长期被读者欢迎,首先因为它塑造了简·爱和罗契斯特这两个充满激情的人物。在英国小说中,简·爱是个新型妇女,她富有反抗性,爱憎分明,爽直痛快。"②李霁野从简·爱与不公平的社会进行勇敢的抗争中找到了当时中国社会迫切需要的斗争精神。

20 世纪 30 年代,尽管中国经历了"新文化运动",但当时中国社会仍然处于半殖民地半封建社会。资产阶级民主主义思想以及马列主义思想开始在中国广泛地传播,"新文化运动"也正在兴起,当时的中国社会正经历着新的裂变,同时保守的封建主义思想仍占有一定的市场。因此,在当

---

① 夏罗德·布伦忒. 孤女飘零记. 伍光建,译. 北京:商务印书馆,1935:译者序 2.
② 夏洛蒂·勃朗特. 简·爱. 李霁野,译. 西安:陕西人民出版社,1982:译者序 23.

时的社会意识形态领域里,先进的新思想正在与残余、落后的封建主义思想进行着激烈的斗争。在文学领域里,一大批文学翻译家试图通过译介外国文学作品,引进西方先进的思想,并以此来改造当时中国社会的现状。夏洛蒂的《简·爱》塑造了一个对爱情、生活以至宗教信仰都完全独立自主且积极进取的新女性形象,她发出从传统习俗中解放出来、追求自由平等的强烈呼声,与这一时期先进的知识分子提倡用新道德代替旧道德的呼声完全吻合。李霁野是这一运动的积极响应者,他完全被作品进步的思想内容所感染,将女主人公视为反对传统习俗的代言人,希望通过译介该作品来振作国民精神,唤起沉睡中的国人。

20世纪70年代末到80年代初,中国社会刚刚结束十年"文革"。此时,虽然改革开放的浪潮正在兴起,但文艺思想上的保守与文学政治化的色彩依然存在。1980年上海译文出版社出版了祝庆英的《简·爱》汉译本,祝庆英在译者序言中这样写道:"《简·爱》所以成为英国文学史上一部有显著地位的小说,成为世界闻名的一部小说,是因为它成功地塑造了一个敢于反抗,敢于争取自由和平等地位的妇女形象。"祝庆英把简·爱对社会不公平现象的抗争作为本书阐释的重点,认为这部小说带着深刻的批判现实主义色彩,有力地揭露了当时英国资本主义社会的黑暗现实和宗教的虚伪性。她将《简·爱》作品放在英国经历的宪章运动、劳资矛盾日益加深的社会大背景里,通过"一个孤女一生的故事,反映当时英国妇女的悲惨处境,也反映了妇女摆脱男子的压迫和歧视的要求"[①]。简·爱在劳渥德慈善学校(洛伍德慈善学校)生活的那一部分,祝庆英认为是全书"揭露性很强的一部分",并将之比喻为"人间地狱"。她将作者对这一段生活的描述,阐释为"强烈批判了这种披着宗教外衣残害儿童的教育制度"。在桑菲尔德庄园的部分,祝庆英将罗切斯特举行宴会那一章特别提出,认为作者"通过她笔下的人物发泄了自己长期对贵族社会的不满,并且用简·爱得到胜利这样一个结局对上流社会进行嘲笑和报复"。她

---

① 夏洛蒂·勃朗特.简·爱.祝庆英,译.上海:上海译文出版社,1980:译本序7-13.

在序言的最后指出,本书不仅"揭露当时英国慈善事业的真相",还"批判了资产阶级社会金钱万能"的观点,译者对原著的解读受到当时意识形态的影响清晰可见。

进入 20 世纪 90 年代,中国经济上的发展也使文化进一步繁荣起来。1990 年人民文学出版社出版了吴钧燮的《简·爱》汉译本,译者序言中的阐释与前三个译者序略有不同。吴钧燮偏重于把《简·爱》当成一本爱情小说,认为作品在"思想内容和艺术形式上都十分独特"。吴钧燮特别强调作品在思想上的独树一帜,认为作品"从一个角度大胆地抨击了从腐败骄奢的贵族、资产阶级到道貌岸然的牧师、传教士的虚伪嘴脸;甚至在连当时的宪章运动都还没有提出男女平权思想的情况下,如此鲜明地描写了妇女不甘于社会指定给她们的地位而要求在工作上以至于婚姻上独立自主,如此热烈地为妇女的尊严和正当要求而辩护"①。译者指出了作品所倡导的思想的进步意义,但同时他也指出《简·爱》在艺术表现上不容忽视的特色:"就真实反映现实生活而言,《简·爱》无疑是现实主义的作品,然而与此同时,它却采用了许多梦境、幻觉、预感、隐喻的手法,使作品带上了不少浪漫主义的色彩。"译者开始关注文学作品非功利性的一面,也就是经典文学作品"文学性"的一面,这也是当时中国文学逐渐脱离政治教化而向文学本真性回归的一种表现。

在跨入 20 世纪 90 年代之后,中国的经济文化进入稳定发展时期,1994 年译林出版社出版了黄源深的《简·爱》汉译本,1996 年花城出版社出版了宋兆霖的《简·爱》汉译本,他们的译者序言也有了新的变化。虽然他们都同时一如既往地"赞扬妇女独立自主、自尊自强的精神",仍然将小说放置于英国工业革命之后、新兴资产阶级正在兴起这样的历史语境中,以阶级分析的目光看待书中的人物形象,肯定作品对宗教虚伪性的"揭露和批判"等,但两位译者都花了较长篇幅介绍作品包含的文学性和艺术性。黄源深称赞《简·爱》的结构是一种《神曲》式的艺术构架","作

---

① 夏洛蒂·勃朗特.简·爱.吴钧燮,译.北京:人民文学出版社,1990:译本序 5.

者运用渲染气氛、噩梦、幻觉、预感来营造地狱的气氛,构筑寓言式的环境"。在序言的最后,他进一步指出,作者反复"引用圣经、神话、史诗、古典名著、历史典故以及莎士比亚的著作"等,"有助于塑造人物和形象",赋予"一部普通的爱情体裁小说以经典意义和神话的内涵",从而也"增大了小说的文化厚度,丰富了它内在的意蕴,使其更具经典的价值"①。

宋兆霖在译者序言中更加注重对《简·爱》作品里人性的剖析,认为本书绝不是"一个简单的灰姑娘式的浪漫故事",而是通过对女主人公不平凡的经历的描写,"进一步深化了自己倔强抗争的个性"。同时他又指出,该作品是一部复杂的作品,"其复杂性表现为艺术技巧和创作手法"之间的相互"交融"、"互增互补"并"达到独特创新"的地步。译者认为小说在"心灵世界的构建和情感氛围的营造"方面是"该书最精彩的部分",作者"通过心理描写和心理分析,通过内心独白和心灵对话""通过象征和隐喻,通过景色和外物的描绘"等,"构建了她波澜起伏、动荡不安的内心世界,其独特创新之处,真可说是现代小说和情绪小说的先声"。在序言的最后,宋兆霖还指出小说的人物性格刻画和景物描写的相互映衬、相得益彰,"如此巧妙地将现实主义和浪漫主义、心理现实和社会现实、严肃文学和通俗文学交融和结合在一起",而且其"表现手法上包含着某些现代主义精神"②。可见译者的关注点已更多地转向原著本身所蕴含的审美艺术特性,更加注重挖掘这部经典文学名著最具艺术价值的成分,而这些正是《简·爱》在世界文学艺术的历史长河中永恒散发出璀璨夺目光芒的特质。

综观中国在跨越近一百年里产生的六个较优秀的《简·爱》汉译本,从译者的序言可以看出,每位译者对原著的理解与阐释都深深地打上了他们所处时代特有的意识形态的烙印。20世纪90年代之前的译本,绝大多数译者几乎都以阶级分析的眼光来看待原著,将这样一部平凡的爱情

---

① 夏洛蒂·勃朗特. 简·爱. 黄源深,译. 南京:译林出版社,2016:译本序 6.
② 夏洛蒂·勃朗特. 简·爱. 宋兆霖,译. 北京:中国书籍出版社,2005:译本序 9.

故事赋予"对当时英国社会发出了小资产阶级抗议的最强音"的政治意义。① 在进入 90 年代之后,译者才真正开始将关注的目光聚焦于原著在艺术审美层面所包含的内容,并在译者序言中加以阐释说明。译者序言对目标语读者来说,起着重要的引领作用,也折射出中国不同历史时期主流意识形态对原著的"文化过滤"。正如勒菲弗尔认为的那样,目标语社会文化(包括意识形态)形成网格,对原著文化的接受起着重要的文化过滤作用,有效地规定和引导着目标语读者的阅读方向和期待视野。

二、意识形态作用下的人物形象变异

由于目标语社会的意识形态的隐蔽操控制约着译者对原著的解读与阐释,呈现在目标语语言层面,必然引起原著人物形象在目标语传递的变形。人物是叙事小说的核心成分之一,人物形象的传递与再现是小说翻译的重要组成部分。人物形象的塑造是一个复杂的过程,叙事学家奥尼尔(Patrick O'Neill)指出,"所谓人物塑造过程,实际上涉及三个交叉的过程:作者的构建过程,读者的再构建过程以及在形成这两个过程之前的语境约束和期待的预构过程"②。译者作为原著在目标语社会中的第一读者,其"再构建过程"既受到原著的影响,也受到目标语社会的意识形态等因素的影响。

意识形态影响译者对原著的价值取向并呈现在译者的语言措辞表达上。索绪尔(F. Saussure)认为"语言是一种社会制度","是一种表达观念的符号系统"③。马克思、恩格斯把语言看作"纠缠"意识形态的物质,认为"'精神'从一开始就很倒霉,注定要受物质的'纠缠',物质在这里表现为震动着的空气层、声音,简言之,即语言"④。在这里马克思和恩格斯使用

---

① 朱虹. 英国小说的黄金时代. 北京:中国社会科学出版社,1997:13.
② O'Neill, P. *Fictions of Discourse*: *Reading Narrative Theory*. Toronto, Buffalo, London: University of Toronto Press, 1994:49.
③ 索绪尔. 普通语言学教程. 高名凯,译. 北京:商务印书馆,2002:37.
④ 马克思,恩格斯. 马克思恩格斯选集:第 1 卷. 北京:人民出版社,1970:37.

"纠缠"一词,表明语言对意识形态的强烈依附,同时也凸显出语言对意识形态的清晰呈现。巴赫金的文艺理论观也反复强调语言与意识形态的密切关系,他说:"语言创作要是脱离它所包含的意识形态思想和意义,就不能够被理解。"①他们的观点都充分说明,"语言的一个重要功能是培养意识形态"②。语言符号一旦与意识形态联系在一起,就附载着意识形态的内涵,因而就变得深刻而厚重起来。

20世纪中国文学有两种价值取向:一种是满足政治的需求;另一种是满足社会和文学发展的需要。翻译是将异域文化的意识形态输入到本土意识形态里来,满足其政治、文化的需求。中国翻译文学从清朝末年开始,经历"新文化运动",当时的中国文学迫切需要新的变革,在这样的情形下,引进新思想、追寻人类平等以及妇女解放等一系列问题成为当时历史语境下的一种迫切需要。李霁野选择翻译《简·爱》就发生在这样一个外国文学译介风潮鼎盛的时期,作为经历过"新文化运动"洗礼的翻译家、鲁迅先生的亲密战友,他的翻译实践活动更多是围绕当时的社会政治变革,服务于当时急迫的现实斗争的需要。他希望通过文学或文学翻译给当时的中国社会注入新思想、新文化,以唤起中华民族的觉醒。因此,他的《简·爱》汉译本在语言措辞上,充满着表达争取人类自由、解放思想的词语,诸如"反抗""斗争"以及"革命"等词语出现的频率较高。

例 2.1:I continued the labors of the village school as actively and faithfully as I could. It was truly hard work at first. Some time elapsed before,with all my efforts,I could comprehend my scholars and their nature. Wholly untaught,with faculties quite torpid,they seemed to me hopelessly dull;and at first sight,all dull alike;but I soon found I was mistaken. There was a

---

① 巴赫金. 小说理论. 白春仁,等译. 石家庄:河北教育出版社,1998:117.
② 大卫·宁. 当代西方修辞学:批评模式与方法. 常昌富,译. 北京:中国社会科学出版社,1998:56.

difference amongst them as amongst the educated; and when I got to know them, and they me, this difference rapidly developed itself. Their amazement at me, my language, my rules, and ways, once subsided, I found some of these heavy-looking, gaping rustics wake up into sharp-witted girls enough.(*Jane Eyre*，Chapter 32:392)

译文一：我认真出力的教这些乡下穷孩子们。起初是很辛苦。我虽然费了许多力，过了许久，我才晓得这些孩子们的性质。他们什么教育都不受过，什么知识也不闻，起初我觉得她们太过愚蠢；随后才晓得是不然，内里也有许多分别。我慢慢就晓得，这班粗人的女儿，也有很聪明的，中间也有性情很好的，有很自爱的，也有很有才能的，慢慢地就改变过来：功课作得好；打扮得也整齐；很有恒心；态度变作很安详。有几个进步很快，我很得意；有几个最好的学生，我很喜欢，她们也很喜欢我。(伍光建，549)

译文二：我尽力忠实积极地继续乡村学校的工作。一上来确是艰辛的工作呵。我费尽全力，过了些时才了解我的学生和她们的天性。他们全没有受过教育，心智十分麻木不仁，在我看来，是笨得没有希望了；上来一看，全是同样笨；但是不久我就发现我错了。她们之间有一种区别，就如同在受教育的人之间一样；在我渐渐了解了她们，她们了解了我的时候，这种区别就迅速显明出来了。她们对于我、我的语言、规律和习惯一不大感惊异，我发觉这些张着嘴的笨样乡下人中，有几个倒觉悟过来成为十分伶俐的人了。(李霁野，451)

译文三：我尽可能积极、忠实地继续从事乡村教师的工作。一开始，那工作的确是艰难的。尽管我作了种种努力，还是过了一段时期才理解我的学生和她们的性格。她们完全没有受过教育，官能十分迟钝，在我看来笨得毫无希望；乍一看，全都一样地笨；可是，我不久就发现我错了。她们中间也像受过教育的人中间一样，是有差别的。等到我开始了解她们，她们也开始了解我的时候，这种差别很快发展起来。她们对我、对我的语言、对我的规矩和习惯感到的惊异一旦消

失,我就发现,这些一脸蠢相、张口结舌的乡下孩子里有几个醒悟过来,成为极其聪明的姑娘。(祝庆英,480)

译文四:我竭力忠实积极地继续做着乡村教师的工作。开始时确实是很艰难的。过了一段时候,尽了最大的努力,我才能理解我那些学生和她们的性情。全无教养,官能十分迟钝,她们在我看来简直笨得无法可想,而且,乍一看去,全都一样地笨。但是我很快就发现自己错了。也像有教养的人一样,他们中间是有差别的,而且当我开始了解她们,她们也开始了解了我,这种差别就很快地明显起来。她们对我,对我的谈吐、规矩和方式感到的惊讶一旦消除,我发现这些一脸蠢相、张口结舌的乡下人中间,有些人开了窍,变成相当机灵的女孩子。(吴钧燮,398)

译文五:我继续忠实积极地在乡村学校操劳。起初工作确实艰难。我使出浑身解数,过了一段时间才了解我的学生和她们的天性。她们完全没有受过教育,官能都很迟钝,使我觉得这些人笨得无可救药。粗粗一看,个个都是呆头呆脑的,但不久我便发现自己错了。就像受过教育的人之间是有区别的一样,她们之间也有区别。我了解她们,她们也了解了我之后,这种区别很快就便不知不觉地扩大了。一旦她们对我的语言、习惯和生活方式不再感到惊讶,我便发现一些神态迟钝、目瞪口呆的乡巴佬,蜕变成了头脑机灵的姑娘。(黄源深,369)

译文六:我尽自己的全力积极忠实地继续做着乡村教师的工作。开始时,工作确实困难重重。尽管我尽了最大努力,还是过了一段时间之后,我才对我那些学生和她们的性情有所了解。她们全都没有受过教育,官能十分迟钝,在我看来,简直笨得不可救药。而且,乍一看去,个个都呆头呆脑的。但是很快我就发现自己错了。就像受过教育的人一样,她们之间也是有差别的。等到我开始了解她们,她们也了解我之后,这种差别就很快地扩大了。一旦她们对我的语言、规矩和方式方法不再感到惊异,我便发现,这些一脸蠢相、张口结舌的乡下人中,有一些人开了窍,成了相当机灵的女孩。(宋兆霖,388)

原文描述了简·爱在乡村当教师的一段心理路程。从伍光建的译文可以看出,当时的白话文尚未完全成熟,与现代汉语还有一定的差距。李霁野的译文在语言措辞上明显带有那个时代政治斗争的色彩,例如,他使用"艰辛的工作""心智十分麻木不仁""有几个倒觉悟过来"等词语,来阐释"hard work""faculties quite torpid"以及"wake up",明显赋予这些措辞浓重的政治意识形态色彩。这些语言在鲁迅的作品中常常能够读到,这样一来,简·爱仿佛变为一个有着高度政治思想觉悟的革命者形象,认为自己有责任帮助并解救那些被剥夺受教育和尊严的乡下女孩子。李霁野选择这样的词语并非对原著的误读,而是为了服务于当时中国革命的需要。20 世纪 30 年代,中国很多在思想上进步的作家、翻译家都是利用手中的笔作为思想斗争的锐利武器,通过传递打破一个旧世界,建立一个崭新的世界这样的革命理念,来唤醒当时中国民众麻木的灵魂。

祝庆英的译本产生在这样的历史语境下:中国社会经历十年"文革"之后,改革开放的序幕刚刚拉开,中国文学正处于向现代文学发展的过渡时期。因此,祝庆英的译本在语言上还未完全摆脱"文革"时期的政治化语言,例如,"醒悟"等词也时有出现。而后三个译本都产生在 20 世纪 90年代之后,这一时期的中国社会经济改革与开放正风生水起,经济、文化稳步繁荣起来,人民生活水平日益提高,意识形态也随之发生很大变化,中国文学越来越注重文学审美特征的再现,而对文学的政治诉求则退居其次。因此,从后三个译文来看,译者选择的语言措辞表达不再带有浓厚的政治色彩。例如,黄源深将"faculties quite torpid"译成"官能都很迟钝",将"wake up"译成"蜕变",这似乎更符合 20 世纪 90 年代读者的阅读情趣和审美需求。

例 2.2:What a consternation of soul was mine that dreary afternoon! How all my brain was in tumult,and all my heart in insurrection! Yet in what darkness,what dense ignorance,was the mental battle fought! I could not answer the ceaseless inward question—why I thus suffered;now,at the distance of—I will not say how many years—I see it clearly. (*Jane Eyre*, Chapter 2:47)

译文一：当天下午,我心神是非常之扰乱,很像是在黑暗中多少人斗殴! 我心里只管不停地问我自己,为什么要这样受困苦,却答不出来,后来事过多年,我才明白过来。(伍光建,14)

译文二：在那凄惨的下午,我的灵魂是何等惊慌失措呵! 我的整个头脑是何等纷扰不安,我的全心是怎样叛变呵! 然而内心的斗争是在何等的黑暗中,何等顽钝的无知中战斗呵! 我不能够回答这个不断的内心的问题——为什么我这样吃苦,现在,隔了——我不愿说好多年,我清清楚楚地看出来了。(李霁野,12)

译文三：在那一个悲惨的下午,我的灵魂是多么惶恐不安啊! 我整个脑海里是多么混乱啊! 我整个的心又是多么想反抗啊! 然而,这一场精神上的搏斗,是在怎么样的黑暗、怎么样的愚昧中进行的啊! 我无法回答内心的这个不断提出的问题:为什么我这样受苦;而如今,隔了——我不愿说隔了多少年——我却看得明明白白了。(祝庆英,12)

译文四：那个凄惨的下午,我的心灵是多么惶惑不安啊! 我是多么满脑子乱作一片,又满心愤愤不平啊! 然而这场内心斗争又是多么盲目无知啊! 我无法回答那个心里不断提出的疑问——我为什么这么受折磨,如今,隔了……我不愿说隔了多少年,我才看清了是这么回事。(吴钧燮,11)

译文五：那个阴沉的下午,我心里多么惶恐不安! 我的整个脑袋如一团乱麻,我的整颗心在反抗! 然而那场内心斗争又显得多么茫然,多么无知啊! 我无法回答心底那永无休止的问题——为什么我要如此受苦。此刻,在相隔——我不说多少年以后,我看清楚了。(黄源深,12)

译文六：在那个凄惨的下午,我的心灵是多么惶恐不安啊! 我的脑子里是多么混乱,我的心中是多么愤愤不平啊! 然而这场心灵上的搏斗,又是多么盲目无知啊! 我无法回答内心不断提出的整个问

题:为什么我会活得这么苦。如今,隔了——我不愿说隔了多少年——我才看清这是怎么一回事。(宋兆霖,12)

这是原著第二章的其中一段,描述小简·爱在受到表哥约翰的欺辱与殴打之后,舅妈里德太太不仅不同情她的遭遇,还狠心地将她关在恐怖的红房子里,她年幼的心灵既感到惶恐不安又为自己受到如此不平等的待遇而感到愤愤不平。伍光建的译文省略的成分较多,基本上删除了对主人公心理活动的描述。李霁野将作者用以描述小简·爱心理活动的词,例如"tumult, insurrection, mental battle"等,赋予政治意识形态的色彩,这样一来,似乎这个十岁的小姑娘成为一个理智的革命者,在与不公平的社会现象"斗争"与"战斗",译者选择这样的语言措辞与他所处时代社会现实斗争的需要密切相关。从祝庆英的译本开始,可以看出这种政治意识形态的色彩开始逐渐淡化,到宋兆霖的译本时,译者完全摆脱以往时代的政治意识形态的束缚,更多地从人性的角度来阐释女主人公的一系列内心活动。

翻译无疑是两种不同语言文化之间的转换,但两种语言之间的转换不可能成为完全透明的互译活动,文化也不可能通过语言这一媒介进行透明的交流。任何文本一旦进入目标语社会文化中,就会被赋予目标语社会政治文化的内涵,留下那个时代"话语权力"的烙印。

三、迎合主流意识形态的需要

葛兰西说意识形态发挥着"社会水泥"的作用,主要说明在一个社会中占据主流地位的意识形态充当着维护社会统一的主导思想和行动指南。所谓主流意识形态,"是指一个国家或社会里占主导地位的政治、伦理、审美、价值观等倾向"[①]。译者在主流意识形态的影响下,很可能带上"有色眼镜"去看待外国文本。当原文所描述的情形与译者所处社会的主流意识形态相抵触时,他为了故意迎合这种主流意识形态,会舍"信"而"媚俗",对原文进

---

① 蒋骁华. 意识形态对翻译的影响:阐发与思考. 中国翻译,2003(5):24.

行必要的改写,以便目标语读者的理解与接受。在《简·爱》中,最典型的是对小说中一个重要人物——圣约翰·里斯弗形象的传译变形问题。

艺术宗教情感一直是西方许多艺术家的创作灵感之一,夏洛蒂本人也毫不例外。她拥有浓厚的宗教情怀,是个虔诚的基督教徒。她在《简·爱》中大量引用《圣经》故事、隐喻、典故等,她作品中的人物形象多属于深受宗教文化浸染的基督教徒,其中圣约翰就是一位热衷于宗教事业的牧师。夏洛蒂在描述这个人物时,并没有将其塑造为反面形象,而是通过这个人物来衬托简·爱对罗切斯特忠贞不渝的爱情。在原著中,夏洛蒂通过简·爱之口在很多地方称赞圣约翰的纯洁、勤奋与努力。

可是《简·爱》原著被译介到中国来之后,这个人物形象就发生了嬗变,原因何在呢? 主要是在近代,中国饱受西方列强的侵略与蹂躏,很多传教士充当了帝国主义侵略者的帮手,而且很多文学作品中的传教士形象都是反面角色,这样的期待视野自然会影响译者的解读与阐释。小说中的圣约翰是个奉行禁欲主义的加尔文派传教士,成为汉译本中"虚伪怪诞的宗教文化"①的代表就不难理解了。

在六个《简·爱》汉译本中,有五个译本都不约而同地将圣约翰传译为一个披着宗教外衣的"虚伪"而"自私"的伪君子。从他们的译者序言中,可以看出五位译者(除伍光建之外)都充满着对布洛克赫斯特校长以及圣约翰牧师为代表的宗教人物虚伪性的批判与谴责,对英国当时社会慈善机构黑暗的有力鞭笞。

李霁野在 1982 年他翻译的《简·爱》汉译本再版之时,在序言中,他这样写道:"圣约翰表面上是一个只热心传教的正派人,实际上是要别人为他牺牲的自私自利的人。他有铁的意志,简·爱虽然很难抗拒他,但知道屈服就是自我毁灭,所以终于听到罗契斯特的呼唤,拒绝了他的求爱。两个人一对照,就将宗教的虚伪性揭露得更为彻底。"②祝庆英在译者序言

---

① 吴晶. 维多利亚时代的三个叛逆女性. 外国文学研究,1994(2):117.
② 夏洛蒂·勃朗特.简·爱. 李霁野,译. 西安:陕西人民出版社,1982:27.

中这样写道:圣约翰想与简·爱结合,"只不过因为他认为她可以成为一个合适的传教士的妻子"①。由此译者得出这样的结论:"在英国大力向外扩张殖民地的时期,到殖民地去传教,实际上是为殖民者效劳,起了帝国主义的先遣部队的作用。"黄源深在译者序言中也指出,圣约翰"声称把自己无私奉献给上帝",可内心深处"隐藏着极端自私"。

宋兆霖在译者序言中对圣约翰也是带着强烈鞭笞的意味,认为他是个被宗教"修剪驯化了天性的人",将他对简·爱的执着求婚视为"软硬兼施的进攻"。译者认为简·爱在面对圣约翰的"布道"和"劝诱"时,曾顷刻间失去了"抗争",感到"宗教在召唤——天使在招手——上帝在命令——生命像画卷般卷了起来——死亡的大门敞开着",但就在她差一点就答应嫁给圣约翰时,她突然受到"电击式的震颤",她听到罗切斯特的呼唤声,这是"真实的心灵的呼唤! 爱情的呼唤,人性的呼唤! 它打开了心灵的牢门,挣断了心灵的枷锁",最后她"彻底摆脱圣约翰的神恩的控制和束缚,奔向自己幸福的目标"。显然译者是站在充满对圣约翰这个人物的批判与揭露的视角来进行解读与阐释的。

那么圣约翰在原著中到底是怎样一个人物形象呢? 我们从原著中选取一段来进行分析,看一看原著中的圣约翰形象被译介到中国来后是如何嬗变成"中国化"的圣约翰形象的。

例 2.3:"You have taken my confidence by storm," he continued, "and now it is much at your service. I am simple, in my original state—stripped of that blooded-bleached robe with which Christianity covers human deformity—a cold, hard, ambitious man. Natural affection only, of all the sentiments, has permanent power over me. Reason, and not feeling, is my guide: my ambition is unlimited; my desire to rise higher, to do more than others, in satiable. I honor endurance, perseverance,

---

① 夏洛蒂·勃朗特.简·爱. 祝庆英,译. 上海:上海译文出版社,1980:6.

industry，talent；because these are the means by which men achieve great ends and mount to lofty eminence. I watch you career with interest，because I consider you a specimen of a diligent，orderly，energetic woman：not because I deeply compassionate what you have gone through，or what you suffer."（*Jane Eyre*，Chapter 32：401）

译文一：他说道："你是突如其来的，攻破我的秘密中坚，现在既被你攻破，无所谓秘密的了。我坦白的告诉你，我是个冷峭，心如铁石，有大志的人。只有天然的爱情，能够永远动我。我是个讲理不讲情的人。我的志气是无限量的大；我是要越走越高，到了登峰造极，还要往上登的，向来不知足的。我崇拜的是坚韧，劳苦，才力；因为非有这样美德，是不能办大事的，显大名的。我很留心看你作事，因为我看你是个勤劳，有规则，有毅力的女子；并不是因为我怜悯你受过许多困苦，或是你眼前还要受苦难。"（伍光建，561）

译文二："你猛攻我的内心，使我说出了心腹话，"他继续说，"现在听随尊便吧。依照我本来的面目——把基督教用来遮盖人类缺陷的血衣剥去——我不过是一个冷酷、无情、野心勃勃的人罢了。在一切情感之中，只有天然的情感对于我有永久的力量。引导我的是理智，不是感情；我的野心是无限的：我的要升高，要比别人多做事情的欲望，是不能满足的。我重视耐劳、坚毅、勤劳、才干，因为这些是人达到大目的、升到崇高地位的工具。我怀着趣味观察你的事业，因为我认为你是勤劳的、有条理的、有精力的妇女的典范；并不是我深切怜悯你的经历，或你现在还吃着的苦。"（李霁野，462）

译文三："你已经用突然袭击，让我说出了心里话，"他继续说，"现在就让它为你效劳吧。剥掉了基督教用来遮盖人类缺点的血衣，我，在我的原始状态中，只是个冷酷无情、野心勃勃的人罢了。在所有的感情中，只有天然的爱才对我有永久的力量。理智，而不是感情，才是我的导向；我的野心是无穷尽的；我希望往上升、希望比别人做更多事的欲望是无法满足的。我尊重忍耐、坚毅、勤劳、才干;因为只有通过这些,人们才能达到伟大的目的、升到崇高显赫地位。我很感兴趣地观察了你的事业,这是因为我认为你是勤劳的、有条理的、经历充沛的女人的一个例子;而不是因为我同情你过去的经历和现在忍受的痛苦。"(祝庆英,492)

译文四:"你已经用突然袭击逼我吐露了心事,我现在只好听你摆布了。剥掉了基督教用来掩盖人类弱点的那件血染的法衣,还我本来的面目,我其实只是个冷酷无情、野心勃勃的人罢了。在所有的情感中,只有出于本性的爱才永远有支配我的力量。引导我的是理智,而不是情感。我的野心是无穷无尽的,我想比别人爬得更高、成就更大的欲望是永不满足的。我看重忍耐,坚毅,勤奋,才干,因为只有依靠这些,才能使人实现宏大的目标,升到显赫的地位。我很关心注意你的事业,是因为我觉得你是电信的勤劳、有条有理、精力充沛的女人,而不是因为我深深同情你过去所经历的或者眼前还在忍受的痛苦。"(吴钧燮,407)

译文五:"你用突然袭击的办法掏出了我的心里话,"他继续说,"现在就听任你摆布了。剥去那件漂净了血污、用基督教教义来掩盖人性缺陷的法衣,我本是个冷酷无情、野心勃勃的人。在所有的感情中,只有生性的爱好才会对我产生永久的力量。我的向导是理智而并非情感,我的野心没有止境,我要比别人爬得高干得多的欲望是永不能满足。我尊崇忍耐、坚持、勤勉和才能,因为这是人要干大事业,出大名的必要条件。我兴趣十足地观察了你的经历,因为我认为你是勤勤恳恳、有条有理、精力充沛的女人的典范,倒并不是因为我对你所经历的或正在受的苦深表同情。"(黄源深,377)

译文六:"你已经用突然袭击逼我说出了心里话,"他继续说,"现在就听任你摆布了。剥掉基督教用来掩盖人类弱点的血袍,还我本来面目,我只是个冷酷无情、野心勃勃的人罢了。在所有的感情中,只有出于天性的爱好,才对我具有永久的支配力量。我的向导是理智,而不是感情。我的野心是无穷无尽的,我希望爬得更高,成就更大的欲望是永远无法满足的。我崇尚忍耐、坚毅、勤劳、才干,因为只有依靠这些,人们才能达到伟大的目标,登上显赫的高位。我很感兴趣地关注你的工作、生活,这是因为我觉得你是个典型的勤勤恳恳、有条有理、精力充沛的女人,并不是因为我同情你过去的经历和现在还在忍受的痛苦。"(宋兆霖,397)

这是圣约翰自述的一段话,他自然不会太刻意贬低自己。原著中使用了"cold, hard, ambitious"三个形容词,它们在英语中也都属于中性词。可是所引的六个译文,除译文一没有使用带贬义的词语之外,其他译文都一律将这些中性词译成"冷酷无情""野心勃勃"等明显带有贬义的词语。事实上,从原著中我们不难发现,虽然简·爱最终拒绝了圣约翰的求婚,而奔向世俗的爱情,但她对圣约翰的人品和他献身宗教的精神却始终充满着深深的敬意。在原著中简·爱多次热情赞扬圣约翰的温和、仁慈以及献身宗教事业的热忱,在小说的结尾,她甚至还说他"坚决、忠实、虔诚",并"精力充沛、热情真诚地为自己的同类含辛茹苦,他为他们开辟艰辛的前进之路,像巨人一般砍掉拦在路上的信条和等级的偏见"[①]。夏洛蒂本人出生在一个宗教氛围十分浓厚的家庭里,父亲是英国北部约克郡的一位牧师,他学识渊博,热衷于宗教事业,笃信基督教。从小就受基督教文化深深浸染的夏洛蒂是不可能以谴责的态度来对待宗教的,也不可能将圣约翰这个牧师形象塑造成一个反面人物。

作者早在《简·爱》出版的序言中,曾对有评论认为她是"反基督教""道德上的雅各宾主义"这样的诋毁与中伤,做出过这样回应:"习俗不等于道德,伪善不等于宗教,抨击前者不等于谴责后者,揭去法利赛人脸上的假面具,不等于向荆冠举起了不敬的手。"她认为"这两类事情和行为都是截然相反的。它们之间的差异止如善恶之间的不同一般",并强调应在

---

① 夏洛蒂·勃朗特.简·爱.黄源深,译.南京:译林出版社,2016:456.

这两者不同之间"清楚醒目地划一条分界线"①。显然,她在这里十分强调自己并没有对基督教不敬。

原著中的圣约翰是一个有着虔诚宗教信仰和执着宗教追求的牧师,他本人性格内敛、克己而严谨,他用"ambitious"来形容自己,并非说明自己的"野心勃勃",而且"ambitious"在英语中主要还是指"志向远大""有雄心壮志"之意,而且圣约翰所谓的"雄心",也只不过是去印度传教履行自己的神职而已;所谓的"往上升"(有的译者译为"往上爬"),也无非只是想在宗教事业中有所作为,而非在世俗社会中追逐名利。至于圣约翰用"cold,hard"等词来形容自己,也并非说明自己是"冷酷无情"。由于圣约翰的宗教信仰,以及他认为自己肩负着的神圣宗教使命,所以他处处表现出冷静、坚毅的性格特征来。其实他的内心深处一直深爱着"天使般"的奥利弗小姐,可是他认为简·爱生性吃苦耐劳,具有一个传教士的妻子的品质,能在事业上助他一臂之力,于是才向她求婚。如果作者意在将圣约翰描写成"冷酷无情"的人物,那岂不是与简·爱从桑菲尔德庄园出走之后受到圣约翰的慷慨相助完全矛盾吗?当简·爱从桑菲尔德庄园出走之后,在开满石楠花的荒原上凄苦流浪,几乎濒于死亡的边缘时,是善良而仁慈的圣约翰收留了她。

从小说中接下来他们之间的对话可以看出,圣约翰始终强调自己是耶稣的虔诚信徒,一直崇尚纯洁、仁慈、宽厚的教义,从小就立誓要传播这些教义。因为这些教义培养了他仁慈、博爱的品质和神圣的正义感,使他已经脱离"为可怜的自我赢得权力和名望的野心",而变成"要扩大主的王国、为十字架旗帜获得胜利的壮志"。可见圣约翰是一个笃信自己的宗教信仰并甘愿为之而奉献牺牲的人。在以下这一段的描述中,我们可以清楚地看到简·爱是如何看待与评价圣约翰这个人物的。

例 2.4:When he had done,instead of feeling better,calmer,more enlightened by his discourse,I experienced an inexpressible

---

① 夏洛蒂·勃朗特.简·爱.祝庆英,译.上海:上海译文出版社,1980:2.

sadness；for it seemed to me—I know not wether equally so to others—that the eloquence to which I had been listening had sprung from a depth where lay turbid dregs of disappointment，where moved troubling impulses of insatiate yearnings and disquieting aspirations.（*Jane Eyre*，Chapter 30：378）

译文一：他说完了，我原该觉得安静些的，不料反觉得惨然，因为我晓得不知何故，他心里是有大失望，满肚的不满意。（伍光建，530）

译文二：他说完的时候，我不但没有为他的话觉得更好、更安静、更明白，我却经验到一种说不出的忧伤；因为在我看来（我不知道在别人是否如此），我所听到的动人言词是从这样一种深处发出来的：那里有着浑浊的失望的沉渣——那里有未满足的渴求和不安的贪望这样扰人冲动在活动着。（李霁野，434）

译文三：他讲完以后，我没有感到好一点，平静一点，也没有从他的讲话受到更多一点的启发，我体会了一种无法表达的忧伤；因为在我看来——我不知道别人是否也这样看——我所听到的雄辩似乎是深渊里发出来的。在那个深渊里，有失望的污浊沉渣，有不满足的渴望和雄心勃勃的恼人的冲动在活动着。（祝庆英，461）

译文四：他说完以后，我不但没有感到心情好了一些、平静了一些，由于他的讲话觉得心明眼亮了一些，却反而体味到了一种说不出的忧伤。因为我觉得——我不知道别人是否也这样感觉——我所听到的这番雄辩，就像是从一个积满着灰心失意的浑浊沉渣，活跃着贪婪渴望和勃勃野心的恼人冲动的深渊中发出来的。（吴钧燮，382）

译文五：布道结束以后，我不是受到他讲演的启发，感觉更好更平静了，而是体会到了一种难以言喻的哀伤，因为我似乎觉得——我不知道别人是不是有同样感觉——我所倾听的雄辩，出自于充满混浊的失望沉渣的心灵深处——那里恼人地躁动着无法满足的愿望和不安的憧憬。（黄源深，354）

译文六：他讲完以后，他的讲道不但没有使我的心情感到好一点,平静一点,受到更多的启发,反而使我感到一种无法表达的哀伤。因为我似乎觉得——不知别人是否也有同感——我所听到的雄辩,发自一个灵魂的深处,那儿有着失望的污浊沉渣,有着永不满足的渴望和雄心勃勃的恼人冲动。(宋兆霖,372)

在六个译文中,除译文一和译文三的语言措辞表达较为中立之外,其余四个译文的语言措辞都明显带有贬低圣约翰的意味并引起这个人物形象在中国文化中的嬗变。译文二将"disquieting aspirations"译为"不安的贪望",这样的用词明显带有贬义;而译文四将圣约翰扭曲为"活跃着贪婪渴望"和"勃勃野心"的负面形象。作者在原著中使用"from a depth"表达,并没有点明来自于"心灵深处",具有模糊性和不确定性,而译文五、译文六将此阐释为"充满混浊的失望沉渣的心灵深处"以及"发自一个灵魂的深处,那儿有着失望的污浊沉渣",译者选择这样的语言表达来阐释与再现圣约翰的形象,那岂不是与紧接着简·爱赞扬圣约翰"品行端庄、认真诚恳,积极热情"[①]自相矛盾? 从原著中可以看出,简·爱之所以认为圣约翰的布道没有达到预想之目的,并不是圣约翰这个人不好。他所表现出来的"躁动不安",也是因为"他还没有得到上帝所赐出人意外的安宁"[②]。她之所以没有因他的布道而有所改变,是因为他们有着迥然不同的人生追求。在文学翻译时,对于作者模糊而不确定的表达,译者应采取以模糊传达模糊,以不确定传达不确定的翻译策略,给读者留下更多想象和思考的空间。不应以译者带着"有色眼镜"的解读与阐释来引领读者,剥夺读者参与思考和想象的权力。基于这种认识我们认为,将这一段做如下翻译,也许会对圣约翰形象的阐释更为公平:

他的布道结束时,我并没有因此而感觉更好、更平静、更受启发,相反我却经历了一种无法言说的悲哀:不知道别人是否也与我有同感,因为我似乎觉得,我所听到的这一番雄辩来自泛着失望沉渣的深

---

① 夏洛蒂·勃朗特. 简·爱. 宋兆霖,译. 北京:中国书籍出版社, 2005:373.
② 夏洛蒂·勃朗特. 简·爱. 宋兆霖,译. 北京:中国书籍出版社, 2005:372.

渊,那里游动着热切的渴望和焦灼的期望而引发的躁动不安。

文学翻译可以传播一种意识形态,也可以抵制一种意识形态。赞助人为了达到传播一种意识形态的目的,会有意识地选择一些与目标语意识形态相符合的作品来译介;而与目标语意识形态相冲突的作品不仅得不到出版,往往还会被列为"禁书"。从对《简·爱》六个汉译本的对比与分析中可以看出,译者在翻译策略的选择上存在两种倾向:一是用目标语的意识形态对原著进行改写,甚至赋予原著并不一定具有的意识形态的内容,以便达到宣传或维护一种意识形态的目的。二是不允许原作中有与目标语意识形态相冲突的成分存在。如果原著确实有这样的成分存在,译者会通过其翻译策略的选择,对有冲突之处作变异或淡化处理甚至可能完全加以删除。当然,在社会开放程度不够的情况下,这两种倾向会表现得特别明显;而在社会开放程度还可以的情况下,也许这两种倾向就不一定十分明显。在全球化的时代,翻译已经被视为是一种双向的平等交流,打破封闭、禁锢的自我世界,而向"他者"敞开心胸,形成多元文化共生,各种文化平等交流互鉴已成为这个时代的一种翻译精神,只有这样才能有利于"拓展思想疆界,增进不同民族文明的互学互鉴,丰富与繁荣世界文化"①,这也是翻译的价值所在。

---

① 许钧. 改革开放以来中国翻译研究概论(1978—2018). 武汉:湖北教育出版社,2018:524.

第三章　诗学与翻译策略的选择

　　勒菲弗尔从西方文艺理论中借鉴了诗学(poetics)的概念,认为它作为一种文学理论观具有双重操控的功能机制,从文学系统外部和内部制约着译者翻译策略的选择。本章着重论述诗学的概念、诗学研究的范畴、诗学对文学翻译的影响以及《简·爱》汉译本在诗学制约下译者翻译策略选择等方面的内容。

第一节　诗学概念的演进及诗学研究的范畴

　　"诗学"一词在西方最早来源于亚里士多德(Aristotle)的《诗学》(*Poietike Techne*),该书名的原意是"论诗的技艺"。该著作是西方现存最早、较为完整的论诗、写诗及评诗的著述。在古希腊时期,文艺的主要构成是戏剧(主要是悲剧)、史诗和抒情诗等三种类型。亚里士多德在书中探讨了一系列文艺理论的问题,着重研究文学创作,特别是古希腊文学处于峰巅时期的悲剧。西方的诗学从一开始就与文艺理论密切相关,但诗学概念在中西方文论史上都经历了不同的演进历程。

一、西方文论中诗学概念的演进

　　亚里士多德在《诗学》里分析研究的主要对象是希腊悲剧,他把当时主要的文学样式,诸如喜剧、史诗及抒情诗等也一并进行综合研究。他通过探讨这类文体的起源、历史及其特征,进而阐明自己的文艺审美观,初步建立起西方诗学的基本框架。亚里士多德开创的艺术"模仿"说成为西方古典诗学的正宗和主流。文艺复兴时期的文艺理论也继承和发展了亚里士多德的艺术"模仿"说。此后,古罗马时期的贺拉斯写过《诗艺》一书,他以诗体书信的形式表述自己的文艺理论见解,强调继承古希腊文艺的传统,突出理性原则和模仿理论。在中世纪的欧洲,诗学曾一度成为神学的附庸,隶属于修辞学。但在文艺复兴时期,西方诗学界重新认识到古希腊罗马时代的文艺理论的价值,曾掀起过对这一时期的诗学著作进行重新诠释与宣扬的热潮。每个时代的人们,在对典籍进行重新诠释时,总会根据时代的需要对它们进行新的阐释,以便重建顺应时代呼唤的新内容。在 17 世纪时,法国新古典主义理论家布瓦洛(Nicolas Boileau Despreaux)推出自己的诗学专著——《诗的艺术》(*L'Art Poétique*)。布瓦洛推崇亚里士多德及贺拉斯厘定的"艺术模仿自然"的观点,尤其强调理性是文学的基础,也是文学的目的,遵从理性是艺术达到完美的根本途径。在《诗的艺术》中,他还阐明写作的基本原则,并论述诗歌、悲剧、喜剧和史诗等体裁的创作规律,提出自己对文学的基本观点。自 18 世纪之后,西方诗学逐步被现代美学和文学理论所取代,这个时期主观抒情的浪漫主义大潮风靡欧洲。在 19 世纪,批判现实主义、自然主义等占据文学流派主流地位,这些流派出现的年代也是亚里士多德"再现论"诗学传统高度发展的时期。20 世纪至今,现代主义占据西方诗学的主流地位,这是一种注重主观表现的文学思潮,它打破了西方传统文论中"模仿"说和再现论的美学规范。在这一时期,西方的科学技术开始突飞猛进地发展起来,造成文学理论和文学批评的科学化倾向更加突出,同时各学科之间互相交叉与渗透成为一种发展趋势,新兴诗学将自然科学、人文科学引入文学理论及文学批评,文学理论的科学化使诗学越来越关注文学批评的方法论,从而导致文学批评思潮更迭、文学流派林立。

西方学术界对英语的"poetics"有着多种的解释,概括起来主要有三层意思:一是把诗学界定为关于诗及诗的诸种技巧的研究;二是从文学批评的视角来界定诗学的定义,认为它属于文学批评中关于诗的本质及其规律的研究;三是与亚里士多德的诗学有关。亚里士多德的诗学以戏剧批评为主,兼涉诗歌及文艺批评,这三方面的内容后来成为西方文艺理论研究的主要部分。在亚里士多德时代,"诗"常常用于指称普遍意义上的文学艺术,将诗学作为一个独立学科的概念提出来,标志着对艺术进行批评的文艺理论在西方学术史上初步建立。

从西方诗学演进的历史可以看出,它从最初产生就深受西方哲学的影响。亚里士多德的"模仿"说实际上体现出一种真理观,而真理问题一直是西方哲学的核心问题,文学也被视为真理的一种形式。自18世纪以来,西方美学研究的外延与内涵交叉于文艺理论关涉的领域。因此,对"poetics"的界定不再是单一的关于诗的本质及规律的狭隘定义。总的说来,根据诗学传统的概念,诗学主要是指涉及文学、文学样式以及文学创作规则等在内的文学理论。从西方文论中可以看出,西方的诗学概念应用范围较为广泛,等同于现代意义上的文艺理论,而且经过漫长的西方学术传统的发展演变,诗学指文艺理论的观点得到了学术界的普遍认同。19世纪俄罗斯形式主义兴起之后,诗学研究的范围更是扩大到整个文学系统中。

二、中国诗学概念的演进

在中国文学传统中,诗学的概念与西方诗学的概念之间存在着名与实不相符的情况。以亚里士多德为代表开创的西方诗学主要指文艺理论,也就是说文学理论(theory of literature)与诗学(poetics)几乎是指同一概念。但中国传统诗学概念更多时候是指狭义的诗学观,即纯然是各种诗歌文类的研究,与西方诗学概念全然不同。中国传统的文论思想,早在汉代时期就有"诗之为学,性情而已"的说法。而将诗学作为一个概念提出来的人是唐代诗人郑谷,他在《中年》一诗中这样写道:"苔色满墙寻故第,雨声一夜忆春田。衰迟自喜添诗学,更把前题改数联。"①在这里郑

---

① 萧涤非. 唐诗鉴赏辞典. 上海:上海辞书出版社,1983:1230.

谷用"诗学"表示"学习作诗"之意。明末清初时,顾炎武在《日知录》中写道:"唐人以诗取士,始有命题分韵之法,而诗学衰矣。"①顾炎武所说的"诗学",仍然是指"诗的创作"之意。但明朝的另一位学者周晖却将诗学的外延与内涵有所扩大。他在《金陵琐事》(卷4)中专门有《诗学》一章,记载明代嘉靖年间司寇顾华玉率几位下士在清溪倡导"诗学"。书中这样写道,"嘉靖中司寇顾公华玉,以浙辖在告,倡诗学于清溪之上",他们在此"讲艺论学,绰有古风"②。在这里诗学的概念已从单纯的诗的创作转变为诗的批评。在元明时期,诗学的研究范围又有所扩大,以诗学为名的著述也多了起来,例如《诗学正源》《诗学正裔》《诗学权舆》以及《诗学正宗》等,但这些著述更多也只是关涉诗歌创作及诗歌批评的内容。

中国历史文献记载有丰富的文论著述。中国传统文论在其发展过程中,也形成了它特有的历史阶段,大致说来,先秦、两汉是中国古典文论的形成时期,这一时期,儒、道、墨等各家形成各自的文艺观,开启中国广义上所谓诗学的先河。汉代出现的《毛诗·大序》著述,作者在继承《尚书·尧典》中提出的"诗言志"的基础之上,则突出强调"情"与"志"的统一,阐明以诗歌抒情言志为特征的教谕性文学观。魏晋南北朝至唐代是中国古典文论的鼎盛时期,这一时期形成儒、道、释三家哲学和诗学交汇的全盛局面,中国古典文论也由此而获得较大的发展与完善。以刘勰的《文心雕龙》为代表,这一时期的著作展示了全面而综合的文学观,对文学的本质、起源、构思以及功用等诸方面进行了系统的阐述。《文心雕龙》不仅是关于文学的理论,同时还涉及文学鉴赏的方面,将文学理论与美学论述融为一体。自宋代开始直至清代,这一时期是中国古典文论的蜕变时期,以道家哲学为依托的反理学文论占据当时的主流地位。进入近代,中国古典文论开始逐渐向现代文论转化。但就整体而言,"物感"说一直居于中国

---

① 转引自:杨乃乔. 论中西学术语境下对"poetics"与"诗学"产生误读的诸种原因. 天津社会科学,2006(4):108.

② 转引自:杨乃乔. 论中西学术语境下对"poetics"与"诗学"产生误读的诸种原因. 天津社会科学,2006(4):108.

传统文论的主导地位。

所谓"物感"说是指作家在创作构思时为外物所感而产生的创作激情,并将其表现于语言之中。与西方诗学强调客观真实的"模仿"说不同,"物感"说更强调个人的主观真实性。虽然二者都关注艺术真实性的问题,但物感说更注重主体对外在事物的感应,主张抒情言志,偏重情与志的表现和意境的营造。西方的"模仿"说则更注重对客观事物的真实描摹,要求以典型形象来再现社会历史的真实性,强调艺术真实的客观性。因此,西方文艺理论较为倾向于理性、思辨性和逻辑性,中国古代文论则更倾向于感悟性、体验性与鉴赏性。

综上所述,在中国学术界,基本上把"诗话研究"或"诗话学"总称为"诗学",在这个层面上,诗学是关于诗歌研究的一门独立学科,其外延与内涵限定在关于诗的研究上,并没有包含广泛的文艺理论的内涵。因此,中国传统上关于诗学的概念是狭隘的诗学概念。但随着中国文论的现代化进程的推进,特别是在当今全球化的时代,中国文艺理论与西方文艺理论之间日益融合发展,现在中国学术界所指的诗学概念,也主要指广义上的诗学概念,亦即文艺理论,这在学术界已得到普遍的认同。

三、诗学研究的范畴

进入 20 世纪以来,西方文学理论研究出现"语言学转向",诗学研究科学化、抽象化的发展趋势日趋明显。俄罗斯形式主义就是这一新兴诗学发展趋势的代表,这一流派在"建立科学的文学理论"的旗帜下,致力于建立文学与非文学的区别,关注文学之所以为文学的抽象属性,即所谓的"文学性"。为此,他们将研究的关注点聚焦于文本内部本身,特别是文本的语言组织以及语言形式。他们提出诗学研究的任务就是研究文学作品的结构方式,有艺术价值的文学是诗学研究的对象。他们着手探索诗学内部的独特规律,把文学作品看成一个独立的封闭体系,从文本的基本构成——语言要素切入,对作品进行精密的分析,开启文学研究向内部转向的新研究模式。

对文本语言审美形式的分析是这一流派诗学研究的起点,形式主义的代表人物什克洛夫斯基(Victor Shklovsky)提出了"陌生化"的概念。他认为,艺术的技术就是使事物"陌生化",使形式变得艰深,增加读者感知的难度,延长读者的审美时间——因为感知的过程本身就是一个审美目的之过程,必须加以延长。人们要从自动化的语言状态中摆脱出来,恢复对艺术的感觉,就要通过对材料的扭曲、变形,达到使事物奇异化的目的。艺术家创造的这种奇异化、陌生化的感觉,会使读者获得一种不同凡响的美感体验。另一位形式主义的代表人物雅各布森(Roman Jakobson)则提出"文学性"(literariness)范畴。他认为,诗学应首先确立自己的研究对象——文学性,这是文学之所以成为文学的本质所在。他指出,诗学研究的主要问题是"什么使一个语言信息成为艺术作品?"(What makes a verbal message a work of art?)在回答这个问题时,雅各布森认为是"文学性"使语言信息成为艺术作品。在这里雅各布森强调的是语言的"文学性"。他认为诗学主要关注的是语言结构的问题,正如绘画关注的是图画结构一样。语言学是关于语言结构的综合科学,因此诗学是"语言学的一个基本组成部分"①。

语言的"文学性"其核心指向语言的"诗性功能"(poetic function),即通过增强语言自身的可感性而使其与客观现实以及指称物相分离,即语言符号只指向其自身而不指向其他任何东西。当语言的"诗性功能"占据主导地位时,语言是作为自身而被感知的,具有相对自足、自在的价值系统,而与现实无关,语言结构成为独一无二的本体。诗性功能是"聚焦信息自身的功能"②,与作品中的语言形式有关,这些形式指语言自身的诸如

① Jakobson,R. Linguistic and poetics. In Pomorska,K. & Rudy,S. (eds). *Language in Literature*. Cambridge & London:Harvard University Press,1987:63.

② Jakobson,R. Linguistic and poetics. In Pomorska,K. & Rudy,S. (eds). *Language in Literature*. Cambridge & London:Harvard University Press,1987:66.

音响、词汇、句法等具备的审美意义。那些打破常规的变异、反常的、前景化的表达方式就是语言诗性功能的体现。

俄国形式主义者不受传统文学观念的束缚,从文本自身出发,致力于从文学语言的陌生化、诗性功能中找到成为文学的内在属性的做法,深刻地影响了 20 世纪以来的文学理论。正像伊格尔顿所说的那样:"形式主义实质上就是把语言学研究运用于文学研究;因为这里说的语言学是一种形式语言学,它的研究涉及语言结构而不关心一个人实际上可能说出的是什么。因此,形式主义者也越过了文学'内容'的分析而去研究形式。"①

20 世纪俄罗斯另一个诗学家巴赫金却将诗学研究的广度与深度进一步拓展与深化。虽然他也高度重视文学作品本身的结构与形式,十分关注体裁、语言、结构以及形式的研究,认为文学作品的意义也只能通过它们才能显示出来,但他更注重从社会语境、历史语境及文化语境的视角来分析看待文学,重视文学与意识形态之间的密切关系,看到文学作为一种独特审美艺术在社会现实中发挥的功能意义。巴赫金的诗学观深受马克思主义文学意识形态观的影响,他认为对于文学的意识形态性的把握还不能仅停留在表面,不能以上层建筑和经济基础的关系生硬地界定文学的本质,而要在文学本体的内部进行意识形态一元论的研究。

综上所述,我们可以看出诗学研究的范畴可分为两个:一是对文本审美形式的分析,特别是文本语言的审美特征,也包括文本的结构等审美特征;二是文学在社会文化语境中的功能作用。对文本审美形式的分析是诗学研究的起点,审美形式又是一个较为的复杂概念,它包含语言、结构、文体、风格等因素,其中修辞是文本语言文学性的重要表现,同时也是作者的一种话语策略以及所要达到的话语效果,从修辞手法可以发掘内含于修辞之中语言的文学价值、美学价值。而文学在社会文化中所发挥的功能与作用,则是诗学研究最后的落脚点。

---

① Eagleton,T. *Literary Theory:An Introduction*. Minnesota:Minneapolis University Press,2008:3.

第二节 诗学对文学翻译的影响

诗学研究的范畴以文本语言的审美特征为主要内容,而文学翻译是以两种语言的转换为手段,很自然会与诗学有关联。勒菲弗尔指出,通过翻译有两个因素基本上可以决定一部文学作品的形象:一是译者的意识形态(也许是他本人拥有的,也可能是赞助人强加于他的);二是译者在翻译时期接受文学方的主流诗学观。[①] 他把诗学对译者翻译策略选择的影响放置于仅次于意识形态的重要位置。

一、勒菲弗尔对诗学的论述

在勒菲弗尔对诗学的论述中,他首先是以对诗学的界定入手的。他认为诗学包括两个部分:"一是文学方法,包括文学体裁、主题、典型人物和场景以及象征;二是在整个社会体系统中文学所发挥的作用,或者说应该发挥的作用。"[②]一个民族的诗学观一旦形成,会对该民族的文学系统产生巨大的影响。译者可以通过翻译来影响他们时代的诗学演进历程,译者周旋于两个文本之间,不得不在原语诗学观与目标语诗学观之间进行协调与妥协。

从勒菲弗尔对诗学概念的界定可以看出,诗学是指一个民族的文学传统以及文学应该在该社会系统中发挥出的功能。翻译作为一种改写方式,体现着不同诗学观之间的相互排斥、碰撞以及渗透的关系。译者能否把一个作家或一部作品的形象成功地引入另一个文学系统,能否把新的文学手段引入到目标语的诗学中,体现了两种诗学观之间的斗争、妥协与融合的关系。但是译者在原语诗学观与目标语诗学观之间进行协调时,

---

① Lefevere, A. *Translation, Rewriting and the Manipulation of Literary Fame*. Shanghai: Shanghai Foreign Language Education Press, 2001:41.
② Lefevere, A. *Translation, Rewriting and the Manipulation of Literary Fame*. Shanghai: Shanghai Foreign Language Education Press, 2001:26.

通常会以目标语诗学观为标准并以此来对原文进行改写,目的是取悦目标语读者,迎合他们的审美期待。勒菲弗尔在谈到这个问题时,以法国翻译家德·拉·莫特(Antoine Houdar de la Motte)译介荷马史诗《伊里亚特》(*Iliad*)为例。德·拉·莫特深受自己所处时代占据主流地位的诗学观的影响,他在翻译《伊里亚特》时,对原著做了大量的删减。他将拥有二十四卷的原著译成法语之后缩减为十二卷,主要是为了迎合读者(观众)的诗学期待,以增强译著的可读性或可欣赏性。

在谈到语言的诗学功能时,勒菲弗尔认为,译者应该熟知作者的语言风格,并在译文中取得与原文语言同样的艺术效果。在这种情况下,译者不能玷污或有损原文语言的审美特征。译者有义务将原文的措辞、语言特色、语言细微之处的审美特征以及由此而发挥出的诗学功能做相应的传译。当然,这么做并不是要让译者沦为"字字对译"(word for word)的奴隶,而是强调译者应再现出作者在语言形式中欲传递的审美信息和语言本身具备的诗学功能。一个好的译者绝不会忽视语言这方面的特征,他应以此来选择译文的措辞,取得与原文异曲同工的效果,这样才能"达到心灵满足,悦目愉耳"①之目的。

在勒菲弗尔看来,在一个文学系统中,诗学的功能显然从诗学外部与意识形态的影响密切相关,并在意识形态的作用下在文学系统内部发挥作用。某一种诗学观的形成也需要对某一作家作品的经典化,他的作品所体现的诗学观被认为与形成的诗学观一致。不同流派极力打造他们各自的经典并让自己塑造的"经典"成为唯一真正的"经典",这意味着该"经典"与他们主张的意识形态或诗学观相符合,甚至可能二者都完全相符合。

诗学观可以跨越不同的语言、种族和政治机构。通过翻译这个改写行为,不同文化的诗学观可以相互学习、相互借鉴并融入另一个文学系统

---

① Lefevere, A. *Translation / History / Culture: A Sourcebook*. Shanghai: Shanghai Foreign Language Education Press, 2001: 29.

中。例如,中国现代诗人冯至将英国文学中的十四行诗通过翻译引入中国文学并得到广泛的传播;德国文学因为译介荷马的作品而引入六步格诗。弗里尔(John Hookham Frere)因为翻译意大利诗人浦尔契(Luigi Pulci)的作品,而将八行体(一种诗体,每行十或十一个音节,前六行交替押韵,后两行另成一组同脚韵)引入英国文学。随后拜伦(George Gordon Byron)就将这种新的诗体运用在他的长篇叙事诗《唐璜》(*Don Juan*)之中,《唐璜》最终成为文学史上一部思想内容丰厚、艺术风格独特的诗篇巨著。

翻译深刻地影响着不同文学系统之间的相互渗透与融和,但是翻译在传播一种诗学观的同时,也受到目标语传统诗学观的抵制与排斥。雨果说,"翻译是一种文化对另一种文化的暴力行为",这不仅指翻译会给目标语文化的意识形态带来冲击,同时也指在文学系统内部冲击着目标语的传统诗学观。

一种文化中的诗学观,如同该社会的意识形态一样,是一个动态发展的过程。一个时代占据主流地位的诗学观,也许在另一个时代会退居其次。处于动态发展的诗学观,主要通过翻译这一改写行为来确立。诗学观的发展规定着什么样的文学原著和什么样的改写作品可能会被接受,教师、文学评论家等在文学系统内部决定什么样的作品能够入流,以及什么样的作品不能够入流。

诗学观一旦在一个文学系统内部形成,就试图达到一种稳固的状态并极力维持这种状态。文学系统的演进总是有两种趋势并存:一是如同其他系统那样,朝多极化方向发展;二是周期性发展。翻译义学在这种演进过程中起着举足轻重的作用,与对立的诗学观之间的斗争经常由作家引发,而改写者的决战意志决定斗争的胜负。改写是一个完美的度量计,能够测量出一种诗学观深入另一种诗学系统的程度。在德·拉·莫特时代,悲剧被视为文学的顶峰。因此,他完全有理由排斥另一种诗学观,而以自己所处文学系统的诗学观为标准,并认为完全有必要对原著做大量的删减。

　　勒菲弗尔对诗学的论述主要体现在这两个主要方面：一是诗学的概念，他将一个社会中的主流诗学观剖析成两种成分：文学方法和文学在整个社会中的作用。文学方法从内部规范译者选择的翻译策略；而文学的作用，则注重文学在该社会中发挥出的功用，从外部制约译者对作品体裁、主题等的选择。译者深受某一种文学传统的影响，对原文所做的任何改动，其目的都是为了迎合目标语读者的诗学期待。勒菲弗尔所指的文学所发挥的作用，从某种程度上与意识形态对文学翻译的影响有重叠之处，但意识形态的作用更具有强制性，而诗学的作用具有一定的倾向性。

　　二是勒菲弗尔所说的诗学观，还包括翻译的诗学观在内。他指出文学翻译要让读者感到"心灵满足，悦目愉耳"的原则，实际上是指目标语读者对译文语言的一种审美期待，包含着译者所处时代的翻译标准，也就是翻译的诗学观。译者为了顺应目标语社会的诗学规范，不得不进行"创造性的叛逆"。在勒菲弗尔看来，"只要他们出生在这样的文化环境里并被这种文化所接纳"，他们就"别无选择"，因为"这是他们想做而极具逻辑性的事情"①。

二、文学翻译中的"变译"

　　翻译是追求差异的游戏，在翻译中差异随时都有可能出现。在面对两种诗学传统的差异时，这些差异之间相互碰撞、排斥以及融合的结果便使"变译"现象产生。在多数情况下，译者往往屈从于自己所属文化系统内的诗学观的影响，并以此为标准对原文包含的异质性、陌生性的东西加以改造，以便符合目标语读者的诗学期待，在这种情形下，"变译"现象就可能发生。当然也有这样的情况，译者深受某一诗学观的影响，在译文中创造性地翻译原文，以实现自己的某一诗学主张。无论是作者创作，还是翻译家进行文学翻译，他们都很容易受到自己所属文化的诗学传统的影响。

---

① Lefevere, A. *Translation, Rewriting and the Manipulation of Literary Fame*. Shanghai: Shanghai Foreign Language Education Press, 2001:13.

　　在清朝末年,中国文学翻译曾一度出现"变译"现象,以林纾为代表的译者对外国小说几乎都采取"改译"。例如,在语言表达上,他们追求文言文古雅的表达方式;在小说的形式上,他们以中国传统的章回小说形式来改写外国小说的形式;在叙事手法上,他们采用中国传统小说的叙事手法,即以追求故事情节的发展为主,删除他们认为与故事情节无关的景物、人物心理等描写的内容。这种被称为"豪杰译"的方法,可以说是将目标语的诗学观对文学翻译的制约推向了极致。

　　在近代,朱生豪在翻译莎士比亚的戏剧时,把保持莎剧的神韵作为首要考虑因素,于是他采用中国传统文学中的散文体来传译莎剧中的无韵诗体。在中国传统文学中,戏剧多为无韵的散文体。将莎剧传译为无韵的散文诗体,不仅可以再现莎剧在声韵上的和谐之美,而且更重要的是还能够便于读者的阅读以及舞台上演员的表演。朱生豪在翻译中追求的境界是"志在神韵",极力反对逐字逐句对照式的"硬译",主要是通过语言的优美与自然流畅来体现莎剧的"神韵"和"意趣"。

　　中国传统文论历来都有重内容而轻形式的传统,在文学史上曾出现过"文与质""意与辞""实与华""形与神"以及"言与志"等的争论都是从这种理论演变而来。其中"形与神"的辩论,在中国美学史和文学史上的影响深远。东晋大画家顾恺之在汲取前人思想的基础之上,提出"传神写照"的命题并否定"以形写神"的美学思想,实际上这种思想奠定了中国美学史上重"神似"的思想,发展到后来就是所谓"离形得似"的观点,对中国文学和文学翻译都有深远的影响。

　　当然在中西方翻译史上也有完全置目标语诗学观于不顾,执着于将原语诗学观引入目标语文学中来的事例。例如,美国意象派诗人庞德(Ezra Pound)深刻领悟到中国古典文论中隐而不露的精神内涵,在诗歌创作中凸显渗透着主体审美情感的意象,在美国兴起了一次诗歌变革的文学运动。这种诗学观也体现在他翻译的中国古典诗歌里,1915年,庞德推出中国古诗集《华夏集》(Cathay)的英译本,为此他背负了"胡译"的坏名声。庞德从中国传统诗学中汲取大量的养分;中国传统诗学对意象历来十分重视,追求所谓的"诗如画""字如画"的美学境界。这种美学意境成为他在翻译中国诗时刻意追求的艺术特征,结果使他的诗歌创作和翻译策略选择都走了一条与传统西方文艺理论完全不同的道路,为意象派诗歌的创立和发展做出大量的探索和贡献。

三、本土化与陌生化翻译策略

在中西方的文艺理论中,语言通常被视为一种工具,这种思想一直占据主流地位,并直接导致对语言形式本身所具有的功能的忽视。虽然中国古代的先哲们也认识到,要表达对自然与人生的深刻感悟,必须借助于语言,但从另一方面他们也意识到语言的局限性。从最早《尚书·尧典》里提出"诗言志"的观点,到庄子的"得意忘言"说,都是这种思想的具体体现。其中"得意忘言"说对中国文学影响深远,到后来发展出"文以载道"的观点,体现出中国古代思想家将语言视为一种工具的思想倾向。

在西方文论里,艺术"模仿"说一直占据着主流地位。艾布拉姆斯(Meyer Howard Abrams)的《镜与灯》(*The Mirror and the Lamp*)就是这种艺术"模仿"说的传世之作。直到 19 世纪,在别林斯基、车尔尼雪夫斯基等俄罗斯文学理论家的著述里也不乏"模仿"说的影子。别林斯基的"艺术是现实生活的再现",说明"模仿"说在西方文论中仍然占据主流地位。正因如此,作为"模仿工具"的语言就没有得到足够的重视,语言只是再现现实和表达思想的工具,这种观点完全遮盖语言本身具有的本体地位。

在 20 世纪,奈达提出"动态对等"(dynamic equivalence)的观点,就是这种诗学观在翻译研究中的具体表现。奈达认为,为了达到交际目的,译者主要应传达出原语的信息内容,至于形式则能传达就传达,不能传达时就应抛弃形式。这种观点要求译文的语言表达自然流畅,目的是使目标语读者获得与原文读者一样的反应,为此译者必须改变原作的形式,尽量使用目标语读者熟悉的表达方式,以便达到功能相等的目的。

在中国的翻译诗学观中,严复的"信达雅"翻译标准影响后世深远。

尽管他本人提出这种翻译标准并将"信"的标准置于首位,但在实际翻译中他却更多地追求"达"与"雅"的标准。后来傅雷提出"神似"说,钱锺书提出"化境"的主张,实际上都是从严复厘定的翻译标准演变而来,而他们的理论根基都是与中国传统文论重内容、轻形式的思想一脉相承。这些翻译标准长期以来占据着中国文学翻译诗学的主流地位并长期被奉为圭臬,成为文学翻译应达到的最高境界,在很大程度上制约着译者翻译策略的选择取向。

在这些文学翻译观的影响下,很多译者在面对原文的异质性、陌生化的现象时,为了提高译作在目标语文化中的可接受性,往往毫不犹疑地消除原语的异质化、陌生化的表达形式,而采取一种更加"本土化"的语言形式,目的是为了追求译文语言的通顺与流畅。本土化概念的出现,最初是指在商业全球化中,跨国公司为适应东道国独特的文化习俗、意识形态以及商业规则,而对其生产、营销和管理等模式进行改变与调整,以便其经营模式能"入乡随俗",顺利地在东道国运行。而翻译策略的本土化,是指译者以本土文化为中心,消除原语的异质性或陌生化,降低译本的阅读难度,以便增强译文在目标语文化中的可接受性。

孙艺风在《文化翻译与全球本土化》一文中指出,"本土化意味着在两个文化体系间在价值、观念和经历等方面,与归化相比进行更为系统的、概念性的和充满活力的互动和交流"①。在这里他认为本土化的策略是两种文化互动的结果。实际上施莱尔马赫提出翻译的"两条途径",分别代表两种向不同文化靠近的翻译策略:一是向原语文化靠近,凸显原语文化的异质性和陌生化的翻译策略;二是向目标语文化靠近,为顺应目标语文化规范,而对原语文化采取本土化的翻译策略。陌生化与本土化的策略取向受制于多种因素,其中目标语的诗学观的影响是关键的因素。

在西方文艺美学史上,第一个对"陌生化"进行论述的是亚里士多德。虽然他没有正式提出这一概念,但他使用"不平常""惊奇"等说法,认为

①　孙艺风. 文化翻译与全球本土化. 中国翻译,2008(1):9.

"不平常"会使观众产生"惊奇"的快感。而真正明确提出"陌生化"的理论,把文学作品中的"陌生化"视为语言的"诗性本质"的还是俄罗斯形式主义者。在他们看来,即使面临熟悉的事物也能不断有新的发现,感受到异乎寻常的陌生感,只有这样,才能真正感受到语言的"诗性本质"。

在文学翻译中的陌生化策略,其概念的外延要比形式主义者提出的"陌生化"还要广一些,这不仅指保留原文语言表达的"文学性",还指译文能传达出原文文化的"异质性",这种翻译策略也许会给目标语读者带来一种陌生感、疏离感,但文化交流的目的不仅是"求同",还要"存异"。在翻译中,译者选择保留原文的异质性和陌生化的成分,会使文化之间的交流变得有效且异彩纷呈。

在中国翻译史上,对原文采取本土化翻译策略的典型事例莫过于林纾的翻译小说。他翻译的小说在民国之初曾风行一时,他之所以能大获成功,最主要的原因还是他所采取的翻译策略迎合了当时读者的"期待视界",满足了他们的审美需求。他翻译的小说以冒险、爱情以及神怪等题材为主,在翻译时,他通常采用古雅的文言文形式,既迎合当时读者猎奇的需要,也与晚清时期"以雅为美"的诗学观完全契合。在林纾的翻译小说中,他对西方的文化观念、意象等均采取"本土化"策略,对原著中出现异质性的、陌生化的内容,他会直接删除。每遇到与中国传统伦理道德相冲突的地方,他更是毫不留情地删除甚至毫不犹豫地加以"改译"。

接受美学认为读者在阅读之前,早有了"审美经验的期待视界"。这种"视界"事先已经决定他们的阅读结果。读者往往习惯接纳与自身心理经验和结构相同的审美信息,而容易将不符合经验暗示的意象、意境等排斥在外,这是一种"证同"①的阅读心理。"证同"的心理带来的审美愉悦毕竟十分有限,而且这种阅读模式也难以使读者的阅读趣味得到真正提高。与此同时,人还具有一种"趋异"②的心理,这种心理能刺激人的兴趣,提高

---

① 龙协涛. 文学阅读学. 北京:北京大学出版社,2004:172.
② 龙协涛. 文学阅读学. 北京:北京大学出版社,2004:172.

人的感觉敏锐程度,"趋异"的心理对读者自身的提高和完善具有十分重要的意义。文学作品是人类诗意的、本真的追求,新颖、独特应该是艺术的普遍原则,所以什克洛夫斯基认为,"有形象的地方,就有陌生化(defamiliar)"①。

本雅明在《译者的任务》一文中指出,"文学作品的基本特征不是进行交流或传递信息",而"任何旨在执行传递功能的翻译所传递的只能是信息",这是"拙劣的翻译的特征",而文学翻译的精髓是"那些深奥的、神秘的'诗意'(poetic)"②。在这里,本雅明强调了翻译文学作品时保留语言的"诗意"成分的重要性,这些"诗意"成分在很大程度上就是作品语言所具有的诗学功能,也就是文学作品的"文学性"所在。本雅明所强调的就是在翻译中应再现原著异质性的重要性,而翻译的终极目的在于表现不同语言之间的融合与互补关系,最后达到"升华的""超越的""纯语言"(pure language)的境地。语言与意义之间的关系好比果肉与果皮之间浑然天成的关系,译者的任务在于寻找到与原文语言互补与融合的语言,最终达到纯语言的境界。为此,本雅明主张,译者应尽量采取直译的方法,充分再现原文的表意方式。因为,形式并不只是内容的外衣和信息的载体,在多数情况下形式就是内容,形式传达着内容。而一味强调传达意义而忽略语言表达的形式,反而会降低原文的艺术性。

翻译既然是寻求语言之间差异性的游戏,那么体现原文之"异"就显得尤为重要。早期翻译研究派(Early Translation Studies),例如列维、米柯(Frantisek Miko)和波波维奇等,对俄罗斯形式主义的观点十分推崇,并把陌生化的概念引入翻译理论研究。他们与奈达所代表的翻译流派走了一条背道而驰的道路,他们对文本的深层结构和意义本质兴趣索然,而将兴趣的关注点放置于现实文本的表面特征上,主题是如何表达的才是

---

① 转引自:张冰. 陌生化诗学:俄罗斯形式主义研究. 北京:北京师范大学出版社,2000:168.

② 陈永国. 翻译与后现代性. 北京:中国人民大学出版社,2005:3.

他们感兴趣的热点。他们对原文中的陌生化表意方式给予极大的关注，认为"译作必须保留陌生化手法，如果现有的手法可以用第二种语言翻译出来，译者必须创造新的手法"①。这一流派完全相信作品具有"文学性"的形式特征，这一特征可以从内容中剥离出来，移植到另一种语言中，翻译的任务就是发现原作的文学性并将其移植到目标语中。

当然，他们的这一主张并非翻译史上的个案。韦努蒂也是主张翻译应"求异"的代表，他提倡译者应采取"抵抗式"的翻译策略。虽然他真正关心的是原语文化与英美文化之间的不平等关系，但他主张通过翻译凸显原语包含的陌生化（异质性）的翻译策略是显而易见的。鲁迅提出"宁信而不顺"的翻译策略，在本质上也是主张陌生化的翻译策略，只是这种翻译策略在当时的中国社会文化历史语境下显得太过于超前，所以这种策略在中国翻译理论界一直没能成为主要的潮流。直到20世纪90年代末才有学者站出来大声呼吁，提出陌生化翻译策略的主张。刘英凯的《信息时代翻译中"陌生化"的必要性和不可避免性》一文，无疑给当时的翻译理论界投下一枚重磅炸弹，引起了巨大的反响。文章指出，在21世纪全球化到来之际，在翻译中保留陌生化的必要性并列举这样做的五大可取之处。王东风在多篇论文中论述陌生化策略的必要性以及探讨如何再现原作的陌生化表现手法，他认为，"作家着力于语言形式的变异和叙事技巧的选择，目的是要使得与内容密切相关的某些表达方式偏离正规，从而唤起读者对语言媒介的注意。正是这种意在前景化和陌生化的形式变异使文学作品具有了文学性"②。王宁在《翻译研究的文化转向》一书中呼吁，在全球化的进程中，翻译的作用不仅体现在语言层面上的迻译，而且也体现在文化层面上的协调和重构。为此，他十分推崇后殖民主义理论家巴巴倡导的文化翻译（cultural translation）策略，并认为这种文化翻译

---

① Gentzler, E. *Contemporary Translation Theories*. 2nd ed. Shanghai: Shanghai Foreign Language Press, 2004:82.

② 王东风. 译家与作家的意识冲突：文学翻译中的一个值得深思的现象. 中国翻译, 2001(5):44.

策略也无法摆脱语言这个载体,应突出文化翻译的"另类性",而对原作文化精神的再现应该是一种最高境界的"忠实"。在这里王宁所强调的再现原作的文化精神,实质上是指保留原语文化异质性的重要性。

随着时代的变迁,社会文化思潮的更迭,今天的世界已庄严地步入全球化时代,人们的审美情趣、鉴赏能力以及期待视野也发生根本性的变化,读者更期盼的是能在经典文学名著中寻觅到更多陌生化的、新颖的东西,给他们留下更多的想象、联想乃至创造性发挥的审美空间。因此,译者选择这种陌生化的翻译策略就更能顺应这个时代的呼唤。

第三节 《简·爱》汉译本在诗学制约下的翻译策略选择

虽然文学翻译可以给目标语文学引进新的形式内容,促进该民族文学的发展与完善,但是目标语文学传统也会由此受到巨大的冲击,本能地对此采取抵制、排斥的态度,文学翻译可以是反映这种态度的"度量计"。

一、文学形式的传译策略

在先秦两汉时期,中国古代小说还处于萌芽阶段,随后经历了魏晋南北朝的童年期,直到唐代中国小说才真正成熟起来,具备小说的基本要素。在宋代时,出现白话小说;在明朝,白话小说又得到蓬勃的发展;紧接着在明清时期出现一种"章回体小说"。章回小说的主要特点是分回标目、韵散结合、篇首与篇尾引用诗词。叙述者常以"话说"等形式引出故事情节,以"欲知后事如何,且听下回分解"为固定的结尾形式,内在叙事由人称、视角、结构、叙说方式等成分构成。回标目是章回小说最为明显的外部特征,小说常常取一个或两个中心事件为一回,每回篇幅大致相同,故事情节前后衔接,中间穿插诗词韵文,结尾常设悬念以吸引读者的兴趣。

章回小说的语言多采用白话文,文体受话本小说、史传文学等传统文学形式的影响,结构常以叙述事件发展为中心,人物性格也由事件的发展而得以刻画,小说叙述主要以顺叙为主。而西方小说主要以人物形象的刻画为中心,黑格尔(George W. F. Hegel)在《美学》里概括西方艺术的特征时这样说道:"性格是理想艺术的中心。"①这是对西方小说艺术结构本质的高度概括。西方小说重视人物形象的塑造,往往在特定的时间和空间内对人物的性格和心理活动做细致入微的描述。为了突出人物的个性,西方小说较少按时序来叙述,而具有更多的随意性,或从故事的中间写起,或从结尾开头,并采用倒叙、补叙等多种叙事手法来增强对人物形象的塑造。因此,西方传统小说具有开放式的结构,与中国古典小说封闭式的系统有着很大的差别。

伍光建一生从事翻译长达五十年之久,翻译各类文学作品达一百三十多种。他深受中国传统小说的影响,依照中国传统章回小说的形式和特点,在《孤女飘零记》里完全套用这种章回小说的叙事方式和外在形式。他按照章回小说重视事件发展叙述的特点,将原著以人物塑造为中心的书名改为以事件叙述为主的书名。《简·爱》本是以女主人公的名字为书名,但伍光建却将其更改为具有传奇色彩的《孤女飘零记》;将原著通过事件发展来塑造人物形象为主的特征,改为以叙述事件发展过程为主的特征。

在小说的外在形式上,他将原著的章改为"回"。原著共有三十八章,而伍光建的《孤女飘零记》共有三十八回,在每一回中,他都配有简明扼要的标题,提纲挈领地揭示本回欲讲述的主要故事情节。在每回的叙说中,他还用"且说"等词语引起故事的展开。在内容上,伍光建也为了突出小说的故事情节,将原著中大段的景物描写或他认为与故事情节关系不大的内容,例如,深化人物性格塑造的心理描写、《圣经》及其他文学典故的引用等做了大量的删除。伍光建之所以选择这种比较极端的翻译策略,其目的是迎合当时读者的阅读情趣和诗学期待,他对原著进行改写的手笔之大可从以下例子里窥见一斑。

① 黑格尔. 美学. 朱光潜,译. 北京:商务印书馆,1979:53.

例 3.1: I returned to my book—Bewick's *History of British Birds*: the letterpress thereof I cared little for, generally speaking; and yet there were certain introductory pages that, child as I was, I could not pass quite as a blank. They were those which treat of the haunts of sea-fowl; of 'the solitary rocks and promontories' by them only inhabited; of the coast of Norway, studded with isles from its southern extremity, the Lindeness, or Naze, to the North Cape—

Where the Northern Ocean, in vast whirls,

Boils round the naked, melancholy isles

Of farthest Thule; and the Atlantic surge

Pours in among the stormy Hebrides.

(*Jane Eyre*, Chapter 1:40)

译文:我所看的这本书是讲鸟的。我虽不甚喜欢读,但是卷首所说的是海鸟栖止的荒岛,海边的山嘴,同挪威国的海岸。书上还引了几句诗,令人想到北冰洋附近酷寒地方,我就想到我自己现在的光景,是很像海鸟栖止在冰山雪地,酷寒孤寂的地方。书上的图画,是一幅极寒地方的景致,一片汪洋,有一个荒岛,四面都是波浪冲击。还远远的有只破船,被水冲在岸边,画片上面是层云,微微的露出一点孤寒的月轮。(伍光建,2)

小说的第一章主要叙述小简·爱在里德舅妈家过着寄人篱下的生活,与舅妈一家不能融洽相处。由于无法融入他们的群体,小简·爱只好用读书来打发时光。在这样孤苦的情况下,她还受到表哥约翰的辱骂与毒打。里德太太完全袒护自己的儿子,将小简·爱关在阴森恐怖的红屋子里,让小简·爱在孤苦与恐惧中倍感命运的不公。伍光建将第一回取名为"约翰",主要突出约翰打骂小简·爱的事件,而删除原著中引用英国画家、博物学家比维克的《英国禽鸟史》上的诗以及很多关于北冰洋景物的描写。伍光建仅用"这本书是讲鸟的""书上还引了几句诗"来加以说明①。

例 3.2：I did so，not at first aware what was his intention；but when I saw him lift and poise the book and stand in act to hurl it，I instinctively started aside with a cry of alarm：not soon enough，however；the volume was flung，it hit me，and I fell，striking my head against the door and cutting it. The cut bled，the pain was sharp；my terror had passed its climax；other feelings succeeded.

"Wicked and cruel boy！" I said. "You are like a murderer— you are like a slave-driver—you are like the Roman emperors！"

I had read Goldsmith's *History of Rome*，and had formed my opinion of Nero，Caligula，& c. Also I had draw parallels in silence，which I never thought thus to have declared aloud.(*Jane Eyre*，Chapter 1：43)

译文：我只好听他的话，就站在门边不晓得他是什么用意，随即就明白了；我看见他拿起那本书，要作向我摔的样子，我就大喊一声，正要躲闪，已经是来不及了。他把书摔过来，打中我，我立刻跌倒。我的头碰在门上，碰伤了。伤口流许多血，觉得很痛，我恐怖到十二分；我心里就有无限的感触。

我说道："你这个残暴凶恶的孩子，你简直是个杀人的凶手，你是个虐待奴隶的凶主人，你很像罗马帝那样残忍。"

我读过某人著的罗马史，晓得罗马帝的种种残忍，我心里常常在那里比他作种种残暴人，想不到我这时候都说出来了。(伍光建，7)

在叙说约翰打骂小简·爱的过程中，伍光建插入章回小说常见的表达方式，例如"且说"等用语。原著对当时情形的详细描述，他仅用几个字

---

① 夏罗德·布伦忒. 孤女飘零记. 伍光建，译. 北京：商务印书馆，1935：3-5.

一语带过。当小简·爱被约翰砸来的书打中并跌倒、磕破头而流血时,她想起哥尔斯密在《罗马史》中对古罗马暴虐的皇帝尼禄和卡里古拉的描述,于是她大胆地指责约翰"像罗马帝"。伍光建将此改译为"我读过某人著的罗马史,晓得罗马皇帝的种种残忍",在这里译者显然通过翻译添加了自己评说的成分。

例 3.3:Daylight began to forsake the red-room; it was past four o'clock, and the beclouded afternoon was tending to drear twilight. I heard the rain still beating continuously on the staircase window, and the wind howling in the grove behind the hall; I grew by degrees cold as a stone, and then my courage sank. My habitual mood of humiliation, self-doubt, forlorn depression, fell damp on the embers of my decaying ire. All said I was wicked, and perhaps I might be so: what thought had I been but just conceiving of starving myself to death? That certainly was a crime: and was I fit to die? Or was the vault under the chancel of Gateshead Church an inviting bourne? (*Jane Eyre*, Chapter 2:48)

译文:当日下午四点的时候,天已黑了。雨还未停,树林的风声还是很响,我觉得浑身冰冷,我的胆气也消减了。我想到要把自己饿死,从此想到教堂的坟地,又想到李特先生新葬的坟……(伍光建,14)

西方小说重视对人物心理活动的细腻描述,对自然景物也倾向于写实般的描写,以便达到突出人物性格、烘托小说气氛的目的。而中国古典传奇章回小说却很少涉及这方面的内容,往往只重视事件的发展。在原著的第二章,小简·爱被关进红屋子之后,红屋子阴森恐怖,使年幼的简·爱产生恐惧心理并出现幻觉。作者不仅描述红房子的恐怖,同时也叙述小简·爱在这种恐怖环境中的一系列心理活动,进一步凸显出小简·爱在恶劣环境下所表现出的勇敢与抗争的个性特点。伍光建的《孤女飘零记》为了顺应中国传统章回小说的诗学传统,几乎删除对主人公心理活动的描述以及对自然景物描写,只用"我看见自己的影子,很像贝西告诉我们故事里头的小鬼"等简单叙述,来概括原著大段的心理描写,目的是突出事件发展的来龙去脉。

例 3.4：April advanced to May—a bright serene May it was; days of blue sky, placid sunshine, and soft western or southern gales filled up its duration. And now vegetation matured with vigour; Lowood shook loose its tresses; it became all green, all flowers; its great elm, ash, and oak skeletons were restored to majestic life; woodland plants sprang up profusely in its recesses; unnumbered varieties of moss filled its hollows, and it made a strange ground-sunshine out of the wealth of its wild primrose plants: I have seen their pale gold gleam in overshadowed spots like scatterings of the sweetest luster. All this I enjoyed often and fully, free, unwatched, and almost alone: for this unwonted liberty and pleasure there was a cause, to which it now becomes my task to advert. (*Jane Eyre*, Chapter 9:107)

译文：从三月到五月,花木渐渐的茂盛起来,到处都成了花团锦簇。却有一个问题,我们这个地方,花木虽然是很茂盛,但是与卫生合不合? 又另是一个问题。最可惜的,是我们好像是在山谷之间,地方低洼,常常为浓雾所笼罩,学校的卧室,地狭人多,容易得病。还未到五月,就来了一种热病,竟把这所学校,变成了医院。(伍光建,103)

小说的第九章描述春天到来之际,自然界万物复苏,呈现出一片生机勃勃的景象,但是春天的来临也加速瘟疫在洛伍德慈善学校的传播。夏洛蒂以一种女作家特有的细腻笔触描述了当时自然界呈现出的美景,使用的语言十分优美典雅,宛若散文诗一般,使原著充满浓郁的诗情画意和浪漫主义气息。细腻而精湛的景物描写是夏洛蒂的创作风格之一,也是体现出原著文学艺术性的方面。春天使瘟疫在洛伍德流行,夺走了小简·爱的小伙伴海伦的生命。伍光建的译本将本章的内容浓缩为"死别",他删除大段的景物描写,仅用"花团锦簇""花木茂盛"等词语来叙述春天的景象。海伦在临终前的晚上与小简·爱讲述了很多有关基督教信仰的内容,伍光建的译本也基本上对其做了删除。

作为一种典型的中国传统叙事方式,章回体小说突出故事情节的生动曲折与传奇色彩,加上语言简洁流畅,符合当时中国大众的审美期待,也成为当时中国民众喜闻乐见的文学形式。伍光建在《孤女飘零记》中套用这种传统章回小说的叙事方式,突出女主人公"贫贱不移""威武不屈"的独立人格,采取节译的方法,运用增补、省略、缩写和改写等方式,对原著做了大量的改写,其目的是使外国文学作品符合当时中国传统的诗学观,便于目标语读者的接受。在民国之初,中国与西方文化的交流尚处于初始阶段,译者选择这种"旧瓶装新酒"的文化传播方式,启蒙当时中国民众的思想显得十分必要。

但是《简·爱》不属于那种宏大叙事的作品,恰恰相反,它更多关注的是人物的心灵感悟并与细腻的生活场景描写相结合,情景交融地来再现女主人公"我的爱""我的恨"。译者选择这样的翻译策略,在很大程度上淡化了作家致力于营造的情景氛围,弱化了作家苦心经营的人物形象塑造,因而也就大大地降低了原著的审美艺术性。当然,《孤女飘零记》是我国早期文学翻译的产物,这个时期,文学身负着启蒙大众思想的重任,译者的翻译策略选择也是将文学在社会中所起到的功用放置于首位,而文学的艺术性却不是他们关注的重点。如今随着中西诗学的交流与融合,这种极端的全面文学样式的改写已很难觅见,但是程度不同的类似改写也时有发生。

二、文学意象的传译策略

一般认为,《周易·系辞》提出的"圣人立象以尽意"是最早对意象的提法。① 东汉时期的思想家王充第一次将"意"和"象"合为一个完整的概念提出来,并将其内涵扩展为表情达意的手段。而真正将意象作为文学和美学概念提出来的是南北朝时期的文学理论家刘勰,他在《文心雕龙·神思》中写道:"独照之匠,窥意象而运斤。"②表明作家总是先关照自然之物,然后在头脑中形成鲜明的形象后才开始动笔写作。在刘勰看来,作者的创作是一个从意象到语言的过程,是文章构思过程中形成的心理意象。在中国传统美学思想中,主张艺术创作和审美心理起源于人心感于外物的"心物感应"说,是一个拥有悠久历史而又一以贯之的观点。清代思想家王夫之提出,"情景名为二,而实不可离"。"夫景以情合,情以景生,初不相离,唯意所适。"③这样的观点则更接近于我们今天所说的审美意象。但无论在何种层面上使用意象范畴,都与人的审美活动密切相关。总之,意象是审美活动中主体情感的表现形式,是审美主体心理活动的外显化,所谓"意"是物象化的"意",而所谓"象"则是人情化的"象"。意与象的结合,便生成审美活动中的情景交融以及虚实相生的意象,是客观事物与主观心态之间取得的统一。

在西方,康德最先从美学的角度来理解意象的概念,他认为"意象"的根本特征是具体的可感性和理性与抽象性的统一。在谈到审美意象时,他在美学著述《判断力的批判》中这样写道:"我们说的审美意象,是想象力所形成的那种表象,它能叫人想到很多东西,却又不可能有任何明确的思想即概念,能与之完全相适合。因此,也没有语言能充分表达它,使之变成可理解的。"④在这里康德说的意象其创造源自于表象,完成于想象力对于表象的超越性的创造。韦勒克(Rene Wellek)和沃伦(Austin Warren)在《文学理论》(Theory of Literature)中对意象的界定是"表示有

---

① 吴晟. 中国意象诗探索. 广州:中山大学出版社,2004:13.
② 转引自:吴晟. 诗学审美意象论. 学术交流,2000(4):138.
③ 王夫之. 船山全书:15. 长沙:岳麓书社,1999:826.
④ 朱光潜. 西方美学史:下册. 北京:人民文学出版社,1989:399.

关过去的感受上、知觉上的经验在心中的重现或回忆"①。福勒（Roger Fowler）认为，"任何由文学语言所引起的可感效果，任何感人的语言、暗语、象征、任何形象，都可以被称为意象"②。黑格尔认为，意象是艺术中的形象，是形象与心灵的理念、情趣的统一体。

中国学者吴晟将意象视为一种符号形式，他认为意象可指"创作构思中的心象"，同时又可指"'文本'中物态化的符号形式"③。他以索绪尔语言符号由"所指"（signified）和"能指"（signifier）两部分组成，即符号是由语音形象与词义内涵的统一为基础，进一步将"象"划分为"物象"和"语象"。"能指"（音响）是词语的原始义、本义或转义，属于"物象"部分；而"所指"（概念）是引申义、比喻义以及象征义，属于"意象"部分；意象还可细分为诸如视觉意象、听觉意象、味觉意象等。他认为，意象在外部必须契合所取象的属性并穷尽它的外延；从语言内部又必须使情绪或思想符合与所取象的逻辑联系，并穷尽该物象的内涵，最后才能达到"意"与"象"的交融契合——内外意寄于象中而含蓄不露。④ 由此可见，意象是客观世界的物象在作者主观世界中的艺术反映，意象融入了作家作为主体的主观感受和情感意味，是作家根据事物的特征和自己的情感倾向，对生活表象进行提炼、加工、综合而重新创造出来的艺术形象。

文学意象具有很高的审美价值和诗学功能，由于它们在文学作品中的使用极大地提升了作品的艺术品质，因而海德格尔将它称为"诗意的栖居"。文学意象必须以文字符号为物质外壳，否则它无法在文本中存在。意象是作者在创作中形成的心象用语言表达出来的物化符号形式。作者通过语言符号形成的意象，最后由读者在自己的经验世界和世界观

---

① 韦勒克，沃伦. 文学理论. 刘象愚，等译. 北京：生活·读书·新知三联书店，1984：210.

② Fowler，R. *A Dictionary of Modern Critical Terms*. London：Routledge，1987：93.

③ 吴晟. 中国意象诗探索. 广州：中山大学出版社，2004：13.

④ 吴晟. 诗学审美意象论. 学术交流，2000（4）：139.

影响下形成不同的审美体验,也就是所谓的审美意象。在漫长的文学演进过程中,一个文学传统会逐步形成自己独有的文学审美意象。在文学翻译中,译者应力求将原著的文学意象以及由此而产生的审美意象一并传达给目标语读者,这是比较完美的翻译。然而文学意象的审美强调意与象之间的整体性,同一意象在不同的文学传统中未必能引起同样的审美体验。因此,很多译者在翻译时,容易受本土文学传统的影响,为了追求所谓“功能对等”的审美体验,常常会用本土文学意象代替原著文学意象。

夏洛蒂在《简·爱》中使用了丰富的自然意象、《圣经》意象、典故以及其他文学经典的借喻、象征、类比等形象叙述模式,昭示出一个超凡神秘而又充满诗情画意的艺术世界。小说叙述的故事发生在五个不同的地点:盖茨海德府(Gateshead Hall)、洛伍德慈善学校(Lowood Institution)、桑菲尔德府(Thornfield Hall)、沼泽山庄(Marsh End 或 Moor House)和芬丁庄园(The manor-house of Ferndean),这五个不同的场所及其周边的自然景观构成简·爱的人生五部曲。夏洛蒂善于在这五个不同地点选择不同的自然意象、颜色意象、梦境意象、《圣经》及文学典故意象等,来凸显小说的主题,渲染小说的气氛,达到情景交融、栩栩如生刻画人物形象的目的。原著中的很多自然意象,诸如风、雨、云、雾、月亮、水以及火等在小说的各章节都有出现,均是人物心灵情感的外显化象征,蕴含着与主人公相同命运的暗示,浸染着作家强烈的激情和主观感受。

例 3.5:There was no possibility of taking a walk that day. We had been wandering, indeed, in the leafless shrubbery an hour in the morning; but since dinner (Mrs Reed, when there was no company, dined early) the cold winter wind had brought with it the clouds so somber, and a rain so penetrating, that further outdoor exercise was now out of the question. (*Jane Eyre*, Chapter 1:39)

译文一：那一天是不能出门散步的了。当天的早上，我们在那已经落叶的小丛树堆里溜过有一点钟了；不料饭后（李特太太没得客人来，吃饭是早的，）刮起冬天的寒风，漫天都是乌云，又落雨，是绝不能出门运动的了。（伍光建，1）

译文二：那一天是没有散步的可能了。不错，早晨我们已经在无叶的丛林中漫游过一点钟了；但是午饭后——没有客人的时候，里德太太是早早吃午饭的——寒冷的冬风刮来的云这样阴阴沉沉，吹来的雨这样寒透内心，再做户外运动是不可能的了。（李霁野，1）

译文三：那一天不可能去散步了。不错，我们早上已经在片叶无存的灌木林中逛了一个钟头；但是，自从吃午饭的时候起（如果没有客人，里德太太是很早吃午饭的），冬日的凛冽寒风就送来了那样阴沉的云和那样透骨的雨，这就不可能再在户外活动了。（祝庆英，1）

译文四：那天是没法出去散步了。尽管早上我们还在光秃秃的灌木林间闲逛了一个小时，可是从吃午饭起（没有客人来，里德太太午饭总吃得很早），就刮起冬天凛冽的寒风还夹着绵绵苦雨，这就谈不上再到外面去活动了。（吴钧燮，1）

译文五：那天，出去散步是不可能了。其实，早上我们还在光秃秃的灌木林中溜达了一个小时，但从午饭时起（无客造访时，里德太太很早就用午饭）便刮起了冬日凛冽的寒风，随后阴云密布，大雨滂沱，室外的活动也就只能作罢了。（黄源深，1）

译文六：那天。再出去散步是不可能了。没错，早上我们还在光秃秃的灌木林中漫步了一个小时，可是打从吃午饭起（只要没有客人，里德太太总是很早吃午饭），就刮起了冬日凛冽的寒风，随之而来的是阴沉的乌云和透骨的冷雨，这一来，自然也就没法再到户外去活动了（宋兆霖，1）

这是小说的开头，夏洛蒂就用"leafless shrubbery""cold winter wind""the clouds so somber"及"a rain so penetrating"等描述性词语，勾画出一幅十分悲凉的自然景象：阴沉的乌云、凄冷的寒风、刺骨的冷雨。

读者从作者构织的这些自然意象中仿佛读出与主人公幼小年龄不相符的阴郁而孤寂的心灵。作者将自然意象的构建与人物的命运紧密地交织在一起,烘托出人物生存环境的凄凉,吸引读者深入阅读下去一探究竟。作者在描述小简·爱在盖茨海德府的生活时,经常使用的"暴风雨"文学意象最具特色,是人物情感的外现,不仅寓意深刻,也是对原语文学传统的沿袭以及对人物心灵的犀利探索。作者对人物心理活动的细腻描写,让作品的思想内涵变得厚重,使小说充满隽永的艺术魅力。

六个译者所选择的翻译策略有所不同:译文二、译文三及译文六基本上都保留原著的自然景物意象,特别是对"cold winter wind""a rain so penetrating"等自然意象的再现,突出风雨的冷酷无情、寒冷刺骨,以至于将灌木丛的树叶摧残至"片叶无存"的凄凉景象。译文一、译文四及译文五的译者深受中国传统诗学观的影响,没有将原著的"风雨"意象再现出来。译文一只追求故事情节的发展,而省略原著对自然景象的出色描写;译文四和译文五的译者也许是出于对目标语读者审美期待的考虑,用"绵绵苦雨""大雨滂沱"等中国传统诗学中常见的"风雨"意象代替原著的"风雨"意象,失去原著蕴含的与主人公相同命运意蕴的"风雨"意象内涵,在一定程度上造成对原著审美艺术性的削减。

《简·爱》在语言艺术风格上的独树一帜,无疑是它成为经久不衰的世界经典文学名著的特质之一。作者在原著中使用大量的比喻修辞手法,喻体通常就是一个文学意象,这种意象的使用体现出异域文化特色,表达出特殊的情感意蕴。但由于英汉两种文学传统的不同,使用相同的文学意象并不一定能达到同样的审美体验效果。同时还由于英汉两个民族在地域上的差异,有可能在原语中存在的意象,但在目标语中却并不存在。在这种情况下,译者也很容易出于对目标语诗学传统的考虑,将原著的文学意象替换成目标语常见的文学意象,以便达到所谓的功能相等的目的。但是译者选择这种意象不同却似乎功能相等的翻译策略,未必一定就能达到相同的审美体验,这样做有时会显得有些弄巧成拙,往往还容易引起原语意象所附载的情感色彩的"变味"。

例 3.6："Rain and wind, indeed! Yes, you are dripping like a mermaid; pull my cloak round you: but I think you are feverish, Jane: both your cheek and hand are burning hot. I ask again, is ther anything the matter?"（*Jane Eyre*，Chapter 25:306）

译文一："风雨真是大！你通身湿透了，把我的大衣围住你自己：你的手同你的脸都是很热的，你发热么？当真出了什么事么？"（伍光建，413）

译文二："风雨，实在！你像人鱼一样滴着水：把我的外套裹在你身上：不过我觉得你在发烧：你的面颊和手都烧得很烫呵。我再问你，有什么要紧的事吗？"（李霁野，341）

译文三："风雨交加，真是如此！是啊，你身上滴着水，简直像条美人鱼似的；把我的披风拉过来裹着吧；不过，我觉得你在发烧，简：你的脸颊和手都烧得发烫了。我再问一遍，有什么要紧的事吗？"（祝庆英，364）

译文四："风雨天，一点不假！真的，你淋得像只落汤鸡了，快把我的披风拉过去裹住身子。不过我觉得你有点发烧，简，你脸上和受伤都滚烫的。我再问一句，发生了什么要紧的事么？"（吴钧燮，300）

译文五："确实是雨大风狂！是呀，看你像美人鱼一样滴着水。把我的斗篷拉过去盖住你。不过我想你有些发烧，简。你的脸颊和手都烫得厉害。我再问一句，出了什么事了吗？"（黄源深，278）

译文六："大风大雨，一点不假！哟，你全身滴水，像条美人鱼了。快把我的斗篷拉过去裹住身子。可我觉得你在发烧，简，你的脸和手都热得烫人。我再问一遍，有什么要紧事吗？"（宋兆霖，293）

这一段选自《简·爱》第二十五章，描述简·爱在风雨中焦急等待罗切斯特回家时的情景。当罗切斯特看见在风雨中全身淋透的简·爱时，心里充满无限的怜爱，于是他说道，"you are dripping like a mermaid"，意思是"你全身湿透，像条美人鱼一样"。作者在这里使用"美人鱼"的意象，表达出罗切斯特对简·爱的怜爱之情。"美人鱼"是西方传说中的一种海洋生物,据说它长有女人的脸部和上身,却生着一条鱼尾巴。在欧洲文学作品中有很多关于美人鱼的美丽传说和童话故事,这个文学意象可以说在欧洲是家喻户晓,给读者带来的是美好的联想。译文一将原著的文学意象删除不译,译文四用"落汤鸡"意象代替"美人鱼"意象,显然是受中国传统文学中常见的文学意象的影响。译者也许认为采用中国文学中常见的表示全身湿透的"落汤鸡"意象更容易为读者所接受,但是原著的文学意象却丧失殆尽。由于译者使用不恰当的意象,造成原著文学意象的失真,引起情感色彩的"变味"。因为,汉语常用"落汤鸡"来比喻某人全身湿透的狼狈情形,往往带有贬义和讥讽意味。其他译者都将原著的文学意象直译出来,收到很好的效果。其实这种译法并不难理解,因为美人鱼的传说早已进入中国文化并为中国读者所熟知。

在文学翻译中,译者希望所选择的翻译策略能给目标语读者带来与原著读者同样的审美体验,因此会认为采取本土化翻译策略可以达到同样的效果,但选择这样的翻译策略在多数情况下却难以奏效。一个民族文学意象的形成,与该民族特殊的地理环境、文学传统、风俗习惯有很大的关系。翻译的目的是忠实再现异域文化独特的方面,对原语文学意象采取直译的方法越来越成为当今时代译者的首选。将原语独特的文学意象引入目标语文学中,不仅给目标语读者带来一种陌生的新奇感,更主要的还是有利于原语文化和目标语文化的双重构建。

谚语和典故是一个民族在长期生活实践中创造出来,并经过世世代代的流传而恒久不衰的固定说法;谚语和典故也是该民族语言的精华,具有强烈的民族特性。谚语和典故经常以某个人物或事件作为意象,具有很强的修辞功能和文化内涵。恰当地使用谚语和典故能使语言表达含蓄、凝练,增强语言表达的力度和深度,引起读者丰富的艺术联想。而谚语和典故的翻译有时则可能是一个非常棘手的问题:如果译者完全将此直译过来,有可能造成目标语读者不解其意,失去原句包含的深刻寓意;如果译者用目标语已有的意义相近的谚语或典故代替,虽然能在一定程度上帮助目标语读者理解其部分含义,但是不同文化之间的人物意象或事件意象所蕴含的深刻文化内涵不同,选择这样的翻译策略很容易引起目标语读者的"文化错位",产生不同的审美联想。

例 3.7：Most true is it that 'beauty is in the eye of the gazer' My master's colourless, oliver face, square, massive brow, broad and jetty eyebrows, deep eyes, strong features, firm, grim mouth—all energy, decision, will—were not beautiful, according to rule; but they were more than beautiful to me: they were full of an interest, an influence that quite mastered me—that took my feelings from my own power and fettered them in his. (*Jane Eyre*, Chapter 17:203)

译文一：俗话说得好,"情人眼里出美人"我对于我的东家,也是这样。我的东家是橄榄脸,无色彩,方额,眉浓而黑,两只凹眼,五官粗重,一个极严厉有决断的口,这个人是有气魄,有决断,好任性的,却万不能说美貌;然而从我的眼睛里看来,何止美貌,我以为他的面貌很耐看,无影无形中,另有一种摄力,笼罩住我,不由自主的使我见了他很关情。(伍光建,243)

译文二："情人眼里出西施"这话是最真不过了。我主人的无色的橄榄脸面,方大的前额,宽黑的眉毛,深陷的眼睛,强壮的面貌,结实古板的嘴,——全是精力、坚决、意志,——按规矩说都是不美的;但这些对于我不仅是美的,它们还充满了一种兴趣和影响,这完全制服住我了,——这使我的感情不受我的权力约束,却被他的权力控制了。(李霁野,209)

译文三："情人眼里出美人",说得对极了。我的主人的苍白的、橄榄色的脸,方方的、宽大的额头,粗而浓的眉毛,深沉的眼睛,粗犷的五官,坚定、严厉的嘴,——全是活力、果断、意志,——照常规说,都不算美,可是在我看来,它们不只是美,它们还充满了一种兴趣,一种影响,把我完全制服了,把我的感情从我自己的权力下夺走,去受他的控制。(祝庆英,227)

译文四:"情人眼里出西施",这话对极了。我这位主人的缺少血色的橄榄色脸庞,宽大的方额角,又粗又浓的眉毛,深沉的眼睛,粗犷的五官,坚定而严厉的嘴,——处处显示着精力、决心和意志,——按常规来说都不算美,然而对我来说它们却更胜过美。它们富于情趣和影响力,使我几乎完全为它们所左右,——使我的感情脱离我自己的控制而牢牢置于他的控制之下。(吴钧燮,186)

译文五:"情人眼里出美人。"说得千真万确。我主人那没有血色的橄榄色脸、方方的大额角、宽阔乌黑的眉毛、深沉的眼睛、粗线条的五官、显得坚毅而严厉的嘴巴——一切都透出活力、决断和意志——按常理并不漂亮,但对我来说远胜于漂亮。它们充溢着一种情趣,一种影响力,足以左右我,使我的感情脱离我的控制,而受制于他。(黄源深,176)

译文六:"情人眼里出美人",这话说得对极了。我的主人那张橄榄色的脸上,缺少血色,四方的脸膛,宽大的额头,又粗又浓的眉毛,深沉的眼睛,粗犷的五官,坚定而严厉的嘴巴——处处显示出毅力、决心和意志——按常规说并不美,然而在我看来,它们不仅是美,而且充满了一股势力,一种影响,把我完全给制服了,使我的感情脱离了我自己的控制,完全为他所左右。(宋兆霖,182)

在《简·爱》第十七章,有一段讲述简·爱越来越爱恋罗切斯特的情景。虽然从外貌上说,罗切斯特算不上俊美,但是在简·爱的眼里,他却显得俊俏健美、充满魅力,并让简·爱为他而倾倒。因此,这个时候她深刻体悟到英语谚语"a beauty is in the eye of the gazer"说得对极了——美人出自观察者的眼里。换言之,不同的人看待美的标准会不一样,特别是在有情人的眼里彼此都是美人。简·爱此时想到了这个谚语,表达出她对罗切斯特的爱恋之情。很巧合的是,汉语中也有个耳熟能详的典故——"情人眼里出西施",其表达的意思与英语这个谚语的意义十分相近,都表示在相爱人的眼里对方都是美的。

以上六个译文显然存在两种译法:一是用目标语的文学典故代替原

著的谚语,以便取得所谓功能相似的目的。译文二和译文四的译者将汉语的这个典故直接用上,选择这样的翻译策略很容易对目标语读者造成一种文化蒙蔽,使他们形成一种文化误读。因为,在中国文化中,西施作为一个人物意象,蕴含着中国文化独特的审美内涵和文化意义,与英语中的"beauty"具有完全不同的审美内涵和文化意义。二是采取一种"杂交"的方法。译文一、译文三、译文五及译文六的译者既套用汉语典故"情人眼里出西施"的语言表述方式,再现出原语语言结构紧凑的形式美,又避免使用西施这个目标语的文学意象,从而未造成对原著"原汁原味"异域文化的破坏。对"beauty"这个词采取直译的方法,不仅不会引起文化错位,还会让目标语读者接受一种新的表意方式,达到丰富、深化和发展目标语文化的作用。

三、陌生化语言的传译策略

雅各布森认为,语言有多种功能。文学作品主要传达的不是信息功能,而是诗学功能。俄罗斯形式主义者认为,诗学功能更多是通过语言的"反常规"形式,引起读者对语言形式的注意来实现的。因此,为了把作品的诗学功能发挥到极致,作家总是尽可能地将语言形式加以陌生化。随着时代的发展,文学理论界对文学属性的界定也逐步有了新的发展动向。冯广艺、冯学锋在《文学语言学》中指出,过去我们对文学属性过于强调形象性、鲜明性和生动性,而忽略了文学最主要的特质——"变异性。文学语言的所有表面性质都是通过变异得来的"①。作者所说的"变异性",其实就是俄罗斯形式主义者所推崇的语言表达的陌生化。文学是对语言的特殊运用,文学文本对真理的暗示只有通过审美性才能实现,也就是通过审美的语言来言说客观的存在。"变异性"是文学语言的特质,形式主义的代表人物什克洛夫斯基认为文学语言的真正目的是要实现语言的陌生化,而语言的"变异"是实现陌生化的手段。诗意言说的力量在于它永远

---

① 冯广艺,冯学锋. 文学语言学. 北京:中国三峡出版社,1994:3.

不是重复性的言说,而是有永不衰竭的"惊奇"。

文学家致力于追求语言上的新颖、奇特,是文学的属性使然。在文学家笔下,语言不仅仅是一种传递信息的工具,更是一个审美的对象。陌生化手法有以下表现形式:一是使用怪异的搭配;二是使用各种不合语法的句子;三是大量的意象并置。[①] 对于译者来说,在文学翻译中要设法保留原著陌生化的表意方式。虽然语言之间存在很多差异性,但同时也存在诸多的共性。一种语言能够表达的经验,通常也可以用另一种语言表达出来。汉语具有很强的灵活性、包容性和韧性,为再现另一种语言提供了可能性。然而在文学翻译中由于存在多种主客观的原因,特别是目标语诗学观的制约,译者为了迎合目标语读者的阅读期待,或为了追求译文语言的通顺与流畅,都有可能对原著的陌生化表达方式采取"去陌生化"的翻译策略,这样一来作家苦心经营的诗意的追求却在翻译的过程中丧失殆尽。

本雅明认为,"任何一首诗都不是有意为读者而写的,任何一幅画都不是有意为观者而画的,任何一首交响乐都不是有意为听众而作的"[②]。文学创作是作家情感的宣泄,审美经验的体验,可以不考虑读者的因素。但是文学翻译却是有所指向的,译者在进行文学翻译时,始终将翻译活动的价值指向目标语读者,只有目标语读者接受译文,翻译才会有意义。早期的文学翻译,由于不同文化之间的交流尚处于初始阶段,目标语读者对原著的语言文化感到陌生,如果译者完全采取直译方法,势必会加重读者对译文的疏离感,增加阅读难度,译者适当采取本土化翻译策略是可以理解和必要的。但是本土化的翻译策略却是一把双刃剑,一方面它有利于读者的理解,但是在另一方面却有可能造成原著诗学价值的亏损,从而使原著的艺术价值大打折扣。

---

① 金兵. 文学翻译中原作陌生化手法的再现研究. 上海:复旦大学出版社,2009:94-96.

② 陈永国. 翻译与后现代性. 北京:中国人民大学出版社,2005:3.

例 3.8：The refreshing meal，the brilliant fire，the presence and kindness of her beloved instructress，or，perhaps，more than all these，something in her own unique mind，had roused her powers within her. They woke，they kindled：first，they glowed in the bright tint of her check，which till this hour I had never seen but pale and bloodless；then they shone in the liquid lustre of her eyes，which had suddenly acquired a beauty more singular than that of Miss Temple's——a beauty neither of fine colour nor long eyelash，nor pencilled brow，but of meaning，of movement，of radiance. Then her soul sat on her lips，and language flowed，from what source I cannot tell；has a girl of fourteen a heart large enough，vigorous enough to hold the swelling spring of pure，full，fervid eloquence？(*Jane Eyre*，Chapter 8：104)

译文一：她因为吃了点心，精神奋发起来，两眼有异彩，比田朴小姐的眼神，还要令人可爱。说话是滔滔不绝的，不晓得从什么源头上流来的。她不过是一个十四岁的女孩，就能够装得了那些清真雅正、绝妙的辞令么？（伍光建，99）

译文二：振作精神的食物，明亮的火，她所爱的女教师的丰采和仁慈，或者胜过这些，她自己奇特的心里的一种东西，引起她内心的力量来。这些力量觉醒了，燃着了：一上来它们在她面颊的鲜明颜色中发红，而这时之前，我总看见她的面颊无血而又苍白；预示它们在她眼睛的亮晶晶的光泽中闪耀，她的眼睛突然得到一种美，它比坦普尔女士的美更为特别——这不是丽色，不是长睫毛，也不是画眉的美，却是有意义、有活动、发光辉的美。于是她能把思想表达出来，话流露出来了，从什么地方来的我却不知道。一个十四岁的女孩能够有这样宽广、这样有力的心，来容纳这样纯洁、充实、诚恳、滔滔不绝的言词吗？（李霁野，84）

译文三：令人精神振奋的一餐，明亮的炉火，加上她心爱的监督的在场和好意,也许比这一切更重要的是,她自己那独特心灵中的一样什么,在她身上激起了力量。这些力量醒过来,燃烧着:首先,在她那脸蛋的嫣红中发光,而在这以前我一直只看到她的脸蛋是苍白的,毫无血色的;然后,在她双眼的水汪汪的光泽中发亮。她的双眼突然间呈现出一种比谭波尔小姐的眼睛更奇特的美。这不是那种色泽艳丽、睫毛细长或画过眉毛的美,而是一种内在含义的美,活动的美,光辉的美。接着,她的心灵就像坐在她的嘴唇上似的,话语滔滔不绝地流出来;我也说不出它是从哪个源头流出来的,一个十四岁的姑娘能有那么宽广、那么生气蓬勃的心胸,来容纳这纯洁、丰富和热情的雄辩的不断膨胀的源泉么?(祝庆英,90)

译文四:因为茶点振奋了精神,炉火在熊熊燃烧,因为亲爱的导师在场并待她很好,也许不止这一切,而是她独一无二的头脑中的某种东西,激发了她内在的种种力量。这些力量被唤醒了,被点燃了,起初闪烁在一向苍白而没有血色现在却容光焕发的脸上,随后显露在她水灵灵、炯炯有神的眼睛里,这双眼睛突然之间获得了一种比坦普尔小姐的眼睛更为独特的美,它没有好看的色彩,没有长长的睫毛,没有用眉笔描过的眉毛,却那么意味深长,那么流动不息,那么光芒四射。随后她似乎心口交融,说话流畅。这些话从什么源头流出来,我无从判断。一个十四岁的女孩有这样活跃、这样宽大的心胸,装得下这纯洁、充盈、炽热的雄辩之泉吗?(黄源深,70)

译文五:使人精神振作的一餐,旺盛的炉火,她喜爱的导师的在场和亲切相待,或许比这些更重要的是,她自己与众不同的头脑中的某种念头,激起了她内心的力量。它觉醒过来,熊熊燃烧了。首先,它闪耀在她颊上的奕奕神采中,而在这以前,除了苍白和毫无血色之外,我在她颊上从来没有看见过别的东西。其次,它闪烁在她两眼水汪汪的光泽中,使它们忽然显出了一种比谭波尔小姐的眼睛更独特的美,——这种美既不在于眼睛的颜色,也不在于长长的睫毛,描过似的眉毛,而在于眼中的含意,眼的闪动和熠熠的光彩。还有,她的心和口仿佛已打成一片,话像流水似的滔滔不绝,我都说不清它究竟来自哪个源头。难道一个十四岁的姑娘会有那么宽广、那么生气蓬勃的心胸,居然能容下如此汹涌不绝的纯净、丰盛而热情洋溢的雄辩之泉么?(吴钧燮,75)

译文六:令人精神振作的茶点,熊熊的炉火,她敬爱的导师跟她在一起以及亲切相待,也许比这一切更重要的是,她那独特的头脑中的某种念头,激起了她内心的力量。这些力量苏醒了,熊熊燃烧了。首先,它们在她的脸颊上泛起了红光,而在这以前,我在她脸上看到的一直只有苍白,毫无血色。其次,它们也在她那双眼睛水汪汪的光泽中闪闪发亮,使得它们突然显出一种比谭波尔小姐的眼睛更为奇特的美——这种美既不是来自眸子漂亮的颜色,也不是来自那长长的睫毛和描过似的眉毛,而是一种眼神的内涵之美,一种目光的流动和光彩之美。接着,她的心和口仿佛连成一片,话语滔滔不绝地源源涌出,我也说不出它来自哪个源头。难道一个十四岁的姑娘有这么宽广、这么强健的心胸,竟能容下不断涌出如此纯洁、丰富和热情洋溢的语言的源泉么?(宋兆霖,74)

原文中"a beauty neither of fine colour nor long eyelash, nor pencilled brow, but of meaning, of movement, of radiance"这样的句子其诗学特征十分明显:一方面句子不仅从意义上形成对比并层层递进,而且句式整齐对仗,语言富有音乐节奏之美。另一方面原文中的"her heart sat on her lips"是个形象比喻说法,意为"她的心坐在她的嘴唇上"。在这里夏洛蒂使用一种陌生化的语言表述方式,使平淡的意义因为新奇的语言表达,而顿时变得形象生动起来,有跃然纸上之感。亚里士多德曾这样说过:"给平常的语言赋予一种不平常的气氛,这是很好的;人们喜欢被不平常的东西所打动。"①这句话表明陌生化的语言总能给读者带来审

---

① 转引自:李静. 异化翻译:陌生化的张力. 中南大学学报(社会科学版),2005,11(4):508.

美的愉悦感。

以上六个译文的译者呈现出两种翻译策略的选择：一是以原著为中心，向原著靠拢的翻译策略。译者选择这种翻译策略，不仅创造性地再现出原文句式具有的诗学特征，而且还保留了原文语言陌生化的特征。译文三就是这样的代表："这不是那种色泽艳丽、睫毛细长或画过眉毛的美，而是一种内在含义的美，活动的美，光辉的美。"译者完全采取直译的方法，充分利用汉语具有的韧性及包容性，完全遵循原句的句式结构，再现出原句句式结构具有的诗学特征。译文不仅表现出原文具有的前后意义形成对比、层层递进的特点，而且语言还富有音乐节奏之美。"接着，她的心灵就像坐在她的嘴唇上似的。"这一句译者完全采取直译，保留原句语言新奇、陌生化的表述方式，也许读者乍读起来会产生一种陌生感、奇怪感，但这种形象的比喻说法很快就使读者明白作者所要表达的意思。读者在短暂的阅读停顿中，感受到审美延迟带来的愉悦感，同时这样的直译法，也向目标语输入一种新颖而形象的表达方式，达到丰富目标语语言文化的目的。

二是出于对目标语读者的接受力的考虑，对原文的陌生化表达方式采取"去陌生化"的翻译策略。选择这样的翻译策略只有一个好处：读者不会产生任何奇怪感，能保持阅读的连续性。但坏处却很明显：原文语言陌生化的表意方式未能得到再现，由此将这种表意方式附载的诗学价值丧失殆尽。译文一、译文二、译文四、译文五及译文六都分别使用"滔滔不绝""话流露出来""心口交融""心和口打成一片"以及"心和口仿佛连成一片"等汉语惯常的语言表达形式来传达原句陌生化的表述方式，读者阅读起来似乎觉得十分自然流畅，但却完全失去原语陌生、新奇的语言表述方式给他们带来的形象感以及审美愉悦感。

例 3.9：A splendid Midsummer shone over English：skies so pure，suns so radiant as were then seen in long succession，seldom favour，even singly，our wave-girt land. It was as if a band of Italian days had come from the South，like a flock of glorious

passenger birds, and lighted to rest them on the cliffs of Albion.
(*Jane Eyre*, Chapter 23:276)

译文一:盛夏的天气极好,林木极茂盛,阿狄拉采野果,疲倦了,不等到天黑就睡觉,我照应过她之后,我去花园散步。(伍光建,363)

译文二:绝好的仲夏天照耀着英格兰:那样蓝的天空,那样明亮的太阳,在我们这波浪围绕的地方偶然一次都是少见的,现在却一连好几天都是这样。仿佛是意大利的天气,像一群快乐的候鸟一样,从南方来到,停足在阿尔宾(Albion)的绝崖上休息着。(李霁野,300)

译文三:明媚的仲夏照耀着英格兰;天空如此明净,太阳如此灿烂,在我们这波涛围绕的地方,难得有一个这样好的天气,现在却接连很多天都这样。仿佛有一群意大利天气,象欢快的过路鸟从南方飞来,栖息在阿尔比恩的悬崖上。(祝庆英,322)

译文四:美妙的仲夏遍布着英国,像现在这样一连好多天见到的如此明净的天空,如此灿烂的阳光,即使短短一两天也难得光临我们这风浪环绕的岛国。真仿佛是一大串意大利天气,如同一群欢快的过路候鸟从南方飞来,暂栖在阿尔比安的悬崖上歇歇脚似的。(吴钧燮,264)

译文五:仲夏明媚的阳光普照英格兰。当时那种一连几天日丽天清的天气甚至一天半天都难得惠顾我们这个波浪环绕的岛国。仿佛持续的意大利天气从南方飘移过来,像一群色彩斑斓的候鸟,落在英格兰的悬崖上歇脚。(黄源深,246)

译文六:明丽的仲夏照耀着英格兰,天空如此明净,阳光如此灿烂,在我们这个波涛围绕的岛国,本来是难得有这样的好天气的,而近来却接连很多天都是这样,仿佛是意大利的天气来到了英国——就像一群欢快的过路鸟从南方飞来,在阿尔比恩的悬崖上歇上一歇。(宋兆霖,259)

这一段描写虽然不长,但作者却交织使用多种修辞手法。首先"a band of Italian days""had come from the South"以及"lighted to rest them on the cliffs of Albion"是拟人修辞手法,将"days"赋予生命的灵性,意为"一群意大利天空""从南方飞来"并且"欢快地在悬崖上歇歇脚";"like a flock of glorious passenger birds"是明喻修辞手法。同样是"一群"或"一组"的意思,作者却别出心裁地采用"a band of"和"a flock of"两个不同的词组分别表达,可见其中蕴含着深刻的诗学含义。六个译文中,只有译文三将作者的这种诗学含义传达出来,其他五个译文要么是省去不译出,要么只译出一个明喻修辞手法。追寻其中的原因主要有两个:一是受本土传统诗学的深刻影响,只顾"求同"而未能"求异";二是出于对目标语读者审美期待的考虑,而选择本土化的翻译策略。这样的翻译策略让语言失去陌生的表意方式,从而抹杀了原文语言本身具有的诗学用意,未能让原著的艺术价值得到完整的再现。

陌生化的表意方式还可体现在句子结构的"反常"上。语言学家韩礼德(M. A. K. Halliday)认为,句子的结构反映作者的思路和思维方式,也传达一定的信息。在文学作品中,句子结构还蕴含着作者的审美价值取向,这是韩氏所说的有标记(marked)的句子。① 勒菲弗尔认为在文学翻译中不仅句子结构、语序,甚至一个标点符号都不容忽视,因为它们体现了语言的"言外行为之力",这往往是作者的匠心独运,是其文学性的表现形式。

俄罗斯形式主义的继承者穆卡洛夫斯基(J. Mukarovsky)认为,文学作品的语言由两部分构成:一部分是常规;另一部分是变异。前者的功能构成"背景",后者则构成作品的"前景",即文学性。不同体裁的文本,乃至同一体裁的不同文本,同一文本的不同语境,其背景与前景的张力都有所不同。背景建立在约定俗成的常规和习惯之上,语言体现出一种中规中矩的形式,给读者的阅读体验是通顺流畅;而前景则是对成规和传统的"扭曲"(distortion),语言以挑战习规的"陌生化"(defamiliarization)、反

---

① Halliday, M. A. K. *An Introduction to Functional Grammar*. London: Edward Arnold, 1985: 89.

习惯（dehabituliazation）为特征，给读者的阅读体验是意外（unexpectedness）、少见（unusualness）、独特（uniqueness）①。穆卡洛夫斯基认为，陌生化、反习惯的语言，就是一种有意违反规范性的语言规则，是一种"具有美学意图的扭曲"（esthetically intentional distortion）②。韦努蒂在翻译意大利诗人德·安琪里斯（De Angelis）的诗时，刻意体现原诗的断裂、怪异的句法，这样的诗是对传统审美观的挑战，也是对通顺诗学观的对抗。韦努蒂认为，作者使用断裂、怪异的句法是表明自己独特的语言价值观，而翻译一味迎合本土文学所谓通顺的诗学观，是对原文的一种民族主义中心的施暴，况且，"反常"是文学文本的固有特征，因而他对"通顺"的翻译策略采取一种"抵抗式"的应对策略。

例 3.10：Me，she had dispensed from joining the group，saying，'she regretted to be under the necessity of keeping me at a distance；but that until she heard from Bessie，and could discover by her own observation that I was endeavoring in good earnest to acquire a more sociable and childlike disposition，a more attractive and sprightly manner—something lighter，franker，more natural，as it were—she really must exclude me from privileges intended only for contented，happy little children.（*Jane Eyre*，Chapter 1：39）

译文一：李特太太不要我同他们在一起，说道："她这个孩子，说话不坦白，举动迟滞，又欠自然。几时她可以改过来极力地学好，同人亲热，像个好孩子，活泼些，令人可爱些，等到奶妈来报告，说是她学好了，再由我细细的察看，果然奶妈报告的是不错，她果然是学好了，我就可让她与我的孩子们在一起作同伴。"（伍光建，2）

---

① 转引自：王东风. 反思"通顺"——从诗学的角度再论"通顺". 中国翻译，2005(6)：11.
② 转引自：王东风. 反思"通顺"——从诗学的角度再论"通顺". 中国翻译，2005(6)：11.

译文二:她没让我加入这个团体;她说她很抱歉不得不疏远我;又说要不等到贝西告诉她,并且凭她自己的观察看出,我在认真努力使自己有更合群和跟小孩子一般的脾气,有更可爱和更活泼的态度(大概是一种更轻快、更坦率,更自然的态度吧),那么,只让满意快乐的小孩享受的好处,她就不得不把我排除在外了。(李霁野,1)

译文三:她没让我和他们在一起;她说她很遗憾,不得不叫我离他们远点;她真的不能把只给知足快乐的小孩那些特权给我,除非白茜告诉了她,而且还要她亲眼看到,我确实是在认真努力培养一种更加天真随和的性情,一种更加活泼可爱的态度使自己有更合群和跟小孩子一般的脾气,有更可爱和更活泼的态度——大概是一种更轻快、更坦率、更自然的一种什么吧。(祝庆英,1)

译文四:我呢,她就让我不必去跟他们坐在一起了,说是:她很抱歉不得不让我去独自呆在一边,除非她能听到蓓茜报告加上自己亲眼目睹,发现我确实在认真养成一种比较天真随和的脾气,活泼可爱的举止,——比较开朗、坦率一点,或者说比较自然一些,——那她确实只好让我得不到那些只有高高兴兴、心满意足的小孩子家才配得到的特殊待遇了。(吴钧燮,1)

译文五:而我呢,她恩准我不必同他们坐在一起了,说是她很遗憾,不得不让我独个儿在一呆待着。要是没有亲耳从白茜那儿听到,并且亲眼看到,我确实在尽力养成一种比较单纯随和的习性,活泼可爱的举止,也就是更开朗、更率直、更自然些,那她当真不让我享受那些只配给予快乐知足的孩子们的特权了。(黄源深,1)

译文六:我嘛,她是不让和他们这样聚在一起的。她说,她很遗憾,不得不叫我离他们远一点,除非她从白茜口中听到而且自己亲眼目睹,我确实是在认认真真地努力养成一种更加天真随和的性情,更加活泼可爱的举止——也就是说,更加轻松、坦率、自然一些——要不,她说什么也不能让我享受到只有那些知足快乐的小孩才配享受的待遇的。(宋兆霖,1)

　　这一段选自《简·爱》第一章,叙述简·爱在里德舅妈家与他们一家相处不融洽并受到排斥而感觉命运不公时流露出的一种无奈。句子是有标记句,句中的宾语"Me"前置,起强调作用,突出"我"与前面提到的几个人不是一类人。作者通过转述里德太太说的话,流露出对里德太太的不满。句中的标点符号,例如两个破折号,具有一定的审美功能:它们一方面起到解释前面说的意思的作用,另一方面起到延迟读者审美的功能。译文一、译文二及译文三都将原句的倒装语序改为正常语序,译者也许是出于对句子通顺流畅的考虑。相比之下,译文六与原句的句式更为接近,译者尽量保持原句语言的结构形式甚至标点符号,译者似乎领会到作者在这里所蕴含的审美旨向,基本上再现出原句的语序和句式结构,将原句具有的诗学功能传达出来。

　　王东风认为,译者为了追求译文的通顺与流畅,将作者赋予一定审美价值的"反常"句改为正常语序,可能造成原句的诗学价值亏损,在很大程度上弱化人物性格的刻画。句子的结构顺序并不是作者的随意安排,往往具有一定的诗学价值,是陌生化的表现。尊重原著的诗学价值,就应该尊重原著语言材料的组合方式。① 文学翻译的目的不仅要传达作品的信息内容,更重要的是要再现原著语言的文学性和诗性功能,向目标语读者呈现那些使原著成为经典文学名著的特质,这些特质对目标语读者来说也许是新奇而陌生的审美体验,但阅读文学作品的目的是体验一种审美艺术,阅读外国文学作品,就应让读者感受到一种"异国情调"。充满异质性和陌生化的译著不仅能使读者得到一种耳目一新的感觉,还能有效地提高读者的审美鉴赏能力。

　　通过以上对六个译文的分析,可以看出诗学观对译者翻译策略选择的制约也存在两种倾向:一是以目标语的诗学观为标准,对原文的诗学成分进行"改写"。这种倾向在两种文学尚处于初始接触的阶段时会表现得较为明显,这种"改写"有时甚至可能表现得很极端。当两种文学处于相

---

① 王东风. 反思"通顺"——从诗学的角度再论"通顺". 中国翻译,2005(6):13.

互影响、相互融合的阶段时,这种现象就不太可能会出现。译者之所以选择对原文的文学意象、陌生化的语言做"本土化"处理,其目的是减轻目标语读者的阅读难度,迎合他们的阅读习惯。这种策略可能满足一般读者的需求,但很可能会造成原文诗学价值的亏损。实际上,译者适当地将就读者的阅读习惯并不是坏事,译者有必要减少读者的阅读难度,但是译者更有义务通过翻译策略的选择来提高读者的阅读鉴赏能力。二是尊重原文的诗学观,尽量再现原文的诗学价值。随着不同文化之间交流的深入与发展,特别是在全球化时代,这样的翻译策略选择越来越受到更多翻译家和翻译理论家的推崇与赞赏。因为,译者选择这样的翻译策略,不仅保留原文语言诗学特征的完整性和整体性,也使翻译固有的价值与本质得到了彰显。

在文学翻译中,特别是对待经典文学名著的翻译,译者的任务是什么呢?本雅明在《译者的任务》一文中,对这个古老而执着的问题回答得十分巧妙而精彩:译者有必要传达出原文语言所蕴含的诗意成分,这才是翻译的本质所在。换言之,译者应通过自己的翻译策略选择,冲破自身语言的常规桎梏,创造出一种新的语言,来充足地照耀原文,让译文发出原文一样的光芒。这需要译者对原文语言的诗学特征有深刻的理解、把握与鉴赏,充当原语和目标语之间的协调者,发挥目标语语言的包容性和韧性,而不是发挥目标语的优势,最大限度地直译,以陌生传陌生,以新奇传新奇,让原文语言与目标语言之间通过翻译这一行为变得交融互补,相得益彰。如果目标语读者既能通过阅读翻译作品获得信息内容,同时也感知到外国文学作品的新颖、陌生,就使他们的阅读不是简单而机械的获取信息的过程,而是通过阅读激发出他们内心新的审美期待,迫使他们正视语言的本真存在,促进他们从新的角度去"感觉"语言,充分享受到语言的灵动、语言的诗性,那译者也算是真正圆满完成文学翻译的使命了。

第四章　话语世界与翻译策略的选择

在勒菲弗尔的"四因素"中,话语世界也是他研究讨论的重点。勒菲弗尔提出话语世界的概念,也是继翻译研究文化转向之后,深入分析不同话语世界中文化因素对译者翻译策略选择的制约性。文化包含的内容很广,涵盖的范围也很宽。虽然前面我们论述的意识形态和诗学观也属于大的文化范畴,但在本章,我们更侧重于分析两个不同的话语世界关涉的物体、概念以及习俗等方面对译者翻译策略选择的影响。

第一节　话语世界的概念

一、话语世界的由来

勒菲弗尔指出,"意识形态规定着译者要采取的基本策略,由此也规定了涉及原作表现的'话语世界'(universe of discourse)以及原文据以表达的语言等问题的解决办法"①。在这里,勒菲弗尔提出"话语世界"的概念并做了解释。在《翻译、历史与文化论集》一书中,他认为"话语世界""属于特定文化的概念、意识形态、人物以及物体的复合体"②。实际上这

---

① Lefevere,A. *Translation*,*Rewriting and the Manipulation of Literary Fame*. Shanghai: Shanghai Foreign Language Education Press,2001:41.

② Lefevere,A. *Translation/History/Culture*: *A Sourcebook*. Shanghai: Shanghai Foreign Language Education Press,2001:35.

个概念主要指原文所包含的物体、概念、习俗以及价值观等社会文化的内容,勒菲弗尔在这里借用了一个逻辑学术语来表达社会文化的概念。

对于这个术语,中国译学界出现了不同的译法。郭建中在《当代美国翻译理论》一书中,将其译为"论域";王宁在《翻译研究的文化转向》一书中,采用"话语世界"的说法;而陈德鸿和张南峰编选的《西方翻译理论精选》将其译为"文化万象"。本书拟采用话语世界的说法,其实质都是指不同文化之间的差异对译者翻译策略选择的影响。

文化所涉及的内容和范畴相当广泛,中西方学术界对文化的定义与论述可以说是汗牛充栋。英国人类学家泰勒(E. B. Tylor)是最早对文化下定义的学者,早在 1871 年,他就在《原始文化》(*Primitive Culture*)一书中将文化定义为:"包括知识、信仰、艺术、法律、道德、风俗以及作为一个社会成员所获得的一切能力和习惯在内的复合整体。"①泰勒将文化视为一个多层次、多面向的复合体,涵盖人类生活实践方方面面的内容。

不同民族在生活、习俗、信仰、礼法以及道德规范等方面存在很大的差异,而这些方面又是一个民族经过世代的传承逐渐固定下来而形成的民族文化传统。因此,文化首先具有鲜明的民族性。文化也具有传承性。一个民族的文化历经漫长的历史整合而形成,具有整体性。一个民族的文化一旦形成,可以在这个民族或社会中融贯千秋万代。不同文化之间还具有很强的兼容性,不同民族之间的文化可以相互渗透、相互兼容、相互影响并相互促进,达到相济相调、相得益彰的效果。

文化可以形成一定的模式,这种文化模式是一种文化成员所普遍接受且长期存在的文化结构。例如,饮食习惯和服饰样式等属于简单文化模式;而社会制度、政治制度以及经济制度属于比较复杂的文化模式。人的行为由文化模式所决定,行为是对文化模式的习惯性顺从。美国文化人类学家本尼迪克特(Lucy Benedict)认为,不同文化的成员看待世界会

---

① Keesing, F. M. *Culture Anthropology*: *The Science of Custom*. Stanford: Stanford University Press, 1958:18.

不同,形成不同的文化模式。① 人们总是乐意接受那些与自己文化模式一致的类型,而排斥那些与自己文化模式对立的类型。正因为如此,文化成为"人们用以解释经验和导致行为并为行为所反映的价值观和信仰"②。

二、中西文化差异简述

中西文化属于不同的文化模式,它们之间自然存在很大的差异性。一般说来,文化可以分为包括政治、经济、哲学以及科技等在内的知识文化(intellectual culture);也可分为包括社会生活习俗、思维方式及行为准则等在内的交际文化(communicative culture)。知识文化是"在跨文化交际中不直接产生严重影响的文化知识",而"交际文化主要是指在跨文化交际中直接发生的影响,在语言中隐含有文化信息"③。在交际文化中,社会习俗和生活方式比较外显,容易看到这样的差别,而思维方式、价值观、世界观、情感态度取向以及民族个性特征等属于文化深层结构的差异,这种差异性具有隐蔽性。而"正是这种潜在的深层结构使得每一种文化表现出独一无二的特点"④。

英汉两个民族首先在思维模式上存在着差异。思维模式是指人们用以进行推理、思考和解决问题相对比较固定的认知图式或心理过程,思维模式是交际文化中最为重要的要素。一般说来,汉民族注重整体的和谐,强调从"多归一"的思想,善于运用归纳法进行辩证思维。而英民族重分析原则,强调由"一到多"的思想,常用演绎法进行逻辑思维。不同的思维模式造成东西方人不同的思维方式:西方人多采用"焦点式"思维方式,重理性思维;而中国人多采用"散点式"思维方式,重悟性思维。

---

① 本尼迪克特. 文化模式. 王炜,等译. 北京:生活·读书·新知三联书店,1988:255.
② 哈维兰. 当代人类学. 王铭铭,等译. 上海:上海人民出版社,1987:6.
③ 金惠康. 跨文化交际翻译续编. 北京:中国对外翻译出版公司,2004:39.
④ Samovar,L. & Port,R. *Communication Between Cultures*. Belmont:Wadsworth Publishing Company,1995:113.

由于英汉两个民族在思维模式方面存在差异,不仅使英汉两种语言存在明显的差异,也使两个民族在对待事物的感知和取向上也存在显著的不同。所谓感知,是指"个人对外部世界的刺激进行选择、评介和组织的过程"①。而取向则是建立在感知基础之上而形成的一定的价值取向,不同的感知必然导致不同的价值取向。英汉两个民族可能使用不同的喻体来表达相似的意义,具有相同指称意义的物体在不同文化中伴随的内涵意义不同,从这些都可以窥见其思维方式的差异。

特定的思维模式必然产生特定的世界观。世界观是人们在生产实践中形成的对客观世界的总的看法,世界观受制于思维模式,但又反过来影响思维模式,世界观制约着人们的信仰、价值观和情感态度取向等,其中信仰就包含在一个民族的世界观之中。中国传统的信仰与佛教、道教以及儒教紧密相连,其中佛教的影响最为深远。尽管佛教并非中国本土生产,但在中国已历经一千多年的传播和影响,它已深深地融入中华民族的主流文化。而以英美为代表的西方人的传统宗教信仰是基督教(包括各个教派或分支),基督教的影响在西方人的内心深处是根深蒂固的。

宗教对一个民族的文学的影响也十分深刻,宗教的传播影响着各民族语言艺术并使之带上深深的宗教信仰的烙印。中国四大古典小说都深受佛教的影响,其中许多故事都源于佛经的传说。中国古典诗词中直接描述宗教的也很多,中国古代语言艺术作品大多反映与宗教有关的内容。在西方,《圣经》具有至高无上的权威,《圣经》对整个西方文化的影响广泛、深刻而持久。雨果曾经说过,"英格兰有两本书,一本是《圣经》,一本是莎士比亚,英格兰造就了莎士比亚,而造就英格兰的却是《圣经》"②。可见《圣经》以及它所包含的宗教文化对西方人的深层心理的影响。

价值观是指人们对事物相对固定的而系统的评价与看法,它是一整

---

① 王秉钦. 文化翻译学——文化翻译理论与实践. 2 版. 天津:南开大学出版社,2007:27.

② 转引自:王秉钦. 文化翻译学——文化翻译理论与实践. 2 版. 天津:南开大学出版社,2007:65.

套人们对自己的思想行为真、善、美、正义等方面的价值评估体系。一个民族的价值观一旦形成,就成为该民族伦理道德的标准、评价事物的尺度以及行为处事的准则。英汉两个民族在长期生产实践和相互交往的过程中形成的一整套价值观存在着很大的差异,正是这些差异使英汉两个民族形成自己独特的价值观体系。

由于不同民族形成的信仰和价值观不同,人们在日常生活以及社会交往中对于不同事物或事件就会产生不同的情感表达,由此而逐渐形成各自的情感态度取向。这种情感态度取向根植于社会群体共有的文化,其中价值观是其决定性的因素,而世界观和信仰则是其根本的前提,这三者之间相互作用,共同促进该民族情感态度取向的发展与完善。

三、文化与语言

文化与语言的关系表现得最为紧密,也表现得最为直接。提及文化不可能对语言避而不谈,提到语言也不能对它所附载的文化内涵视而不见。语言作为民族文化的载体不仅反映一个民族的文化,而且是该民族文化不可分割的一部分。语言同时也受到文化的制约,因为语言本身离不开它赖以生长的文化环境。语言学家洪堡特(Wilhelm von Humboldt)很早就提出语言与文化以及语言与行为之间有密切关系,他认为语言是人类自我的表述方式,这种表述方式反映特定的文化。人类学家博厄斯(Franz Boas)强调必须在文化环境中处理语言现象和在社会背景中研究语言。语言是构成文化系统的要素之一,把语言与文化结合起来,才能更加广泛地揭示语言的"社会性",加深对语言文化功能的认识与理解。

传统的语言观只把语言看成是一种交流的工具,但随着现代语言学的发展,特别是符号学、语言哲学以及解释学等流派的出现,使语言学家开始从文化的角度去把握语言的木质,更多去思考语言与文化以及语言与人的本质之间的内在关系。巴特(Roland Barthes)认为,"语言就其各方面来说,是一种文化"①。语言与文化之间的内在关联,为进一步探寻语言的文化特性提供了理论基础。

语言作为一种文化符号,是人们进入文化世界的主要向导。如果没有语言,人们就无法观察、思考甚至认识整个文化世界。语言具有获取文化、述说文化以及构建文化的基本功能。语言是文化的载体,是文化传播的手段和创造的工具。人作为"象征符号的动物",语言作为"人性之本源"和"人类所理解的世界形式"②,决定了语言的文化特性。因此,从这个意义上说,语言是"文化中的文化"。语言系统本身也是一种文化符号,它构建了一个色彩斑斓的文化世界。

第二节　话语世界传译中存在的问题

文学翻译不仅涉及对语言的处理问题,还要涉及对文化的处理问题。译者作为生活在特定话语世界中活生生的人,以两种附载深刻文化内涵的语言作为基本转换手段,两个话语世界中包罗万象的文化对他都有很强的制约性。他既要把"忠实"再现原文所关涉的话语世界这样的座右铭高高悬挂,又要把目标语预期读者的理解与接受铭刻在心,他穿梭在两个不同的话语世界之间,时常感到左右为难,使涉及原语话语世界的再现存在诸多问题。

一、文学翻译与话语世界

文学是一种特殊的文化创造行为,文学作品通常表现社会文化现象中最敏锐的部分,文学作品包含有丰富的文化含量以及丰厚的文化价值,只有深入了解一种文化,才可能对文学作品所揭示的人生真谛有比较全面和深刻的领悟。作家作为特殊的文化创造者,具有特殊的文化价值取

---

① 　赵毅衡. 文学符号学. 北京:中国文联出版公司,1990:39.
② 　申小龙. 语言的文化阐释. 上海:知识出版社,1992:1-32.

向和艺术审美倾向。作家的文化价值取向依赖于他所处的文化环境,即文化环境内包含的时代精神、民族心理和文化传统等,作家的艺术审美倾向由他的文化价值取向所决定。

文学是一种语言的艺术,从语言的角度来探讨作品包含的文化内容与文化特性,也是文学研究的一个重要方面。语言具备情感功能,文学情感是文学作品着重表现的内涵,对人类普遍情感的传达使文学具有特殊的文化功能。文学作品的价值构成始终渗透着伦理道德因素,作品的道德倾向形成一种伦理化的人格,赋予作品特殊的道德内涵。作家通过语言的描绘,凝聚着自己深厚的思想情感。作家最后塑造出来的艺术形象,也就是文学形象,体现着不同历史时期文化的本质与形态,体现人的基本文化存在的状态。

在文学翻译中,译者不仅以转换两种语言为目的,也要真实再现原语话语世界包含的文化内容和文化特性。长期以来,翻译被看成是一种单纯的语符转换过程,认为不同的语符在转换时存在某种对等,这种观点既忽略了语言与特定语境的具体联系,也忽略了语言的文化特性。在文学翻译中,译者面对的是具有丰富文化含量的原文,译者如何处理原文所关涉的话语世界的问题,受到目标语话语世界的影响与制约。

勒菲弗尔指出,翻译是"译者在意识形态层面、诗学层面以及话语世界层面做出的一整套复杂决策"①。这说明译者作为活生生的人,生活在一定的文化环境里,他所从事的翻译活动不仅是一种语言转换活动,更是一种文化互动。这种互动渗透在翻译的三个领域(过程、译品、接受)里,翻译既是一种文化适应,也是 种文化同化的过程。

勒菲弗尔认为,翻译研究的等值学派忽略了语言使用会受到文化环境的影响,语言使用也反映并构建特定的文化价值取向。从一种语言到另一种语言的转换,很难实现所谓的"等值"。翻译意味着阐释,是在口标

---

① Lefevere,A. *Translation*/*History*/*Culture*:*A Sourcebook*. Shanghai:Shanghai Foreign Language Education Press,2001:35.

语文化语境下对原语文化的一种阐释。传统阐释学的观念要求阐释者最大限度地消除在理解与阐释中的"自我",以便达到对文本本来意义的把握,而现代阐释学则强调主体参与的意图性解释,肯定阐释意向性思考的合理性。

译者对原文的阐释与理解受制于自身所处的话语世界的影响,受制于目标语预期读者的接受的影响,译者不得不摇摆于两个不同的话语世界之间。他既要将原文话语世界真实地呈现给目标语读者,真正完成肩负的翻译任务;同时他也会受到自身所属话语世界的影响,难免在翻译中带上目标语话语世界的烙印。译者最终做出的翻译策略选择,实际上是他试图在原语话语世界与目标语话语世界之间求得一种平衡的结果。

二、文化空缺

勒菲弗尔将话语世界的概念概括为"物体、概念与习俗"等三方面的内容,在文学翻译中译者经常会涉及这三方面的内容。勒菲弗尔把包罗万象的话语世界缩小在具体的范围内,主要是为了有针对性地探讨在文学翻译中所涉及的文化问题,以便达到以点带面进行分析研究的目的。

译者在面对原语话语世界时,最棘手的就是对不同文化的处理问题。首先译者会面临原语涉及的物体和概念在目标语中根本不存在,这种现象就是所谓的"词汇空缺"以及由此而导致的"文化空缺"现象。这样的物体或概念往往是一个话语世界所特有,而对另一个话语世界的读者来说是陌生的而且是难以理解的。当两种文化的交流还处于初始阶段时,陡然将这些充满陌生感的物体或概念完全移植给读者,读者确实存在难以接受的问题。翻译也只有让目标语读者能够理解与接受才具有意义,因此,译者适当地采取本土化的翻译策略也是被允许的和必要的。但随着文化之间的沟通与交流不断深入,这样的翻译策略很难真正满足目标语读者的阅读期待,而且这种策略很可能带来文化属性的改变,由此还可能引起的文化误读,会妨碍文化之间的真正交流。因此,在当今时代,这种策略越来越受到很多翻译家和翻译理论家的质疑。

　　巴斯奈特和勒菲弗尔认为,翻译是一种文化构建,实际上他们表明,通过翻译应该既达到对原语文化的构建,同时也应达到对目标语自身文化的构建。通过翻译不仅能在目标语中有效地构建"他者"的文化形象,同时还在目标语文化中引入新的词汇、新的概念,对目标语文化的构建起着积极的促进作用。在现代汉语中,由于一些新词汇的引进,例如,从较早的"crocodile tears"(鳄鱼泪)、"ostrich policy"(鸵鸟政策)、"grapes sour"(酸葡萄)等词语,到现代"Coca-cola"(可口可乐)、"avant-guard"(前卫)、"cool"(酷)、"hacker"(黑客)等词语和概念,它们广泛地进入汉语,给汉语输入新鲜的成分,促进了汉语语言文化的丰富与发展,这都是翻译中文化适应带来的好结果。

　　在文学翻译中,当译者在传译原语话语世界独有的物体和概念时,要注意避免两种倾向:一是用目标语中意义相近但文化内涵不同的词语或概念代替;二是不顾目标语读者的接受与理解,而采取简单、生硬的直译。人们往往有这样的心理:在面对陌生的物体和概念时,人们很容易产生一种疏离感和生硬感。很多译者会担忧自己预期的读者产生这种心理而影响其阅读,在这种情况下,他们很容易用目标语话语世界中读者熟悉的物体和概念来代替原语话语世界中那些陌生的物体和概念,以减少读者的陌生感和疏离感,但是译者选择这种翻译策略,很容易对读者造成一种"文化蒙蔽",继而形成"文化误读",不能通过翻译真正达到文化交流的目的。实际上人们还存在"求新""求异"的心理,也就是说人对新的事物总是充满好奇的心理。

　　为了避免这两种倾向的出现,译者不仅应通过翻译引入这些陌生物体和概念的名称,还有必要向目标语读者解释和说明这些新物体和新概念的内涵意义。译者可以通过直译加注释的方法,既做到引入新物体和新概念的名称,同时也让读者通过阅读注释明白其含义,加深对异域文化的理解,真正达到文化交流以及丰富目标语文化之目的。在中西方翻译的历史上,这样成功的翻译实例确实很多,对目标语文化的构建起着积极的促进作用。

三、文化伴随意义词

在文学翻译中,译者还会面临这样的文化难题,即原语话语世界与目标语话语世界里都存在这样的物体和概念,但它们在各自的话语世界中附载的文化内涵不同。一个典型的例子就是英语的"dragon"和汉语的"龙",虽然它们大致都指类似的一种动物,但是它们给生活在不同话语世界的读者带来的联想意义却完全不同。在汉语中,当人们一提起"龙"的时候,马上就会联想到诸如"成龙成凤""龙子龙孙"以及"望子成龙"等带褒义的词语或成语。而英语的"dragon"却是一种凶恶的怪兽,很难让人产生美好的联想。对于这样的文化问题,译者应该怎么处理呢? 他可以有两条策略选择:一是文化转换;二是文化保留。

翻译既然是文化之间的交流,翻译就要传达出原文的文化内涵。但是翻译到底应该以传达原文的文化精神为重,还是以传达原文的信息内容为重呢? 这样的问题引起一些学者的困惑,他们为此提出两种不同的处理策略:文化转换与文化保留。文化转换强调对原文信息内容的传达,译者出于对目标语读者接受与理解的考虑,会在某种程度上做一些"本土化"处理,以顺应目标语话语世界的习惯。典型的译例是莎士比亚的诗句"shall I compare thee to a summer's day?"赞同这种主张的学者认为,这句诗不应译作"我能将你比作夏天吗?",而应译成"我能将你比作春天吗?"因为,地处北半球欧洲大陆西北面的英国在夏季温润而舒适,夏季是最美好的季节。而在很多四季分明的国家,夏季却十分炎热而酷暑难耐。因此,他们认为这样的译法不可能在目标语读者中引起相同的联想。于是他们极力主张将夏天改为春天,以便达到一种功能对等。将原文使用的意象用目标语中功能相似的意象代替,虽然能让目标语读者产生"春天"般的联想,但读者却失去一个了解异域文化的机会。很多中国读者不一定都能知道,英国的春天远没有夏季更令人向往。这是英国特殊的地理位置造成的,不同民族文化的特殊性,很难改变也很难代替。翻译也只有本着文化交流之目的,通过翻译让目标语读者了解真实的异域文化,译者才能真正完成其使命任务。

著名翻译家金隄在谈到这个问题时,认为"夏天"一词应该直译。因为"读者是有想象力的,读这首诗可以获得鲜明的印象,认识到英格兰的夏天是美好的,所以不会误会,反而可以加深他对英国文化的理解"[①]。这说明在文学翻译中,保留原语话语世界原有的概念及附载的文化内涵十分必要。外国文学作品包含有丰富的文化含量和文化内涵,是一扇向目标语读者开启的通道,通过这个通道他们可以了解真实而独特的原语话语世界,而不是通过这个通道去找寻自己所在话语世界中熟悉的物体和概念。

四、文化习俗

勒菲弗尔在探讨文化习俗对翻译的影响时,引入了"文化脚本"(culture script)的概念。他将其解释为"在某种文化中起一定作用的人们所接受的行为模式"[②]。这种被一种文化所接受的行为模式经过长期在人们头脑中的固化,形成一定的习俗,以巨大的力量促使人们按照该习俗习惯来行动。勒菲弗尔以德·拉·莫特在翻译《伊里亚特》时不能接受荷马时代的"文化脚本"为例,说明译者在翻译时,总会以自己所处时代的"文化脚本"为标准来看待原文的"文化脚本"。在《伊里亚特》第十三卷中,含有非常详细的对士兵受伤情况的描写,作者描述的真实程度达到令人毛骨悚然的地步。如果译者将其如实地翻译过来,目标语读者肯定难以接受。因为,在17—18世纪的法国,人们一提到人体的任何部位,都一律会采取委婉的说法。对此,德·拉·莫特毫不犹豫地采取"零翻译"(zero translation)策略[③],删除那些会让读者感觉不舒服的信息。虽然其他译

① 金隄. 等效翻译探索. 北京:中国对外翻译出版公司,1998:22.
② Lefevere,A. *Translation*,*Rewriting and the Manipulation of Literary Fame*. Shanghai:Shanghai Foreign Language Education Press,2001:89.
③ Lefevere,A. *Translation*,*Rewriting and the Manipulation of Literary Fame*. Shanghai:Shanghai Foreign Language Education Press,2001:94.

者将这段描写翻译出来了,但均做了淡化或弱化处理。

勒菲弗尔在这里提出了关于文化习俗的处理问题。文化习俗是一个民族经过长期的历史发展积淀下来的包括价值观、社会心理和道德传统等在内的方面,虽然文化习俗不是法律,但它却具有规范人们行为的约束力。一般说来,文化习俗包括生活习俗、宗教习俗、道德习俗及婚姻习俗等方面的内容。文化习俗不仅具有规范人行为的约束力,它还以一种观念的形式在深层次上影响人们对事物的看法。虽然文化习俗不是一成不变的,也会随时代的发展而逐步地有所改变,但是在未变之前,它会顽固地存在于人们的头脑中。

英汉两个民族在文化习俗方面确实存在很大的差异。例如,在宗教习俗方面,英民族大多信仰基督教。因此,他们的日常生活、宗教信仰等都深受基督教文化的浸染。在中国传统文化中,儒教、佛教和道教起着很重要的作用,其中佛教的影响力最大,人们的生活、信仰等方面都受到了佛教文化的影响。在文学翻译中,译者很容易受到自己所在话语世界的宗教习俗的影响,对原语话语世界的宗教习俗采取"入乡随俗"的翻译策略,以便增强译文在目标语读者中的亲和力和认同感。

霍克斯(David Hawks)作为西方的译者,很显然他深受《圣经》文化的影响。因此,他在翻译《红楼梦》时,每遇到原著中出现"阿弥陀佛"等佛教用语时,他都很自然地将其译成"God bless my soul"或类似的基督教文化用语。而生活在中国文化环境中的杨宪益则将其译成"Gracious Buddha"或类似的佛教文化用语,这样的用语比较切合原著话语世界的宗教习俗。霍克斯选择这样的翻译策略,也是不得已而为之。因为,在西方人的心目中除了上帝,很难想象还有什么至高无上的神的存在。

宗教习俗作为一个民族深层次的文化心理,是文化习俗中比较敏感的方面,如果译者在这方面处理不当,很容易引起文化冲突。因此,在文学翻译中,译者应树立明确的文化习俗差异性意识,以平等的心态对待不同话语世界的文化习俗。在处理类似的问题时,译者不妨选择直译的方法或直译加注释的方法,尽量保留原语话语世界包含的文化内涵的完整性。

第三节　《简·爱》汉译本在话语世界制约下的翻译策略选择

《简·爱》是一部文化价值含量十分丰厚的世界文学名著,夏洛蒂通过讲述女主人公曲折跌宕的人生经历,折射出 19 世纪英国维多利亚时代的政治经济社会现状,同时她还以细腻的笔触栩栩如生地描绘出英国当时的风土人情。小说大量地引用《圣经》、文学典故、诗歌、故事及传说等,特别是对《圣经》典故的引用,使《简·爱》充满了浓郁的宗教文化氛围。在面对这样文化内涵厚重的原著时,译者会选择何种翻译策略来对待原著的话语世界呢?这样的策略选择又会对今后的译者在处理原著话语世界时有怎样的启示呢?

一、文化空缺与翻译策略选择

语言具有"与之俱生,与之俱存"的民族特性,因而特定民族特定的语言造就了特殊的文化形态。美国语言学家萨丕尔(Edward Sapir)指出,在语言反映社会现实方面,世界上没有两种语言是完全类似的,语言的异质性构成不同民族的"文化基因"。文化基因涉及语言文化心理和思维方式、语言习惯、名物传统等,这些都反映语言文化的异质性。

在文学翻译中,译者经常会遇到这样的情形,即原语话语世界包含一些特有的词汇,在目标语话语世界中又确实不存在。这种"词汇空缺"以及由此而导致的"文化空缺"现象,会让译者感到无所适从,只好绞尽脑汁去制造一个新词,或者在目标语话语世界里去找寻一个所谓"功能相似"的词语来代替。在《简·爱》译本中确实存在这类现象,译者在处理这类文化问题时,选择了不同的策略方法,带来的结果也有所不同。

例 4.1:I shall gather manna for her morning and night:the plains and hillsides in the moon are bleached with manna,Adele.(*Jane Eyre*,Chapter 24:295)

译文一:我早晚的去收甘露给她吃:月亮里的山边,到处都是甘

露。(伍光建,396)

译文二:我早晚为她收集天粮;月亮里平原和山边,是给天粮变白的,阿黛列。(译文注释:Manna,传说往昔以色列人漂泊荒野时所用之食物。)(李霁野,324)

译文三:我会在早上和晚上给她收集吗哪;月亮里的平原和山坡就是因为有了吗哪才变白的,阿黛勒。(译文注释:吗哪(manna):《圣经》中古以色列人经过旷野时获得的神赐食物。)(祝庆英,348)

译文四:早上和晚上我都要给她收集吗哪,月亮上的平原和山脚下全是白花花的吗哪呢,阿黛尔。(译文注释:吗哪(manna):《圣经》所说古以色列人漂泊经过旷野时神赐的食物,形如白霜。)(吴钧燮,286)

译文五:我会日夜采集吗哪给她,月亮上的平原和山边白茫茫一片都是吗哪,阿黛勒。(译文注释:吗哪:《圣经》故事中所说,古以色列人经过荒野时所得的天赐食物,呈白色。)(黄源深,308)

译文六:早上和晚上,我都会为她收取吗哪的,月亮上的平原和山坡上到处是白花花的吗哪哩,阿黛尔。(译文注释:《圣经》中所载以色列人逃出埃及后在旷野中赖以为生的神赐食物,形如芫荽子,色如白霜,味如掺蜜薄饼的小圆物。详见《圣经·旧约·出埃及记》第16章。)(宋兆霖,280)

原文出现的"manna"源于《圣经》,指上帝恩赐给以色列人的一种食物。根据《圣经·出埃及记》记载:在以色列人出埃及之后,摩西带领以色列人到达以琳(Elim)和西乃(Sinai)之间的旷野,由于没有食物吃,以色列人向摩西抱怨饥饿难忍,于是耶和华应许摩西将"manna"这种食物赐给以色列人享用。自此以后,以色列人靠吃"manna"为生。直到约书亚带领以色列人渡过约旦河,到达迦南(Canaan)(今巴勒斯坦)时,上帝见此处食物丰盛,就不再降下"manna"。被以色列人称为"manna(希伯来文,意为"这是什么?")"的食物,是一种颜色如白霜的植物,形状有些像芫荽子，又好似珍珠。当时以色列人把它收集起来，或用磨推，或用臼捣，煮在锅中，或又做成饼，味道甘甜醇美。

译文一将"manna"用汉语的"甘露"代替，完全采取本土化的策略。"甘露"意为"甜美的雨露"，最早出于老子的《道德经》："天地相合，以降甘露，民莫之令而自均。"①从严格意义上讲，汉语中的甘露与英语中的"manna"完全指称不同物体，表达的文化内涵也大相径庭，译者用甘露来代替"manna"，其有利之处是暂时减轻目标语读者理解的难度，而不利之处却是造成词义之间的不对称，同时也消解了原著文化中所包含的异质性，在很大程度上造成一种文化误读。译文二虽然用"天粮"代替"manna"，但是译者在译著中给出了简短的注释，在一定程度上弥补了原著异质文化色彩的缺失。其他译文对"manna"一词采取音译"吗哪"，将这种陌生物体呈现给目标语读者，并在译文中做出注释，介绍这种植物的来历以及文化含义，让读者在阅读翻译文学作品时加深对异文化的了解。在现代英语中，"manna"也常用来指上帝赐予的色香味美的食物。在汉语中引入这个新词，不仅丰富了汉语语言文化，还通过注释向目标语读者介绍这种植物包含的文化信息，加深读者对异域文化的了解。

音译法属于陌生化的翻译策略，选择这种翻译策略可将原语中存在而目标语中不存在的物体或概念完整地引入目标语文化，取外来语的读音而造出一个新词。勒菲弗尔十分推崇这种翻译策略，选择这种翻译策略就是选择一种"双赢"。在中国翻译史上，采取音译加注释的翻译策略的成功案例并不少见，充分证明这种策略的有效性。林语堂就十分赞同对外来词采取音译法，他最先将"humor"译成"幽默"。他认为音译法的最大好处就是能在目标语中引入一个全新的概念，达到丰富目标语语言文化之目的。不足之处是目标语读者对外来词的接受必须通过译者在译文中加注释才能真正理解其意思，读者在阅读中突然停顿下来关注注释内容，容易分散其注意力。孙艺风认为，翻译有两个目的，也就是让译语得

---

① 老子. 道德经. 西安:陕西师范大学出版社,2008:116.

到发展自己语言系统的机会,同时也给译语读者提供了解异域文化的机会。① 这两个目的都充分证明音译加注释策略的有效性和可行性。

对原语特有的文化概念或事物采取音译加注释的翻译方法,确实给目标语读者提供一个了解异域文化的好机会,但在翻译或解释时仍然采取一种本土化的策略,以便加快目标语读者的理解,这种策略却未必能收到好的效果。

例 4.2:That night, on going to bed, I forgot to prepare in imagination the Barmecide supper, of hot roast potatoes, or white bread and new milk, with which I was wont to amuse my inward cravings.(*Jane Eyre*, Chapter 8:106)

译文一:我向来最喜欢吃烤薯,白面包新鲜牛奶,上床时,总想到这几件好吃的东西;现在却不然了。(伍光建,101)

译文二:当晚上床睡觉的时候,平常我爱拿来满足我内心渴望的那种画饼充饥的烤土豆或白面包和新鲜奶牛的晚餐,我忘记在想象中准备预备了。(译文注释:原文这里使用的是《一千零一夜》中巴米赛德(Barmecide)王子的故事。他请乞丐吃饭,而只在他面前摆上空杯空盘,戏弄他以取乐。)(李霁野,86)

译文三:那天晚上,我上床的时候,忘了在想象中准备热的烤土豆,或者白面包和新鲜牛奶。往常我总是用这种巴美赛德的晚餐来满足自己内心的渴望。(译文注释:巴美赛德(Barmecide):《一千零一夜》中的一个王子,假装请乞丐赴宴,却不给任何食物,借以愚弄穷人。)(祝庆英,93)

译文四:那天晚上上床的时候,我都忘了在想象中备一桌有热的烤土豆或者白面包和新鲜牛奶的巴梅赛德晚宴,而以往我是常常用它来聊以解馋的。(译文注释:巴梅赛德(Barmecide):《一千零一夜》

---

① 孙艺风. 视角·阐释·文化——文学翻译与翻译理论. 北京:清华大学出版社,2004:224.

中的一个王子,假装请一个饥饿的穷汉赴宴,却不给他真的食物。)
(吴钧燮,77)

译文五:那天夜里上床时,我忘了在遐想中准备有热的烤土豆或白面包与新鲜牛奶的巴米塞得晚餐了,往常我是以此来解馋的。(译文注释:巴米赛德:《一千零一夜》中一位波斯王子,假装请乞丐赴宴,却不给任何食物,仅以想象中的画饼充饥。)(黄源深,80)

译文六:那天晚上上床的时候,我竟然忘了在想象中为自己置备一桌有热乎乎的烤土豆或者白面包加新鲜牛奶的巴米赛德式晚宴,而往常我总是用这来满足腹中的饥渴感的。(译文注释:巴米赛德为《一千零一夜》中一波斯王子,他常假装设宴请客,不摆真酒菜,只虚作声势请人吃喝,以此戏弄作践别人,后被一穷人借机教训。详见该书《理发匠第五个兄弟的故事》。)(宋兆霖,75)

这一段叙述选自《简·爱》第八章,描述简·爱在劳渥德慈善学校度过的艰苦生活。由于校长的冷酷与刻薄,劳渥德慈善学校的学生几乎都是挨饿受冻。因此,简·爱习惯在每晚临睡之前在想象中为自己准备一顿丰盛的晚宴。作者在这里使用"Barmecide"这个词,引自《一千零一夜》中的故事传说,主要是形象说明这种晚宴纯属于假想虚构。译文一将"Barmecide"这个词以及它附载的文化信息完全省去不翻,译者也许认为这些信息对故事情节的发展无太大关系。虽然译文二给出注释,但在译文中却用"画饼充饥"这个汉语成语代替。从表面上看似乎"画饼充饥"表达的意思与"Barmecide"式的晚宴在功能上有些相似,实际上它们之间有着本质的区别。首先"画饼充饥"这个成语来自于汉语的典故,讲述的是一个懒汉的故事,而且这个成语本身含有讥讽的意味。作者在这里旨在通过想象中一顿丰富的晚宴,来满足自己的饥饿感,这里使用的"Barmecide"并没有讥讽的意味,因此,在此使用该成语来阐释不恰当。译文三、译文四、译文五及译文六均采取音译加注释的策略,既忠实地传达原文的意义,也未引起文化失真,同时也向目标语输入"巴米赛德式晚宴"这种新的表达方式。虽然译文五采取音译加注释的方法,但在注释中仍以"画饼充饥"来解释这个典故,其结果也如同译文二那样,不仅未能传达出作者的真实用意,还会引起文化失真。

二、文化意象与翻译策略选择

文化意象(culture image)是一种文化符号,文化意象的表现有多种形式。例如,可以是某个历史人物、植物、动物,也可以是谚语或历史典故,由于长期以来使用这些符号,使它们成为一种具有典型意义的意象,包含了独特的文化内涵,承载着民族文化独有的信息特征。文化意象既有表层的意义,又有深层的含义(联想意义),对于熟悉这些文化意象的读者来说,恰当地使用它们往往能取得言简意赅、形象生动的艺术审美效果。文化意象的传译,反映出文化交流中不同民族文化之间的相互碰撞、适应与融合的过程,也体现译者在选择翻译策略时的灵活机智与变通。

在中国翻译史上曾出现过的"牛奶路"事件,就是典型的关于文化意象传译的案例。20世纪30年代,赵景深在翻译契诃夫的小说《万卡》时,将"milky way"按字面意思译成"牛奶路"而遭到鲁迅等人的严厉批评。当时很多人认为赵景深把"天河"或"银河"这样简单的术语译成"牛奶路",是不负责的表现甚至是"胡译"的典型,并在很长时间内成为翻译史上的笑柄。事实上原作使用了一个文化意象"milky way",该意象来源于古希腊罗马神话。谢天振在《译介学导论》中指出,赵景深把"milky way"译成"牛奶路",不但保留了原文中"路"的文化意象,而且还避免了"天河"这样字面上的矛盾,如实地传译出原文的文化意象。但赵译的不足之处是,没能反映出"milky way"一词真正的文化内涵。虽然鲁迅无不带有讥讽意味地建议将其译成"神奶路",但他确实提供了一个比"牛奶路"更恰当的译法。而硬要将其译成"天河"或"银河",则完全失去原文的文化意象,不仅造成文化意象之间的错位,还造成原文艺术审美意义的缺失。谢天振还指出:这些文化意象"成为一种文化符号,具有了相对固定的、独特的文化含义,有的还带有丰富的意义深远的联想,人们只要一提到它们,彼此间立刻会心领神会,很容易到达思想沟通"①。

在《简·爱》原著中,作者使用大量的文化意象,使语言表达简洁、凝练而寓意深刻。如果不了解这些文化意象所蕴含的文化内涵,即使直译过来也会使目标语读者感到迷惑不解。在这种情况下,译者很容易出于对预期目标语读者接受的考虑,而做出这样的翻译策略选择:要么干脆省略不译;要么用目标语中意义相近的文化意象代替;要么使用目标语中功能相似的词语传达,将原语的文化意象丢失,致使它们附载的文化内涵丧失。

例 4.3: Blanche and Mary were of equal stature—straight and tall as poplars. Mary was too slim for her height, but Blanche was moulded like a Diana. I regarded her, of course, with special interest. First, I wished to see whether her appearance accorded with Mrs. Fairfax's description; secondly, whether it at all resembled the fancy miniature I had painted of her; and thirdly—it will out! —whether it were such as I should fancy likely to suit Mr. Rochester's taste. (*Jane Eyre*, Chapter 17: 201)

译文一:布朗西同玛丽两姐妹是一样很高的,玛丽弱小,同身高不相称;布朗西的肢体很称,她是个好骑马的女人。我自然最注意的是她:第一层,我要看她同弗菲士太太所说的是否相符;第二层,要看看她的面貌,同我所从幻想画出来的小像,有几分相似;第三层,我只好实说出来罢,我要看看她是不是洛赤特的意中人。(伍光建,240)

译文二:布兰奇和玛利是同样身材——又高又直,象白杨一样,玛利就她的高身材说是太细瘦了,但是布兰奇却长得像狄爱娜一样。自然我带着特别兴趣看她。第一,我要看她的面貌是否和费尔法克斯太太所描写的吻合;第二,看她是否有点像我所画的想象中她的小像;而第三——这是一定要说出来的!——是否如我想象会合罗契

---

① 谢天振. 译介学导论. 北京:北京大学出版社,2007:102.

司特先生的趣味。（文中注释：狄爱娜（Diana），罗马神话中月亮和狩猎女神。）（李霁野，206）

译文三：布兰奇和玛丽一样身材，——象白杨树似的又挺又高。玛丽以她的高度来说，显得太苗条了，可是布兰奇长得就像月亮女神一样。我当然以特殊的兴趣注视着她。第一，我希望看看她，她的相貌是不是跟菲尔费克斯太太所形容的符合；第二，我凭着想象为她画的彩色画像，到底像不像；第三——这就会真相大白！——是不是像我设想的有可能适合罗切斯特先生的口味。（祝庆英，224）

译文四：布兰奇和玛丽是同样的身材，——又高又直，象棵白杨树。玛丽按她的身高来说显得太瘦，而布兰奇长得就像一位狩猎女神。不用说，我怀着特别的兴趣仔细打量她。首先，我想看看她的容貌跟费尔法克斯太太的描述是不是的相符。其次，看看这跟我凭想象替她画的那副肖像到底像不像。第三，——明说了吧！——究竟长得是不是像我设想中能适合罗切斯特先生口味的那种样子。（吴钧燮，184）

译文五：布兰奇和玛丽都是同样身材——像杨树一样高大挺拔，以高度而论，玛丽显得过分苗条了些，而布兰奇活脱脱像个月亮女神。当然我是怀着特殊的兴趣来注注意她的。第一我希望知道，她的外貌是不是同费尔法克斯太太的描绘相符；第二想看看她是不是像我凭想象画成的微型肖像画；第三——这终将暴露——是否像我所设想的那样，会适合罗切斯特先生的口味。（黄源深，173）

译文六：布兰奇和玛丽的身材一样——都像白杨似的又直又高。玛丽按她的身高来说似嫌太瘦，而布兰奇长得就像狄安娜。当然，我是怀着一种特殊的兴趣注视她的。首先，我想看看她的容貌和费尔法克斯太太描述的是否相符。其次，看看我凭着想象替她画的那副微型肖像到底像不像。还有而第三——干脆说明了吧！——是不是像我设想的那样能够适合罗切斯特先生的口味。（文中对狄安娜给出注释：罗马神话中的月亮和狩猎女神。）（宋兆霖，179）

原著中这一段出现"Diana"一词,指的是希腊罗马神话中的月亮女神、狩猎女神以及处女女神狄安娜。她是太阳神阿波罗的妹妹,不仅身材高大,长得美丽,还聪明勇敢,喜欢狩猎。简·爱用女神狄安娜来比喻布兰奇小姐,说明布兰奇小姐长得高挑美丽,同时也多才多艺,像月亮女神狄安娜一样高不可攀。这么一个像女神一样的未婚小姐走近罗切斯特,自然让简·爱煞费心思地猜想她究竟适不适合罗切斯特的口味,体现出简·爱已深深爱上罗切斯特。译文一、译文三、译文四及译文五都未能将"Diana"这个文化意象译出。译文一仅用"她是个好骑马的女人"来阐释月亮女神狄安娜,显然不准确。在希腊罗马神话中,月亮女神狄安娜随身携带弓箭,酷爱打猎,尤其爱打牡鹿。译文四将月亮女神狄安娜译为"狩猎女神"也不够准确,因为,在希腊罗马神话中,狄安娜主要还是月亮女神和处女女神。译文三和译文五只将其译为"月亮女神",却没在译文中做注释,也未达到文化沟通之目的。因为,并非所有目标语读者都能知道这个月亮女神是谁。只有译文二和译文六将狄安娜名字译出并在注释里做简要介绍,但有些不足的是,如果译文直接采用"月亮女神狄安娜"译法,再在注释里做简要介绍,这样的效果肯定会更好。

译者选择省去或淡化原语文化意象的翻译策略,主要还是出于减轻预期读者阅读与理解的难度的考虑。这样做的结果确实可以保持阅读的连续性,但读者却失去了领略原著厚重文化价值含量的机会,也弱化了他们在阅读经典文学名著时获得的审美体验。希腊罗马神话是世界文化的宝贵遗产,不仅对西方文明的发展影响至深,还深入到西方社会生活的方方面面。研究西方文学、历史、哲学、政治等,必须对希腊罗马神话有一定的了解。美国最早编写希腊罗马神话的布尔芬奇(Thomas Bulfinch)曾在《寓言时代》的前言中写道:"年幼的读者将从本书发现无限的乐趣;年长的读者会发现这是阅读的良师益友;外出旅行参观博物馆艺术画廊的读者将发现它是名画、雕塑的解说员;出入有文化修养的社交圈子的读者又会发现它是解答谈话中偶然出现的典故的钥匙……"①可见希腊罗马神话,在西方社会文化中的广泛性和普及性,译者有义务将这些文化意象完整无缺地传达给目标语读者,以达到构建原语文化和目标语文化的双重目的。

例 4.4:'Silence! To your seats!'

Discipline prevailed: in five minutes the confused throng was resolved into order, and comparative silence quelled the Babel clamour of tongues.(*Jane Eyre*, Chapter 5:78)

译文一:米拉小姐又发号令,学生们又归班。(伍光建,60)

译文二:"不要做声!归位!"

纪律胜利了:五分钟内纷乱的一群人分得有条有理,比较的静默压服了七嘴八舌的吵闹。(李霁野,51)

译文三:"安静点儿!到你的座位上去!"

纪律得胜了;五分钟以后,这一群乱哄哄的人变得秩序井然,相对的安静平息了七嘴八舌的喧闹。(祝庆英,54)

译文四,"安静!坐到各人的位置上去!"

纪律终于占了上风,不到五分钟,乱哄哄的人群就又变得秩序井然,比较宁静的气氛使一场巴比塔式的语言混杂趋于平息。(吴钧燮,44)

译文五:"安静下来,回到你们自己的位置上去!"

纪律起了作用。五分钟功夫,混乱的人群便井然了。相对的安静镇住了嘈杂的人声。(黄源深,48)

译文六:"安静!坐到自己的座位上去!"

纪律占了上风,不到五分钟,乱哄哄的人群又变得秩序井然,相对的安静压倒了七嘴八舌的喧闹。(宋兆霖,44)

① 陶洁,等. 希腊罗马神话一百篇. 北京:中国对外翻译出版公司,1989:xvi.

原文中的"Babel clamour of tongues"源自《圣经》典故,据《旧约·创世纪》的记载:巴比塔(The Tower of Babel)是人类未建成的一座通天塔,由挪亚(Noah)的后代在示拿(Shinar)城所建。那时人类都说同一种语言,他们在向东迁移到达示拿时,住在一片平原上,并计划修建一座高耸入云的通天塔,用以显示人类团结的智慧和力量。他们很快就让巴比塔拔地而起,而且越建越高,人类这一想通天的举动惊动了上帝。上帝变得非常恼火,认为这是人类说同一种语言所创造的奇迹,于是上帝施以魔法变乱人类的语言,使他们从此说不同的语言,只有通过翻译才能沟通交流,于是通天塔也由此而无法继续建造。

译文一不仅省略原文的文化意象,还省略了其他很多地方,属于节译。译文二、译文三、译文五及译文六都用汉语"七嘴八舌"或"嘈杂"等词语来传达原文的"Babel clamour of tongues"(巴比塔嘈杂的语言),将原语包含的文化意象丢失。只有译文四将原语的"巴比塔"文化意象传译出来,并采取语内解释的方法把语言混杂与巴比塔联系在一起。虽然读者乍读起来会产生一种陌生、奇怪的感觉,但他们进而就想知道有关巴比塔的传说。译文四的不足之处是没有对巴比塔的传说做进一步的解释,以便读者在阅读中增进对《圣经》文化的了解。《圣经》对西方文化的影响,其重要性是不言而喻的。几个世纪来,西方文学从《圣经》里汲取丰富的养料,很多伟大的作家都以《圣经》为思想源泉,创造出众多流芳百世的不朽之作。英语中许多成语典故也源自于《圣经》,而且这些成语典故在西方可以说是家喻户晓,不了解《圣经》就不能真正了解西方文化。作为文学翻译,译著也是目标语读者了解原语文化的一扇窗口,译者的翻译策略选择就是将这一扇窗户开启的按钮。

文化意象在成语中的使用比较常见。成语是一个民族语言的精华,往往具有形式精炼、寓意深刻的特点。成语不仅蕴含丰富的文化内涵,还浸染着浓厚的文化特征,是语言的核心和精华。成语的传译问题,也是文学翻译面临的另一个棘手问题。英汉两种语言都拥有丰富的成语,由于人类生活的外部环境、人类的思维以及情感体验都有共同之处,因此,英汉两种语言有部分语言形式和比喻形象十分相似的成语。例如,英语的"walls have ears""as light as a feather""castle in the air"等分别可与汉语成语"隔墙有耳""轻如鸿毛"以及"空中楼阁"等相对应。因此在翻译时采取直接代替的策略,能收到十分满意的效果。但是对那些附载着深刻文化内涵,具有鲜明文化特征的成语来说,译者就应该避免采取这种代替方法。翻译的目的是寻求文化的共生与融合,在文学翻译中,尽量保留原语的文化特色十分必要。韦努蒂认为,翻译最重要的是形成文化身份,译者不能只为了追求与原语所谓的"功能相等",而随意使用目标语中意义相近的成语来代替,这样很容易造成原语包含的文化内涵缺失,导致文化错位。

例 4.5：A pause—in which I begin to study the palsy of my nerves，and to feel that the Rubicon was passed，and that the trial，no longer to be shirked，must be firmly sustained.（*Jane Eyre*，Chapter 7：98）

译文一：他停了一会,我晓得什么都被他说破了,无可挽回了,我只好定定神,壮壮胆,用力支持住。(伍光建,88)

译文二：停顿——在停顿中我使我的瘫痪的神经稳定,而且觉得只好破釜沉舟;觉得这审判不能再躲避,却要坚决承当了。(李霁野,75)

译文三：一次停顿——在这中间,我开始把我的麻痹的神经稳住了,开始觉得已经渡过了鲁比河;审判已经没法躲避,只好坚强地忍受。(译文注释:鲁比河(Rubicon):意大利北部的一条河。古罗马将军恺撒一边说"骰子已经扔下了,就这样吧!"一边渡过这条河。他一渡过这条河就得和掌握罗马政府大权的庞培作战。)(祝庆英,81)

译文四：停顿了一下,——这时我渐渐让自己受震撼的神经稳定下来,感到反正鲁比河已经渡过了,考验已没法逃避,只能坚强地面对。(译文注释:鲁比河:在意大利中部,是古罗马将军恺撒的领地与当时意大利本土交界的地方。公元前四十九年恺撒率兵渡过此河,宣告与以庞培为首的罗马政府正式开战。后来英语等中"渡过鲁比河"成为一句成语,表示破釜沉舟、已无退路的意思。)(吴钧燮,67)

译文五:他又停顿一下,在这间隙,我开始让自己紧张的神经稳定下来,并觉得鲁比河已经渡过,既然审判已无法回避,那就只得硬着头皮忍受了。(译文注释:鲁比河:又译卢比河,位于今意大利中部。公园四十九年罗马将军恺撒率兵渡过此河,与罗马执政者庞贝决战。后来"渡过鲁比河"成为英语中的一句成语,意为:下重大决心,破釜沉舟。)(黄源深,70)

译文六:他停住了——这时我渐渐控制住了自己颤抖的神经,心想反正鲁比河已经渡过,这场磨难已无法逃避,只能坚强地去承受了。(译文注释:鲁比河:又译卢比河,位于今意大利中部。公园四十九年罗马将军恺撒率兵渡过此河,与罗马执政者庞贝决战。后来"渡过鲁比河"成为英语中的一句成语,意为:下重大决心,破釜沉舟。)(译文注释:鲁比河:又译卢比河,位于今意大利中部。公园四十九年罗马将军恺撒率兵渡过此河,与罗马执政者庞贝决战。后来"渡过鲁比河"成为英语中的一句成语,意为:下重大决心,破釜沉舟。)(宋兆霖,65)

原文中的英语成语"pass the Rubicon",意思为"渡过鲁比河"(有译成卢比河的),其引申含义是:下重大决心,冒重大危险,采取果断行动。很巧合的是汉语也有个意义相近的成语"破釜沉舟",但两个成语分别附载着不同的文化内涵。鲁比河位于意大利中部,公元前49年罗马元帅恺撒率兵渡过此河,与罗马执政者庞贝在此决战。后米"渡过鲁比河"进入英语,表示采取果断行动,决一死战的意思。译文一对此成语忽略不译,只表达部分的意义。译文二用汉语成语"破釜沉舟"来代替英语成语"pass the Rubicon",似乎表达出部分原语意义,但却将两个附载不同文化内涵的成语等同起来,改变了语言的文化属性。汉语成语"破釜沉舟"最早出自《史记·项羽本纪》,据文中记载:"项羽乃悉引兵渡河,皆沉船,破釜甑,烧庐舍,持三日粮,以示士卒必死,无一还心。"后来该成语在现代汉语中表示做事情不留后路,下决心不顾一切干到底的意思。虽然"pass the Rubicon"与"破釜沉舟"有部分意义相近,但两个成语各自附载的文化内涵不同,不宜采取代替的方法。用目标语中意义相近却附载不同文化内涵的成语代替原语成语,从表面上看似乎能达到一种功能对等,而实际上却改变了语言的文化属性,是"得不偿失"的翻译策略。

其他译文均选择直译加注释的翻译方法,将原语成语典故及其所包含的文化内涵一并传达给目标语读者,确实不失为一种好的翻译策略方法,只是在译文的注释中仍然要避免用汉语文化色彩浓厚的成语来进行解释。例如译文四、译文五、译文六,虽然在译文中保留了原语的文化意象,但在注释中仍然用汉语成语"破釜沉舟"来解释。注释法可为目标语读者提供必要的或相关的文化信息,是一种比较切实可行的翻译方法,采用这种方法能丰富目标语文化,使读者了解更多的原语文化。但译者有时出于对目标语读者阅读连贯性的考虑,很多时候不去做注释法处理,而是直接套用目标语意义相近的成语或典故,相比较而言这种方法是弊大于利的。

三、宗教习俗与翻译策略选择

宗教文化是一种特殊的文化形态,对人类社会的影响广泛而深远。它不仅影响到社会的政治、经济、科学、哲学和文学艺术,而且还长久积淀在人的深层文化心理结构中,潜在而持久地影响着人们的思想和行为。韦尔斯(H. G. Wells)曾这样说过:"人的宗教观念的产生与发展,以及它们对人的活动所产生的影响则是人类历史中的一个重要组成部分,是必不可少和核心的一部分。"①宗教信仰是人类意识形态的重要组成部分,也是构成不同地域和民族独特文化形态的重要因素。

在西方基督教文化占据重要的地位,《圣经》成为基督教的正式经典,具有至高无上的权威。基督教的教义、神学观、教规以及礼仪都来源于

---

① 韦尔斯. 世界史纲:上卷. 梁思成,译. 上海:上海人民出版社,2006:89.

《圣经》,《圣经》文化构成西方宗教文化的主流。可以这么说,《圣经》是西方人灵魂的导航,无论是西方的哲学、文学、艺术、道德伦理,还是西方人的生活方式、思维模式,都深深地浸染着《圣经》的深刻影响。

夏洛蒂生活在 19 世纪宗教文化氛围浓郁的英国,《圣经》是学生的必读课本,《圣经》的教义深入人心。夏洛蒂短暂的一生都处于这种宗教文化熏陶的氛围里,这种熏陶在她内心深处起着潜移默化的作用。因此,她的作品随处流露出这种宗教文化意识,语言中充满了《圣经》的文化意象。在《简·爱》中,小说的叙述、对白和自白有六十多处引用、借用或化用《圣经》典故、故事、比喻和形象,行文直接提到上帝的地方更是多不胜数。①可以说《简·爱》就是一部充满浓郁基督教文化色彩的小说,从简·爱形象的塑造,到她与罗切斯特相遇、相知与相爱,最后再到他们幸福地在一起,整个过程都涂抹上了这种宗教文化的浓墨重彩。

小说描写的第一个"红屋子"事件就是小简·爱在人生道路上的第一次抗争,这种描写也是用基督教的语言和观念进行的。小简·爱的舅舅在红屋子里去世,作者对红屋子的描写充满神秘与阴森的气氛。与表哥约翰发生正面冲突之后,小简·爱被粗暴地关进阴森恐怖的红屋子里,她被吓得几乎精神失常。当她从绝望中获得抗争的勇气时,她大声地说出了对舅妈的不满。她说她的舅舅正从天堂里望下来,注视着舅妈的所作所为,吓得里德太太瑟瑟发抖,以下就是这样的一段描述。

例 4.6:A singular notion dawned upon me. I doubted not—never doubted—that if Mr. Reed had been alive he would have treated me kindly;and now,as I sat looking at the white bed and overshadowed walls-occasionally also turning a fascinated eye towards the dimly gleaming mirror—I began to recall what I had heard of dead men,troubled in their graves by the violation of their last wishes,revisiting the earth to punish the perjured and

---

① 朱虹. 英国小说的黄金时代. 北京:中国社会科学出版社,1997:64.

avenge the oppressed; and I thought Mr. Reed's spirit, harassed by the wrongs of his sister's child, might quit its abode—whether in the church vault or in the unknown world of the departed—and rise before me in this chamber. (*Jane Eyre*, Chapter 2:48)

译文一:我就想到假使这时候我的舅舅还活在世上,他许好好地看待我。我又想到,我从前听人说过,死人在坟里,若是晓得人家不照着他临终时所嘱托的话办事,死鬼会来到阳世责罚那些不照办的人。我就想到我的舅舅晓得她们虐待我,也许来这屋子看看我。(伍光建,15)

译文二:我心里突然起了一种奇怪的念头。我不怀疑——我从来没有怀疑过——假使里德先生活着,他会仁慈地待我;我坐在那里看望那白床和墙壁——偶然也向那微微闪光的镜子失神地看上一眼——这个时候,我开始想起以前听到的关于死人的话了:他们最后的愿望不被人遵行的时候,他们就在坟墓里也不安,要重行来到大地上惩罚那发假誓的人,替被压迫的人复仇;于是我想,里德先生的灵魂,被他的外甥女所受的虐待所烦忧,许会离开他的住处——无论是在教堂的地穴里,还是在死人的不可知的世界中——在这屋里出现在我面前吧。(李霁野,13)

译文三:我突然有了一个奇怪的想法。我不怀疑——也从没怀疑过——如果里德先生在世,他一定会待我很好。如今我坐在这儿,瞧着白色的床单和昏暗的墙壁——偶尔还迷恋地望一望微微发亮的镜子——我开始想起了我听到过的关于死人的传说,死人见活人违反了他们的遗嘱,在坟里也不会安宁,便重回人间,惩罚不遵守誓言的人,为被虐待的人报仇。我想,里德先生的灵魂,为外甥女受到虐待所骚扰,说不定会离开它的住处——不管是在教堂的坟墓里,还是在死人居住的什么不可知的冥府——而在这间屋子里,出现在我的面前。(祝庆英,14)

译文四:我心里突然闪过一个古怪的念头。我毫不怀疑——从来不怀疑——要是里德先生还活着，他准会待我很好。接着，我坐在那儿眼望着白色的床和昏暗的四壁，偶尔还不由自主地转眼望一望隐隐发亮的镜子，渐渐想起了我所曾听说过的故事，说坟墓里的死人因为不甘心别人违背他们的遗愿，会重返世间来惩罚背信弃义者，为被虐待的人报仇。我觉得，里德先生的灵魂为他外甥女受到亏待而着恼，就说不定离开他的住处——不管是在教堂的墓穴里，还是在死人所在的阴世间——而在这间卧室里出现在我的面前。（吴钧燮，12）

译文五：我忽然闪过一个古怪的念头。我不怀疑——也从来没有怀疑过——里德先生要是在世，一定会待我很好。此刻，我坐着，一面打量着白白的床和影影绰绰的墙，不时还用经不住诱惑的目光，瞟一眼泛着微光的镜子，不由得起了关于死人的种种传闻。据说由于人们违背了他们的临终嘱托，他们在坟墓里非常不安，于是便重访人间，严惩发假誓的人，并为受压者报仇。我思忖，里德先生的幽灵为外甥女的冤屈所动，会走出居所，不管那是教堂的墓穴，还是无人知晓的死者世界，来到这间房子，站在我面前。（黄源深，13）

译文六：我脑子里突然闪过一个奇怪的念头。我毫不怀疑——从不怀疑——要是里德先生现在还活着，他一定会待我很好的。这时候，我坐在那儿，眼望着白色的大床和昏暗的四壁——偶尔还不由自主地转眼朝那面隐隐发亮的镜子看上一眼——开始想起了以前听说过的关于死人的事。据说，要是有人违背死去的人的遗愿，死去的人在坟墓里也会不安宁，他们会重返人间，惩罚违背誓言的人，为受到虐待的人报仇。我想里德先生的灵魂一定在为他外甥女受到虐待而着恼，说不定会离开他的住处——不管是在教堂的墓穴里，还是在不可知的阴曹地府——来到这屋子里，突然出现在我的面前。（宋兆霖，13）

作者深受基督教文化的影响，认为死者会重新回到人间惩罚那些不信守承诺的人。实际上作者在这一段只是表达出这一基督教的思想观念,并没有使用特定的宗教词汇,例如,使用"revisiting the earth"(重返人间)、"quit its abode"(离开灵魂栖息处)等。在六个译文中,有三个译文都采用中国民间传说以及佛教用语,例如,译文一用"阳世""死鬼";译文四用"阴间世",译文六用"阴曹地府"等。中国传统文化受佛教文化影响很大,中国传统宗教——儒、佛、道三教的观念长期占据中国人的精神世界。因此,在中国民间传说中,特别是古代神话和佛教典籍中都有阴曹地府的记载。中国人把世界万物都分为两极,这就是中国的阴阳学说。一般认为人间是阳间,而死者的世界是阴间等。

"冥府"(Hades)则来自于古希腊神话,据古希腊神话,在大地的最底层有一个漆黑、阴森恐怖的地方,这就是哈得斯掌管的冥府,与人世间的光鲜、充满朝气不同的是,这里只有无边的黑暗与冰冷。传说古希腊人和神死之后,他们的灵魂都会来到这里。译文三用"冥府"比较贴近原著文化,但原文并未使用该词,为稳妥起见,还是按照原文意思的传达为好。译文二和译文五传达出原文的意思,没有用目标语的宗教文化来阐释原语文化,没有引起文化属性的改变。

洪堡特认为,语言是民族精神的外部体现,语言可以识别出每一种文化形态。宗教文化作为一个民族深层次的文化形态,它对人的影响是深刻的。译者作为目标语话语世界的成员,很容易将自己话语世界里的宗教文化概念在译文中使用。也许译者并不出于任何目的,只是下意识地采用。但是不管译者采取的策略如何有助于原著意义的传达,如果改变了原著话语世界中的文化属性,破坏原著的整体文化氛围,造成一种文化认知上的逻辑错位,就不应该将此策略视为上策。

例 4.7:"Good-evening,madam;I sent to you for a charitable purpose. I have forbidden Adele to talk to me about her presents,and she is bursting with repletion;have the goodness to serve he as auditress and interlocutrice;it will be one of the most benevolent acts you have ever performed." (*Jane Eyre*,Chapter 14:161)

译文一:洛赤特说道:"我同你请晚安,我请你来,请你做件好事。

我不许阿狄拉对我谈，我给她的耍货，但是她那里能够不说话呢，她肚里不晓得装满了多少要问的话；我请你作个专对答她问话的人，这就是你对我作的一件大大的好事。"（伍光建，179）

译文二："晚安，太太；我请你来做点善事。我禁止阿戴列和我谈论她的礼物，她有满肚子的话要说；去听她说话并和她交谈吧，这要算你做的一件最慈悲的事啦。"（李霁野，156）

译文三："晚上好，太太；我请你来做件好事。我禁止阿戴勒跟我谈论她的礼物，她憋了一肚子的话，行个好，去做她的听众和对话者，这将是你所做的最大的好事了。"（祝庆英，168）

译文四："晚上好，太太，我是请你来做件好事的。我不让阿黛尔跟我谈她的礼物，可她憋了一肚子的话要说，行行好，去给她当个听众和逗哏角色，这会是你所做的最大的善事了。"（吴钧燮，138）

译文五："晚上好，夫人，我请你来做件好事。我已不允许阿戴勒跟我谈礼品的事，她肚子里有好多话要说，你做做好事听她讲讲，并跟她谈谈，那你就功德无量了。"（黄源深，129）

译文六："晚上好，太太，我是请你来做件好事的。我不让阿黛尔跟我谈她的礼物，可她憋了一肚子的话要说，行行好，你去做做她的听众，跟她说说话吧。这会是你做过的最大善事哩。"（宋兆霖，135）

原文中的"benevolent acts"是"好事""善事"之意，译文一、译文三、译文五及译文六都将其译为"善事"，与原文意思比较贴近。译文二和译文四却使用"慈悲""功德无量"等佛教用语，用这些佛教用语来阐释基督教文化是不恰当的。这种译法看似"功能相等"，其实不然。

由于深受不同宗教文化的浸染，译者很容易将本民族宗教文化用语下意识地用于传达原语宗教文化概念。阐释学认为阅读者总是按自身文化思维模式和习俗去观照原语文化，于是自己原有的"视域"规定和限制了他对"他者"文化的认知与阐释。这种按照自身所熟悉的文化概念去解读另一种文化概念的做法，就形成对"他者"文化的误读，"文化误读"有碍于不同文化之间的沟通与交流。

实际上误读只是一种表象,其本质是一种"文化过滤"。阅读者往往根植于自身的文化规范,通过"期待视野"滤掉自身不熟悉、不理解或不需要的成分,达到重构异文化的目的。文学翻译中的误读,就是译者以自身文化为规范,对他者文化形成的误读,误读在很大程度上制约着译者翻译策略的选择。

例 4.8:

Madam,

Will you have the goodness to send me the address of my niece, Jane Eyre, and to tell me how she is. It is my intention to write shortly and desire her to come to me at Madeira. Providence has blessed my endeavours to secure a competency: and as I am unmarried and childless, I wish to adopt her during my life, and bequeath her at my death whatever I may have to leave.

John Eyre, Madeira. (*Jane Eyre*, Chapter 21: 266)

译文一:信上这样写道:玛当,请你把我侄女柘晤爱迩的住址同现在的情况告诉我,我不久就要写信给侄女,要她到玛狄拉地方找我。幸而上帝赐福我现在的光景,很可以过得去;我既未娶妻,并无儿女,我要我的侄女承继我,作我的女儿,我死后,所有财产归她承受。(伍光建,247)

译文二:"夫人,——请将我的侄女简·爱的通信地址惠寄给我,并告诉我她的情况怎样。我想即刻写信给她,希望她到玛德拉,到我这里来。上天赐福我的努力,使我小有资产,因为我没有结婚,没有孩子,我愿在我生时收她为过继,死时将我可以留下的东西赠给她。

约翰·爱,寄自玛德拉。"(李霁野,289)

译文三:

夫人:

请惠告舍侄女简·爱的通讯处,并示知其近况如何;我拟即时去函嘱她来马德拉我处。蒙上天赐福,我苦心经营后,得以获致相当财产；我未婚，无嗣，望能趁我健在，收她为养女，并在我去世后将一切遗产赠给她。

约翰·爱，寄自马德拉。（祝庆英，310）

译文四：

夫人：

请惠告舍侄女简·爱的住址，并烦示知其近况；我拟迅即去函嘱彼来马德拉我处。承上天垂佑，不负苦心，我已薄具财产，然因独身无嗣，故甚望生前能收彼为养女，死后以我所遗悉数相赠。谨致敬意。

约翰·爱，于马德拉。（吴钧燮，255）

译文五：

夫人：

烦请惠寄我侄女简·爱的地址，并告知其近况。我欲立即去信，盼她来马德拉我处。皇天不负我之心血，令我温饱不愁。我未娶无后，甚望有生之年将她收为养女，并在死后将全部财产馈赠予她。顺致敬意。

约翰·爱，谨于马德拉。（黄源深，237）

译文六：

夫人：

盼请惠告舍侄女简·爱住址，并烦赐知其近况，我拟迅即去函，嘱她来马德拉我处。承蒙上天保佑，怜我辛勤，我已薄具财产，然因独身无嗣，甚望于有生之年将她收为养女，日后去世，愿将生平所有悉数赠给她。谨致敬意。

约翰·爱，于马德拉。（宋兆霖，250）

这是简·爱的叔父为了寻找简·爱而给里德太太的一封信。对于信仰基督教的西方人来说，"Providence"就是对上帝(God)的尊称。由于上帝这一名字本身具有至高无上的权威、权力以及神圣的含意，西方人在使用时总是怀着无限的敬意。只有译文一将此译为"上帝"，而译文二、译文

三、译文四、译文五及译文六都采用中国传统的诸如"上天""皇天"等说法来翻译"Providence",这种不恰当的翻译方法,会造成严重的文化误读。尽管"God"最初由传教士引入中国文化,援用的是先秦古籍《尚书·召诰》中的"昊天上帝"之说,但随着中西方文化交流的不断深入,上帝一词早已与基督教至高无上、独一无二的造物主紧密相关,并被赋予了基督教文化内涵,与中国传统"天地观"中的"上天"或"皇天"具有本质的区别。在文学翻译中,不同话语世界中的概念传译不能只局限于概念的字面之意,还应回到经验世界中去,找到"能指"与"所指"之间真正的对应关系。

四、文化伴随意义词与翻译策略选择

在文学翻译中,译者经常会面临这样的情形:有些物体或概念在原语话语世界和目标语话语世界中同时都存在,但它们各自伴随的文化内涵以及语用意义却大相径庭。例如,英汉两种语言的颜色词就具有这样的特点。虽然它们都有相同的指称意义,但附载的文化伴随意义却不相同。虽然人类的眼睛具有相同的生理结构,光的波长也是一种客观存在,然而在不同话语世界里人们对光的认知与感受却不尽相同,这主要还是不同民族深层次的文化差异性所致。在中国,阴阳五行说衍生的五色学是中国色彩理论的基础,西方人由于地域以及思维方式的不同逐渐形成与中国文化有很大差异的色彩文化。

尽管英汉两个民族对自然本色的认识和感受大体一致的地方较多,但由于民情风俗、地理环境、思维方式、宗教信仰以及民族心理的不同,各种颜色在视觉上和心理上引起的联想以及附载的象征意义却有很大差异,因而同样的颜色在不同的话语世界伴随的审美联想意义就不尽相同。在《简·爱》中颜色词出现的频率非常之高,夏洛蒂作为女性作家对颜色的感觉十分敏锐。小说一开始就有对红屋子的神秘恐怖色彩的描述;对慈善学校校长布洛克尔赫斯特"黑色大理石"的描述;劳渥德在经历白色的严寒之后呈现出一片柔美的绿色景象;作者在对火、月亮等自然意象的描述时都赋予不同的色彩,表达出不同的色彩对女主人公命运的暗示等等。对原著颜色词的传译也涉及原语附载的文化内涵的传达问题,同样的概念在不同的话语世界中具有不同的象征意义。因此,译者在传译时应十分慎重。

例4.9:"When I saw my charmer thus come in accompanied by a cavalier,I seemed to hear a hiss,and the green snake of jealousy,rising on undulating coils from the moonlit balcony,glided within my waistcoat,and ate its way in two minutes to my heart's core."(*Jane Eyre*,Chapter 15:174)

译文一:"我一看见我的意中人。带了一个情人来,我醋意立刻大发作,如同毒蛇钻入我的心窝一样。"(伍光建,200)

译文二:"我看见迷住我的人和一个骑士这样一块儿进来的时候,我似乎听到嘶的一声响,于是那嫉妒的毒蛇,从月光照耀的阳台上似乎旋动着起来,钻进我的背心,两分钟功夫就咬进我的内心了。"(李霁野,172)

译文三:"一看到迷住我的那个人由一个献殷勤的男人陪同着进来,我就好像听见嘶的一声,嫉妒的青蛇从月光照耀下的阳台盘旋上升,钻进我的背心,一路啃啮着,两分钟以后就进入到我的心底。"(祝庆英,187)

译文四:"我一见那迷人精像这样由一个献殷勤的男人陪着进来,就马上觉得咝的一声,仿佛有条嫉妒的青蛇盘旋着从月光照耀下的阳台上蜿蜒而起,钻进了我的背心,一路咬着,只一两分钟就一直钻进了我的心里。"(吴钧燮,153)

译文五:"当我看见那个把我弄得神魂颠倒的女人,由一个好献殷勤的男人陪着进来时,我似乎听到了一阵嘶嘶声,绿色的嫉妒之蛇,从月光照耀下的阳台上呼地蹿了出来,盘成了高低起伏的圈圈,钻进了我的背心,两分钟后一直咬啮到了我的内心深处。"(黄源深,143)

译文六:"我一见我那位美人儿这样由一个殷勤的男人陪着进

来,就马上好像听到嗖的一声,一条嫉妒的青色从月光照耀下的阳台上盘旋而起,钻进我的背心,一路咬啮着,只一两分钟就钻进了我的心里。"(宋兆霖,151)

英语的"green"与汉语的"绿色",在颜色概念上没有任何本质区别。但英语的绿色却有其他引申的含义,常常表示"嫉妒"之意,所以英语有"green with envy"的说法。据说这种说法最早源自莎士比亚的悲剧《奥赛罗》(*Othello*),剧中叙述了传说中一个爱嫉妒的"the green-eyed monster"(绿色怪物),此后"green"便有了嫉妒的引申含义。

当罗切斯特向简·爱描述自己看见一个献殷勤的男人陪着他曾经迷恋过的女人时,心里顿时升起嫉妒之火,好像毒蛇一样啮噬着他的内心。因此,作者用"the green snake"来形容他当时被这种嫉妒之毒蛇啮噬着内心的情形。译文一采取本土化的翻译策略,将原文的颜色意象词"绿色"用汉语表示嫉妒的物象词"醋"来代替,将其译成"醋意大发",使原语颜色意象完全丢失。虽然"醋"在中国文化中附载有嫉妒的引申含义,但是将其用于翻译外国文学作品,破坏了文化交流的整体性。译文二将原语的颜色意象删去,直接译为"嫉妒之蛇",没有将原语的形象比喻以及附载的强烈情感表达出来。译文三、译文四及译文六将其译为"嫉妒之青蛇",虽然将原语的色彩意象部分传达出来,但在色彩使用上过于"本土化",容易造成读者错误的联想。因为,汉语的"青色"含义较广,可以表示绿色、黑色和蓝色之意。如像译文五那样将"the green snake"译成"嫉妒之绿蛇"比较好,既能再现原语的色彩意象,也能传达出这种强烈的嫉妒情感。

例 4.10:On the hilltop above me sat the rising moon;pale yet as a cloud, but brightening momently;she looked over Hay, which, half lost in trees, sent up a blue smoke from its few chimneys;it was yet a mile distant, but in the absolute hush I could hear plainly its thin murmurs of life. My ear, too, felt the flow of currents;in what dales and depths I could not tell;but there were many hills beyond Hay，and doubtless many becks threading their passes.（*Jane Eyre*，Chapter 12：143）

译文一：走到山顶，月亮正当头，离小村还有三里多路。除了村子远远有点人声之外，这里是静悄悄的，却远远还听得见有马蹄声，是有马走来，小路的湾子挡住了，还看不见。（伍光建，150）

译文二：我上面的山顶上悬着初生的月亮；她虽然还黯淡得和一朵云彩一样，却时时增加光辉，照耀着那半隐蔽在树里，从少数烟突里冒出缕缕青烟的海乙村，离海乙村还有一里路，但是万籁俱寂，我已经能够清清楚楚听出微弱的生活细声了。我的耳朵也感觉到山水流动；至于在什么谷里深处，我就不知道了：不过海乙村以外还有许多山，无疑的也有许多溪流从它们的隘口中经过。（李霁野，132）

译文三：在我上面，初升的月亮挂在山顶上空，虽然跟云朵一样苍白，但是每一刻都在变得更加明亮。它俯视着干草村。干草村半掩在树丛间，寥寥无几的烟囱里吐出一缕缕青烟。还有一英里路，可是在万籁俱寂中，我已经可以清清楚楚地听出微细的生活的嗡嗡声了。我的耳朵还感觉到流水声，从哪个溪谷、哪个深渊传来，我却说不上来；可是，干草村那一头有很多小山，毫无疑问，肯定有不少山溪穿过它们的隘口。（祝庆英，142）

译文四：在我上方的山顶上挂着初升的月亮，眼前还是像云朵那样淡淡的颜色，但随时都在变得更加明亮。她照着干草村。村子掩在树丛间，为数不多的烟囱里冒出几缕青烟。离那儿还有一英里路，但是在万籁俱寂中我能清楚地听到那儿隐约的忙碌活动声。我的耳朵还传来水流的声音，我说不出到底发自哪个溪谷、哪个深涧，但在干草村的那一面有无数小山，无疑有许多溪流水正在穿过山间的隘口。（吴钧燮，117）

译文五：在我头顶的山尖上，悬挂着初升的月亮，先是像云朵般苍白，但立便刻明亮起来。俯瞰着海村。海村掩映在树丛之中，不多的烟囱里升起袅袅蓝烟。这里与海村相距一英里，因为万籁俱寂，我可以清晰地听到村落轻微的动静。我的耳朵也感到了水流声,但来自哪个溪谷和深渊,却无法判断。海村那边有很多小山,无疑会有许多山溪流过隘口。(黄源深,110)

译文六:在我上方的山顶上,挂着初升的月亮,虽然此时还像云朵般惨淡,但随时随刻都在变得更加明亮。她俯照着干草村。村子半掩在树丛间,疏疏落落的不多几只烟囱里,冒出缕缕青烟。离那儿还有一英里路程,可是在这万籁俱寂中,我已能清楚地听出那儿轻微的生活之声。我的耳朵还传来了水流的声音。我说不出这声音来自哪个溪谷,发自哪个深潭,不过在干草村那边有很多小山,无疑有许多溪流正穿过它们的隘口。(宋兆霖,115)

原文中描述从烟囱里冒出"a blue smoke",绝大多数译者都将"blue"译成"青色",只有译文五将此译为"蓝色"。可见汉语中的"青色"其指称意义较为宽泛,与英语的"blue"只是部分对应。译者作为具有特定文化身份的人,穿行在不同的话语世界之间,难免会带上自身所属话语世界里惯常的审美价值取向。既然翻译这一行为是为了再现原语话语世界,那么译者就有必要抑制自身的文化本能,尽量凸显原语话语世界具有的审美价值取向。一味用本土的审美价值取向代替原语的表达,抹杀了原语话语世界里人们独特的审美价值取向。不能如实地再现原语话语世界,译者就不能说通过翻译完成了自己的使命与任务。勒菲弗尔在谈到语言具有的诗学功能时,曾这样说道:译者有义务将原文的措辞、语言特色、语言细微之处的审美特征以及由此而发挥出的诗学功能做相应的传译。译者在对待原语话语世界的一些细微之处的处理,体现出他对原语话语世界体察的细腻程度和尊重程度。

例 4.11:"I like this day; I like that sky of steel; I like the sternness and stillness of the world under this frost. I like Thornfield, its antiquity, its retirement, its old crow-trees and thorn-trees, its gray façade, and lines of the dark windows reflecting that mental welkin；and yet how long have I abhorred the very thought of it, shunned it like a great plague-house？ How do I still abhor—"（*Jane Eyre*，Chapter 15：173）

译文一："我喜欢今天这一天,我喜欢今天的天色,我喜欢这个铺满冰雪的地面。我喜欢唐菲大宅,同宅子所有古老东西,老树木;然而曾几何时,我是恨极这个地方,恨到同犯瘟疫病的屋子一样,我现在还是恨——"（伍光建,199）

译文二："我喜欢今天;我喜欢那钢灰色的天空;我喜欢这样冰霜之下的世界的严肃与静止。我喜欢桑恩费尔得,喜欢它的古老,它的隐蔽,它的有乌鸦巢的老树和荆棘,它的灰色的正面,和那一排一排的窗子反映着金属的天空;但是我有好长时期一想起它来就憎恶,而且像一个大传染病房一样回避它呵! 我怎样还憎恶着——"（李霁野,171）

译文三："我喜欢今天,我喜欢钢灰色的天空;我喜欢这严寒笼罩下的世界的严肃与静止。我喜欢桑菲尔德,它的古老,它的隐蔽,它的栖鸦的老树和荆棘,它的灰色正面外观,和那反映出金属色天空的一排排暗黑的窗户;可是,我有多长时期一想起它就感到嫌恶,而且像躲开瘟疫病房似的躲开它啊! 我现在还是多么嫌恶——"（祝庆英,185）

译文四："我喜欢今天,我喜欢这铁灰色的天空,喜欢这严寒笼罩下的世界的严酷与寂静。我喜欢桑菲尔德,它的古老,它的幽静,它那鸦群栖息的树林和荆棘,它灰色的屋子正面,和映出灰色苍穹的一排排黑洞洞的窗户。可我曾有多长时间连想想它都感到厌恶,像害怕一所传染了瘟疫的大房子那样避之唯恐不及! 就是现在我也还是多么厌恶那……"（吴钧燮,152）

译文五："我喜欢今天这样的日子,喜欢铁灰色的天空,喜欢严寒中庄严肃穆的世界,喜欢桑菲尔德,喜欢它的古色古香,它的旷远幽静,它乌鸦栖息的老树和荆棘,它灰色的正面,它映出灰色苍穹的一排排黛色窗户。可是在漫长的岁月里,我一想到它就觉得厌恶,像躲避瘟疫滋生地一样避之唯恐不及! 就是现在我依然多么讨厌——"(黄源深,142)

译文六:"我喜欢今天,喜欢这铁灰色的天空,喜欢这严寒笼罩下的世界的肃穆和寂静。我喜欢桑菲尔德,它的古老,它的幽静,它的群鸦栖息的古树和荆棘,它的灰色的外表,和那映出灰色苍穹的一排排黑洞洞的窗户。可是,我有多长时间一想到它就觉得厌恶,像躲开一座瘟疫病房似的躲着它了啊! 直到今天我还是多么厌恶⋯⋯"(宋兆霖,150)

这一段出现两种具有细微差别的颜色:一是"sky of steel"。译文一没有将这种色彩意象译出,只用模糊的"天色"代替。译文二和译文三均按照原文的本来色彩译成"钢灰色",在目标语中找到比较确切的对应词。其他的译文都一律使用"铁灰色",造成译语色彩与原文色彩存在一定的偏差。译者选择这种本土化的翻译策略主要有两方面的原因:一方面是受中国色彩文化意象的影响,铁灰色是比较常见和常用的色彩意象;另一方面就是避免让读者产生奇怪感,确保译文读起来自然流畅。但选择这种翻译策略带来的负作用是,容易造成原文色彩意象失真,继而造成读者产生不同的审美体验。在现实生活中,铁灰色与钢灰色之间存在细微的差别,前者色彩偏深灰,给人沉重而郁闷之感;而后者虽然在汉语中不常用,甚至显得有些生僻,但从铁和钢两种元素在实际生活中的明显区别,可以得出"钢灰色"色彩明显偏亮,不会产生那种阴沉、灰暗的感觉。二是原文中的"dark",译文五将此译为"黛色",更是不恰当。因为"黛色"是比较典型的中国传统色彩意象,有黛绿、黛青之分别,而且与不同的物体搭配会形成不同的审美意象。在中国文学作品中,黛色常用以形容山色。唐朝诗人王维的诗:"千里出黛色,数峰出云间"就包含这样的色彩意象。

在中国传统文化中,对色彩的命名确实名目繁多,令人不免有些眼花缭乱。这些丰富的色彩不仅凝聚着中国古人的智慧,也表明他们对大自然的亲近和细致入微的观察。这些色彩词往往随着岁月的沉淀渐渐附载着浓厚的文化意境,与一定的审美经验紧密相连。在文学翻译中,译者应谨慎使用这些本土色彩浓厚的颜色意象词。因为,如果使用不当,不仅不能取得相同的审美联想,营造出相同的审美意境来,还会造成原语文化意境的失真,进而有损原著的艺术审美特质。

五、风俗文化与翻译策略选择

社会风俗是一个民族客观物质生活的精神反映,是一种文化现象。各民族风俗文化的产生与发展,与该民族所处的地理环境及其生产方式、行为方式以及生活方式息息相关,是该民族在生产生活实践中历经岁月洗礼并经过世代相传而形成的一整套生活方式和礼仪规范,具有习惯性、地域性和道德约束性,反映一个民族的文化特征,具有独特的社会价值和审美价值。一个民族可通过社会风俗的一致性达到彼此的认同。一些风俗还跟宗教信仰有关,具有宗教信仰的功能。

文学作品是反映社会生活的一面镜子,色彩斑斓的社会生活也为作家提供了取之不尽的创作素材,成为作家用之不竭的创作源泉。社会风俗融汇在一个民族的生活方式中,从一个侧面表现其民族心理和民族特征。作家笔下不仅刻画出形形色色、鲜活的人物形象,也为读者呈现出一幅民族社会风俗的画卷。可以说,文学家,就是出色的"风俗画师"。《简·爱》除大量的自然风景的描写之外,还有很多细腻的生活场景描述,呈现出 19 世纪英民族社会生活的画面。

例 4.12:November,December,and half of January passed away. Christmas and the New Year had been celebrated at Gateshead with the usual festive cheer;presents had been interchanged,dinners and evening parties given. From every enjoyment I was,of course,excluded:my share of the gaiety consisted in witnessing the daily apparelling of Eliza and Georgiana,and seeing them descend to the drawing-room,dressed out in thin muslin frock and scarlet sashes,with hair elaborately ringleted; and afterwards, in listening to the sound of the piano or the harp played below, to the passing to and fro of the butler and footman, to the jingling of glass and china as refreshments were handed, to the broken hum of conversation as the drawing-room doors opened and closed. (*Jane Eyre*, Chapter 4:60)

译文一：十一月，十二月，半个正月，到过了。贺圣诞，贺新年，自然是同往年的一样热闹，彼此送礼，彼此请宴，毋论什么，都没有我一分。我所享受的一分，不过是两眼看她们姊妹穿的好衣裳，打扮得花团锦簇，一会上楼，一会下楼，两耳听见弹琴奏乐的声音，杯盘相碰的响声，众人谈话的声音。（伍光建，33）

译文二：十一月，十二月，半个一月过去了。圣诞节和新年，都像一向过节一样，欢乐庆祝过了；彼此互送过礼物，也开过宴会和晚会了。自然，一切享乐我都不得享受，我份内的欢乐只是看伊莱扎和乔治亚娜逐日换装打扮，看她们下来到会客室，穿着薄棉纱的衣裙和大红的披肩，头发细心卷梳成小环圈，以后听下面弹奏的钢琴和竖琴的声音，听管事和仆人走来走去，听递茶点时玻璃杯和瓷器的响声和会客室门开关时断续的谈话嗡嗡声。（李霁野，28）

译文三：十一月、十二月和半个正月都过了。圣诞节和新年，在盖茨海德和往年过节一样，欢欢喜喜庆祝过了；互相交换了礼物，也举行过宴会和晚会。种种欢乐，我当然都不准享受；我有的那份乐趣，就是看伊丽莎和乔奇安娜天天穿上盛装，看她们穿着薄纱衣服，束着大红的阔腰带，披着小心卷起来的鬈发，下楼到休憩室去；然后听下面弹奏钢琴和竖琴，听总管的和当差的来来去去奔走，听大伙儿喝茶时把玻璃杯和瓷器碰得叮叮当当地响，听休憩室开门和关门时传出断断续续的嗡嗡的谈话声。（祝庆英，31）

译文四：十一月、十二月和半个正月相继过去了。圣诞节和新年在盖茨黑德像往常一样，在节日的欢乐气氛中庆祝过了。交换了礼物，举行了宴会和晚会。各种享乐，不用说，我一概都被排除在外。

我仅有的乐趣,只能是眼看着伊丽莎和乔治娜每日盛装打扮,看她们穿着薄麻纱上衣,束着红腰带,头上精心地做了鬈发,下楼到客厅里去;然后就倾听着楼下钢琴和竖琴的弹奏,侍役和听差的出出进进,上茶点时玻璃杯和瓷器的叮当碰撞,客厅门一开一闭时断续传来的嗡嗡谈话声。(吴钧燮,25)

译文五:十一月、十二月和一月的上半月转眼已逝去。在盖茨黑德,圣诞节和元旦照例喜气洋洋地庆祝一番,互相交换礼物,举办了圣诞晚餐和晚会。当然,这些享受一概与我无缘,我的那份乐趣是每天眼睁睁瞧着伊丽莎和乔治亚娜的装束,看她们着薄纱上衣,系大红腰带,披着精心制作的鬈发下楼到客厅去。然后倾听楼下弹奏钢琴和竖琴的声音,管家和仆人来来往往的脚步声,上点心时杯盘磕碰的叮咚声,随着客厅门启闭时断时续传来的谈话声。(黄源深,26)

译文六:十一月、十二月和半个正月都相继过去了。盖茨海德府像往常一样,在节日欢乐的气氛中度过了圣诞节和新年。人们互相赠送礼物,举办了宴会和晚会。不用说,所有这一切欢乐的事,全都没有我的份。我仅有的乐趣,只能是看伊丽莎和乔治安娜每天盛装打扮,穿上薄纱衣裙,束着大红腰带,披着精心做过的鬈发,下楼到客厅去;然后就是倾听楼下钢琴和竖琴的弹奏声,听管事的和仆人来来回回的走动声,人们用茶点时杯盘相碰的叮当声,以及客厅门一开一闭时断时续传来的嗡嗡谈话声。(宋兆霖,27)

这一段包含几个对英民族生活习俗的描述:一是西方公元纪年法;二是圣诞节及新年的过节习俗;三是日常生活中休闲与待客的习俗。首先英国采用的是公元纪年法,这是一种以太阳的活动为周期的纪年法,与中国的农历或阴历等以月亮的活动为周期的纪年法有所不同。原著中的"January"显然是指公历的"一月",与中国农历的"正月"有所差别,不应混同使用。译文一、译文三、译文四及译文六都采用"正月"的译法,显然与原著中指的时间有偏差。其次是关于"the New Year"的译法,直译为"新年"比较恰当。译文一没有译出,而译文五却译成"元旦",显然带有浓厚的中国文化色彩,与原著的文化意境不符。虽然"元旦"与"新年"在指称意义上几乎一致,都指新年的第一天,但西方人习惯称那一天为"New Year"(新年)。"元旦"一词最早出现于《晋书》,指的是"正月一日",后才正式确立一月一日为元旦。元,谓"始",凡数之始称为"元";旦,谓"日","元旦"意即"初始之日",具有浓厚的中国文化意味。其次是节日期间,英国人也喜欢着节日的盛装,亲朋好友隆重聚会,互赠礼品以表达相互之间的祝福并一同庆祝佳节。在这两个西方比较隆重的节日里,伊丽莎和乔治安娜两位小姐自然是盛装打扮,她们穿着薄棉裙,披着"scarlet sashes"(猩红色的披肩),聆听音乐伴奏,体现出富家小姐舒适而惬意的生活。译文一只用打扮得"花团簇锦"一笔带过。译文三、译文四、译文五及译文六都将此译成"大红腰带",并不恰当。因为大红又称为中国红,与猩红色稍有色差,而且"红腰带"的译法容易造成文化错位。最后是关于"refreshments"的译法。"refreshments"常指英国人在休闲或到别人家做客时所享用的点心及饮品,将此译为"茶点"比较恰当,而译文三将此译为"喝茶",译文五译为"点心"都不准确。在面对原语话语世界的再现时,译者能对原著的一些社会生活细节做周到的考虑,体现出他在翻译时较强的文化意识,而这种意识对于肩负文化交流使命的译者来说又显得如此重要。

例 4.13:"Lowood Institution.—This portion was rebuilt A. D—, by Naomi Brocklehurst, of Brocklehurst Hall, in this country." "Let your light so shine before men that they may see your good works, and glorify your Father which is in the Heaven." St Matt. v. 16.

I read these words over and over again. I felt that an explaination belonged to them, and was unable fully to penetrate their import. I was still pondering the significance of "institution", and endeavouring to make out a connection between the first words and the verse of Scripture, when the sound of a cough close behind me made me turn my head. (*Jane Eyre*, Chapter 5:81)

译文一：我看见学校大门上有一方石牌刻了字，说的是洛和园某年某月巴洛克重建，又引了几句新约的话。

我读了好几遍，觉得这几句话有个解说，正在想的时候，听见背后空咳嗽声，我看见一个女孩子，坐其石凳上看书，看得很入神。（伍光建，61）

译文二："罗沃德公益学校。——此部由本郡布罗克赫斯特府的诺米·布罗克赫斯特于纪元后某某年重建。""你们的光也当这样照在人前，教他们看见你们的好行为，便将荣耀归给你们天上的父。"——《马太福音》第五章第十六节。

我再三反复读这些文字：我觉得他们总有解释，我不能够完全明白它们的意思。我正在思索着"公益学校"这些名词的含义，并努力要了解开始的文字和《圣经》引文的联系，这时紧在身后的咳嗽声使我转过头。（李霁野，54）

译文三：劳渥德义塾。——这一部分重建于公元××××年，由本郡布洛克尔赫斯特府内奥米·布洛克尔赫斯特建造。"你们的光也当这样照在人前，叫他们看见你们的好行为，便将荣耀归给你们在天上的父。"——《马太福音》第五章第十六节。

我一遍又一遍地念这些字。我觉得这些字有一个解释，但是我却没法彻底了解其中的意义。我还在推敲"义塾"的意思，想找出第一段文字和那段经文之间的联系，这时候，紧背后响起一声咳嗽，我不由得回过头去。（祝庆英，58）

译文四：洛伍德义塾。——这一部分系于公元××××年由本郡勃洛克赫斯特府内奥米·勃洛克赫斯特重建。"你们的光也当这样照在人前，叫他们看见你们的好行为，便将荣耀归给你们在天上的父。"——《马太福音》第五章第十六节。

我反复地读着这段文字。我觉得它一定有某种含义，但却还不能完全理解其中的究竟。我还在揣摩"义塾"这两个字的意思，并且

想要弄清前面那段话跟后面所引的经文之间的关系,正在这时,背后不远处的一声咳嗽使我回过头去。(吴钧燮,47)

译文五:"罗沃德学校。——这部分由本郡布罗克赫斯特府内奥米·布罗克赫斯特重建于公元×××年。""你们的光也当这样照在人前,叫他们看见你们的好行为,便将荣耀归给你们在天上的父。"——《马太福音》第五章第十六节。

我一遍遍读着这些字。觉得它们应该有自己的解释,却无法充分理解其内涵。我正在思索"学校"一词的含义,竭力要找出开首几个字与经文之间的联系,却听得身后一声咳嗽,便回过头去,看到一位姑娘坐在近处的石凳上,正低头聚精会神地细读着一本书。(黄源深,46)

译文六:洛伍德义塾。——这一部分于公元××××年由本郡勃洛克赫斯特府内奥米·勃洛克赫斯特重建。"你们的光也当这样照在人前,叫他们看见你们的好行为,便将荣耀归给你们在天上的父。"——《马太福音》第五章第十六节。

我一遍又一遍地读着这段文字。总觉得它有某种含义,但是我不能完全理解其中的究竟。我正在揣摩"义塾"这两个字的意思,一心想弄明白前面那段文字和后面这段经文之间的关系,就在这时,紧靠背后响起一声咳嗽,我不由得转过头去。(宋兆霖,48)

在这一段中,译文三、四、六都将"Lowood Institution"译为"劳渥德(洛伍德)义塾"。"义塾"一词源于明朝陶宗仪的《南村辍耕录·双砚堂》一书,书中有这样的说法:"创义塾以淑后进。"①义塾在中国古代,指宗族之间相互支持本族贫困的读书人应考科举而建立的一种类似学校的机构,这甚至被看成是家族祠堂的责任和义务。而英语"Institution"的意义较多:有机构、组织、慈善机构等,从原著中可以看出,简·爱刚到这里来时,对这个词感到有些迷惑不解,不知其真实含义。但随着小说情节的展

---

① 来自网页 https://www.baike.baidu.com/item。

开,这个"Institution"指的是慈善机构利用慈善捐赠而创办的公益学校,与中国古代的"义塾"属于完全不同性质的机构。而多数译者几乎都是众口一词地将其译为"义塾",可见译者所属话语世界对译者翻译策略选择的潜在影响。在文学翻译中,特别是在涉及原语民族社会生活习俗的再现时,译者应有"克己"意识,克服那种"信手"从目标语话语世界中"拈来"看似相同的词语概念来代替原语词语概念的做法。采取这种做法,其实译语词语概念早已与原语词语概念有谬之千里的差别。

通过对以上对六个译文的比较分析,可以看出译者在对待原语话语世界的问题上仍然存在两种策略选择:一是向目标语话语世界靠拢;二是向原语话语世界靠拢。选择第一种策略的译者,他们往往出于照顾目标语读者的阅读理解能力的考虑,会将原语话语世界所包含的陌生物体、概念或习俗做"本土化"处理。选择这种策略有个好处:目标语读者易于理解,由此也很容易受到一些普通读者的欢迎。然而选择这种策略的坏处也很明显:读者不能通过阅读外国文学作品获得对原语话语世界的真实了解。用目标语话语世界已有的物体、概念和习俗代替原语话语世界中的物体、概念和习俗,在很大程度上不是促进文化之间的交流,而是造成了目标语读者的文化蒙蔽。选择第二种策略的译者,他们以原语话语世界为中心,以真实再现原语话语世界为己任。选择这种策略很可能会让目标语读者产生一种陌生感,而且可能使译文理解起来有一定的难度,甚至还可能觉得不如"归化"的语言那样令人感到亲切。但选择这种策略带来的好处却很明显:目标语读者可以通过这样的阅读真正提升自己的阅读鉴赏能力,了解真实的原语话语世界。翻译可以为促进文化之间的相互了解与理解提供一个场所,翻译也可以为一种文化汲取另一种文化的有益成分提供机会。一种文化在与相异的文化进行交流时,只有抱着一种平等、包容以及接纳的态度夫对待原语文化,目标语才能得到最大限度的充实与丰富。

第五章 语言差异与翻译策略的选择

　　文学的艺术价值在很大程度上体现于语言的艺术性。语言问题是文学翻译涉及的一个重要问题,这其中的道理很简单:文学以语言为物质材料,是语言的艺术。而文学翻译最终的落脚点在于不同文学文本语言之间的转换。因此,研究文学翻译难以摆脱那剪不断、理还乱的"语言学情结"。

第一节 翻译是语言差异的游戏

　　维特根斯坦(Ludwig Wittgenstein)说,语言是一种"游戏",游戏是具有一定规则性的,同时游戏也具有丰富性与多样性。德里达认为,翻译从本质上是追求语言差异的游戏。勒菲弗尔说,在文学翻译中,译者面对的是两种明显具有差异性的语言。任何翻译的培训都改变不了这种差异性,反而还会加深译者对不同语言之间这种差异性的认识。

一、语言与翻译

　　翻译从本质上说是两种语言的转换活动。从宏观上看,翻译最终实现的是不同文化之间的交流;从微观来看,翻译是通过不同语言之间的转换而达到文化交流的目的。翻译行为通过语言的媒介而进行,语言与翻译的关系密切。福西特(Peter Fawcett)曾将语言学与翻译研究之间的关系描述为"爱恨交加"①。他认为语言学是以语言研究为基本对象,实际上就是从一个方面阐述了语言与翻译的紧密关系。他说:"许多语言学家对翻译理论不感兴趣,一些翻译理论家也日甚一日地宣布语言学拿不出任何东西供翻译学借鉴。"虽然语言学也不能被视为翻译研究的"大救星",但确实"翻译中有许多东西只能通过语言学加以描写和解释"。译者"如果缺乏对语言学的基本了解,就等于工匠干活没有带全工具箱里的工具"②。在这里福西特是站在翻译家和翻译理论家的高度,阐述了语言的本体研究对翻译研究的重要性。

从翻译的目的来说,翻译最终要达到促进两种不同文化之间交流的目的,而语言是文化的重要载体,不同文化之间的交流,首先是以语言为媒介而进行的交流。语言与文化相辅相成,语言系统本身呈现出一个绚丽多姿的文化世界。从翻译的过程来看,理解是翻译的起始,理解是对文本语言的分析,是对文本包含的词、词组、句子、段落以及语篇等各种语言成分进行的分析。翻译的阐释阶段,是译者在对原文本的语言进行细致的分析理解之后,用目标语进行再现的过程。翻译自始至终都摆脱不了语言,语言贯穿于翻译过程的始终,对语言的研究也是翻译研究的永恒主题。

虽然文化学派研究翻译时注重译文产生的文化背景,主张将翻译与社会的政治、经济及意识形态等多种因素联系起来,但这一流派并不认为翻译研究应脱离语言研究。相反他们十分重视对语言的本体研究,重视语言与文化之间的密切关系。因为语言毕竟是翻译操作的主要形式,翻译的主旨是文化移植与文化交融,这一切最终都是通过对语言的操控而得以实现的。勒菲弗尔在指出翻译行为受到社会文化因素制约的同时,也看到语言,特别是两种语言的差异性对译者翻译策略选择的制约。他

① Fawcett, P. *Translation and Language*: *Linguistic Theories Explained*. Beijing: Foreign Language Teaching and Research Press, 2007:1.

② Fawcett, P. *Translation and Language*: *Linguistic Theories Explained*. Beijing: Foreign Language Teaching and Research Press, 2007:1.

将语言对译者翻译策略选择的影响放在"四因素"中的第四位,并不是要表明语言的不重要性,而旨在说明语言是翻译最后的落脚点,也是翻译必须面对的根本问题。勒菲弗尔在《文学翻译:比较文学背景下的理论与实践》一书中,用近一半的篇幅来讨论翻译所涉及的语言问题,可见语言在文化学派翻译研究中占据不可低估的地位,他们在强调翻译研究应被纳入文化研究大范畴的同时,又把翻译研究的着眼点立足于语言本体论的基础之上。

勒菲弗尔在概括 20 世纪 30 年代以来翻译研究的演进与发展进程时,对语言学派提出的"等值理论"进行了批评,他认为"等值理论"的盛行,在很大程度上导致翻译理论的停滞不前。但勒菲弗尔在批评的同时,也热情地接纳语言学派的一些可取的翻译方法,如奈达的成分分析法等。他甚至还借用行为语言学理论来分析文学翻译中所面临的语言问题,他认为语言在"言内行为"层面(locutionary level)存在的问题,是一个合格的译者早应该解决的问题。而他着重探讨的是语言在"言外行为"层面(illocutionary level)所存在的问题,也就是本雅明所说的"诗意的"语言传达之问题。

在文学翻译中,语言的问题变得更加突出。文学语言是诗化的语言,它不仅传达一定的信息内容,同时语言本身就是一种艺术形式,附载有深刻的诗学功能。俄罗斯形式主义者将语言看成是文学作品艺术性最重要的方面不无道理,在他们看来,任何语言形式在使用上的变异、反常以及语言细微之间的变化都蕴含着深刻的诗学意义。也就是说,语言技巧的使用程度是其作品文学性含量的有效测量仪。高尔基曾说,"语言是文学的第一要素"[①],他旨在强调语言对文学作品艺术性的重要性。在文学翻译中,译文作为原文在目标语社会中存在的一种形式,它首先是以一种艺术作品的形式而存在的。译文在语言上的艺术性应力求接近原文的艺术性,这需要译者对原文语言的诗学意义给予高度的重视。这也是勒菲弗

---

① 高尔基. 论文学. 孟昌,等译. 北京:人民文学出版社,1978:334.

尔把对语言的论述重点放在语言的"言外行为之力"（illocutionary
power）上的原因所在。

二、语言之间的差异

自索绪尔开创现代语言学以来，语言就被视为一种符号系统。索绪
尔认为，语言符号系统是"所指"与"能指"的结合，"所指"与"能指"之间的
关系是任意的，没有必然的关联。这种任意性是建立在语言符号的差异
性之上的。语言作为一种符号，是一个由一定规则组成的符号系统。语
言除具备符号的特征及特点之外，还是一个包括音、形、词和句的多层级
结构。更为重要的是，语言除了是一个音义结合的符号系统之外，它还是
一个特殊的社会现象，其本质就在于语言还是人类重要的交际、思维和信
息传达的工具。

虽然索绪尔重视语言符号的差异性，但他是以一种静态的、现成的和
在场的观点去看待语言符号。维特根斯坦将"语言游戏"说引入他后期的
语言哲学研究，旨在强调语言游戏的规则性以及彼此的独立性。由此，
"语言游戏"有多样性和差异性，这是由生活的丰富性、多样性所决定的。
这种观点暗示不同文化之间的交流也是一种语言游戏，不同游戏中语言
使用的规则不同，由此在多样性与差异性的基础上又增加了不确定性。
德里达将时间的维度引入差异，从而解构了差异的永恒在场，使它变成一
个动态的生成过程。在德里达看来，差异总是正在到来，而不是已经规定
好了的差异。

正因为人类语言的多样性及差异性，才使翻译成为　种必要的和可
能的行为。翻译的基础是"他者"之"异"，差异保证了一种语言同另一种
语言的接触，而翻译又使语言之间的差异性凸显出来。因此，德里达提出
"延异"（differance）的概念，实际上他是突出强调语言的差异性。在他看
来，"各种语言在语义、句法和语音上的差异造成各不相同的表意方式"，

而"翻译就是在永不休止的分析中摆弄差异"①。当然这种摆弄差异的方式被德里达赋予浪漫主义的诗化倾向,他用"爱的交往"以及"深情款款"等用语来指明翻译应该"抛开理性的束缚,在保持对方完整性和整体性的情况下,敞开心扉用真情去接纳它"②。这意味着翻译不仅需要了解两种语言之间的差异,更应显示这种差异性,突出这种差异,翻译简直就是语言差异性的游戏。

第二节 英汉两种语言差异简述

对不同的语言系统进行对比,必然涉及构成语言系统的语音、词汇、句法以及语义等子系统。进行语言本体性研究,可以进一步揭示语言系统内部诸要素的组织规律。但本章并不着重于对英汉两种语言的三个子系统做详细的语言学对比研究,而是要通过指出两种语言在这些方面存在的差异,突出正是这些差异性对译者翻译策略的选择形成不同程度的限制,着重讨论译者采取了怎样的策略进行有效的弥补,以便取得与原文语言具有的同等艺术审美价值。

一、语音层面的差异

英汉两种语言的语音系统在音位、重音、声调、音渡和语调等方面存在很大的差异。首先英语是表音文字(alphabetic script),而汉语是表意文字(ideographic script)。汉语语音具有一字一音,一韵多字的特点,绝大多数汉字是由声母加韵母拼合而成。从押韵的角度来看,汉语中有三十六个韵母,实际为十七个韵脚,比较容易找到押韵的字。汉语还存在声母和韵母完全相同的的同音字,一音多字的现象也比较普遍。英语的词是由一个或多个字母拼写而成,因此,它的语音绝大多数都是双音或多音

---

① 转引自:郭建中. 当代美国翻译理论. 武汉:湖北教育出版社,2000:177.
② 转引自:乔颖. 趋向"他者"的翻译. 开封:河南大学博士论文,2008:165.

节。从押韵的角度来看,虽然相对于汉语的同韵字来说,英语的同韵词和同音词少得多,但是英语除押尾韵外,还有头韵(alliteration)、元韵(assonance)、谐韵(consonance)等多种押韵方式。

汉语在语音上的特征使它也具有自己的优势:在使用数目相等的字词时,上下句之间能在形式上保持完全对称。因此,有声调的平仄和语义上严格对仗的诗歌词赋,表现出形式上高度的对称美。汉语一音一义、一字一韵、韵少字多、一韵多字的特点又使得它的同韵字数量较大,从而增加了韵脚的选择范围。加之汉语声调种类多,使汉语读起来富于音韵变化、抑扬顿挫,充满节奏感和韵律感,在很大程度上增强了语言的艺术感染力。

英语作为一种拼音文字,语言使用起来婉转轻柔、流畅自如,极富音乐感。英语的韵律规则,主要通过三个要素来实现:一是音步,即由两个音节组成,有时可由三个音节组成的分析单位;二是格律,即每个音步内各音节的轻重发声模式,主要有抑扬格、扬抑格、抑抑扬格、扬抑抑格等;三是尾韵,即最后一个音节的发音押韵。

英语的节奏规律是以重音为主干,轻音为陪衬,轻重音交替出现,且每个重读音节基本上是等时距地出现。虽然汉语的音节也有轻重音之分,但远不如英语那样明显和重要。汉语一字一音,使音节整齐对等,较多运用双声、叠韵、叠音、四字格词语等来取得语言的节奏感。英语除鲜明的节奏感之外,还有语调的高低起伏之分,能对原有的词汇语法造成如感情及态度等意义上的变化。于是,英语在语音方面的音乐美如行云流水,连绵不断的特点也形成自己语言的独特风格。

二、词汇层面的差异

在语言的三大子系统中,词汇系统与文化的联系较为紧密。词汇的变迁表现一个国家和民族在政治、经济、文化以及艺术等领域的演变过程,词汇系统的发展也蕴涵着深刻的文化内涵并烙上深深的历史痕迹。由于英语和汉语分属印欧语系(Indo-European family)和汉藏语系(Sino-

Tibetan family)两个不同的语言系统,因此,它们在词义和词法上都有很大的差别。由于英语属于拼音文字,因此单词与意义的关系不密切,在词的形态上有明显的性、数、格的变化。在词语的构成上,词缀法是英语构词的灵魂和核心,表现出强劲的形合特征。而汉语则主要由会意字和形声字(形符和声符)构成,属于表意文字,文字与意义之间有一定直接的联系。汉字没有加缀的形态机制以及外在的屈折变化,汉语逐渐形成以语义为重的意合组织方式。

汉语的每个字都有特定的、明确或不明确的意义,绝大多数汉字可以和其他汉字通过多种组合方式而生成新词。因此,汉语具有极强的构词能力。英语的词除了旧词增添新义和旧词合成新词外,主要还是依靠新创来形成新词。虽然汉语是一字一义,但是同音异义词(homophone)、同形同音异义词(homonym)以及同形异义词(homograph)较多。虽然英语也有这样的词,但是一词多义是英语的普遍现象。因此,在很多场合下,词的语义比较活跃且丰富多彩,只能根据特定的语境来判别其义。英语在其历史的演进历程中吸入大量的外来语,因此,英语的同义词和近义词较多,表明英语具有极大的包容性和开放性。相比较而言,汉语词义严谨,词的含义范围比较窄且比较精确固定,词义的伸缩性和对上下文的依赖比较小,独立性比较大。

从传统的词汇学角度来说,词义包括概念意义和内涵意义。概念意义(conceptual meaning)就是词汇的最基本意义,是语言符号所代表事物的基本特征的抽象概括,常视为词语在字典中的定义或释义。所谓内涵意义(connotative meaning),是隐含于或附加在概念意义上的意义。社会、群体或个人都可以使一个词附载一定的内涵意义,有时还可能是很不相同的内涵意义。美国符号学家莫里斯(Charles Morris)将词义进一步划分为三种意义:指称意义(referential meaning)、语内意义(intralingual meaning)以及语用意义(pragmatic meaning)。其中词的语用意义与词的联想意义相关,因而有些词会具有深刻的文化内涵。例如,在英语中有些动物词汇的文化内涵意义在汉语中却是没有的。英汉两种语言词义对应的情况大致可归纳为以下四种:完全对应、部分对应、完全不对应以及交叉对应等。英语中有些词义可以在汉语中找到完全对应的词义,但这仅局限于一些科技术语和专有名词。部分对应包括两种情况:一是词的概念意义部分对应;二是词汇的内涵意义或语用意义有差异。不对应的情况主要是指"词汇空缺",造成这种现象的原因主要是民族文化的差异性。交叉对应的情况,是因为英语一词多义的现象比较普遍。要判断多义词的确切意义,需要依据上下文语境才能确定,而且有可能该词义分别对应于汉语的几个不同的词或词组。

三、句法层面的差异

在谈到英汉两种语言在句法层面的差异时,英语注重形合(hypotaxis)与汉语注重意合(parataxis)的特征,常常被看作是两种语言在思维、句式结构上的重要区别特征。汉语重"意合",而英语重"形合",这样的论断似乎已得到很多语言学家的广泛认可。洪堡特是在西方语言学史上第一个真正从语言学角度来对汉语进行研究的外国语言学家,他通过对汉语语法进行具体的分析,提出很多独特的看法,其中最重要的观点就是汉语重意合,印欧语言重形合。他认为,汉语不依靠形式来联结句子,而是在思想中联结语言的诸要素。著名语法学家王力在谈到汉语的意合特征时,曾这样说道:"句子与句子的关系,在中国语里,往往让对话人意会,而不用连词。"[1]实际上英汉两种语言的这种差异,反映了两个民族在思维方式上的差异。

"主语—谓语"结构和"话题   说明"结构也被看成是英汉两种语言在句法层面上的另一个重要区别,这实际上也从另一个侧面进一步揭示出两种语言形合与意合的特征。按照夸克(Randolph Quirk)对英语基本句型的划分,英语句型可分为七种:SV、SVO、SVC、SVS、SVO$_i$O$_d$、SVOC、SVOA。这七种句型的共同之处是都有SV(主语 + 谓语),由此可见"主

---

① 王力. 王力语言学论文集. 北京:商务印书馆,2000:332.

语—谓语结构"是英语的基本句型,而且这种结构具有"强制性",也就是说英语句子的主语和谓语是不可或缺的,而且必须在性、数、格等方面取得一致,表现出显性的特征。这也是为什么说英语语法更具有"刚性",相对而言,汉语语法则显得较为"柔性"。

李讷和汤普森将这一语言现象做了进一步的分析,他们认为英语是"主语—谓语结构"的语言,而汉语是"话题—说明结构"的语言。根据话题和主语的特点,李讷和汤普森把语言的结构分成四种类型:主语突出(subject-prominent)的语言、话题突出(topic-prominent)的语言、主语和话题同样突出的语言以及主语与话题都不突出的语言,他们指出:汉语属于话题突出的语言,英语等印欧语的语言属于主语突出的语言。①

因此,汉语拥有大量的无主句,也无所谓主谓语之间在性、数、格等方面的约束性。汉语是语义型语言,话题与说明的重点在语义上而不在结构上。因此,句法结构显得比较松散,属于"话题—说明结构"语言。徐通锵认为汉语的这种"松散"的背后折射出汉民族的本质:"实际上就是汉语社团'比类取象''援物比类'的思维方式的一种反映。"②

英汉两种语言还有一个区别,就是在英语中被动语态的使用广泛;而汉语的被动语态却使用较少,仅局限于受事者需要突出强调时。一般说来,主动语态是语言中更基本、更常见以及更自然的结构。而被动语态则是有标记的、非常态的结构。这一特点在汉语中体现得非常明显。由于西方人重视科学性、理性并强调事物内在的逻辑性,因而在语言运用中被动语态的使用范围较广。凡是在不必或不愿说出或无从说出施动者的情况下,为了便于上下文连贯或为了强调动作的承受者等场合,英语常常都用被动语态。

---

① Li,C.N. & Thompson,S. *Subject and Topic:A New Typology of Language*. New York:Academic Press,1976:23.
② 徐通锵. 语言论——语义型语言的结构原理和研究方法. 长春:东北师范大学出版社,1997:426.

第三节 《简·爱》汉译本对待语言差异的翻译策略选择

由于两种语言存在着差异,因此,原语语言具有的诗学功能及审美意义很难在另一种语言中得到完美的传达和再现。这不仅需要译者具有敏锐的审美鉴赏能力,还需要他能对两种语言的特征及差异性有足够的认识并具有十分娴熟的双语运用及转换能力,只有这样他才能创造性地通过语言的转换与变通将原语具有的审美功能移植或再现在目标语中。文学翻译的一个重要目的,是在目标语中生成一个与原作相关的艺术作品,再现出原作构建的艺术意境,使目标语读者能够获得与原语读者相同的启发、感动和美的享受。正如本雅明说的那样,翻译只有"不遮挡原作的光芒",保持原作"诗意的"成分不丢失,才能真正完成译者的任务,这也是文学翻译的本质所在、精髓所在。

勒菲弗尔在论述语言对译者翻译策略选择的制约性时,主要从译者在面对原作的"言外行为之力"方面着手。语言使用的各种修辞手法(技巧)最能表现语言的"言外行为之力",因此,我们从《简·爱》原著语言使用的修辞手法方面着手,分析译者如何处理语言之间的差异,如何创造性地将原语具有的修辞功能在汉语中得到再现。由于译者选择不同的翻译策略,所以取得的诗学效果也不一样。修辞学有三大功能层面,即修辞手法(技巧)、修辞诗学和修辞哲学,这三大功能层面相互交叉、相互转换,因此,在文学作品中使用修辞手法,可使文学作品的艺术性和思想性变得浑然一体,达到水乳交融的境地。英语修辞的种类很多,但总体上可分为音韵修辞格(phonological rhetorical devices)、词义修辞格(semantic rhetorical devices)和句法修辞格(syntactical rhetorical devices)等三大类。在本节我们也着重从这三面来分析译者是如何传达与再现原著语言使用的修辞手法的。

一、音韵修辞格与翻译策略选择

所谓音韵修辞,是利用词语的语音特点创造出来的修辞手法。尽管英汉两种语言的语音区别很大,但两种语言都有各自的音韵修辞格。例如,汉语中的双声、叠韵、拟声、反复、顶真、回文等;英语中的头韵(alliteration)、元韵(assonance)、谐韵(consonance)、反复(repetition)以及象声词(onomatopoeia)等,它们都是利用各自语言在语音上的特点而创造的修辞格。汉语的双声(声母相同)和叠韵(韵腹和韵尾相同)在语言中的运用,能使语言读起来朗朗上口、铿锵有力,增强语言表达的节奏感和韵律美。英语中的头韵、元韵、谐韵是英语诗歌的主要押韵形式,随后它们逐步成为各种体裁文学作品使用的主要修辞手法。

作为世界经典文学名著,《简·爱》最令人不可忘却的还应该是作品极富"诗意的"语言。虽然一直以来这部小说都被公认为现实主义的力作,毫无疑问小说对社会现实的揭露与批判堪称痛快淋漓,对人性中散发出的美与善发出由衷的赞叹,对真正的爱情是那样热烈的追求并致以诚挚的祝福,但是《简·爱》极富诗意化的语言更是小说一道最为亮丽的风景线。无论是对自然景物情景交融的描写,还是人物之间富有哲理的精彩对白,夏洛蒂都以一个女作家特有的细腻笔触,用诗一般灵动的语言构织。不仅如此,原著的语言还充满象征性,昭示出耐人寻味的深邃寓意。正因如此,翻译这样的文学作品,无疑对译者的语言运用能力和审美鉴赏能力提出更高的要求。

例 5.1: The flame flickers in the eye; the eye shines like dew; it looks soft and full of feeling; it smiles at my jargon: it is susceptible; impression follows impression through its clear sphere; where it ceases to smile, it is sad; an unconscious lassitude weighs on the lid: that signifies melancholy resulting from loneliness. (*Jane Eyre*, Chapter 19:229)

译文一:"眼光不定,或光或暗;发光的时候,是清如朝露;眼神温柔,是富于感情的;听我这种话,两眼发笑;知觉是很灵的,易受印象;不笑的时候,眼神很惨;不知不觉的眼皮就有倦色,这是表示独居无聊,觉得愁闷。(伍光建,285)

译文二:火焰在眼里闪烁;眼睛像露水一样闪光;它看来是又温柔又充满了感情的;它对我的莫名其妙的话微笑;它有感受性;印象随着印象从它明亮的眼球上经过;停止微笑时,它是忧伤的;眼皮上重压着一种无意识的厌倦;这表示着从孤独发生的忧伤。(李霁野,241)

译文三:火焰在眼睛里闪烁;眼睛像露珠般发亮;它看上去既温柔又富有感情;它对我的隐语微笑,它容易感动;一个接一个的印象透过它晶莹的球体;微笑一停,它就露出忧伤;不知不觉的倦怠使眼皮变得沉重,意味着孤独引起的抑郁。(祝庆英,261)

译文四:火光在眼里闪烁,眼睛像露珠般发亮。它看来既温柔又富于感情。它对我的隐语露出微笑。它很敏感,一个接一个的印象闪过它清澈的眼珠。微笑一旦隐去,它就显得忧伤。倦眼惺忪,不知不觉流露出了没精打采的情绪,表明着由于孤独而引起的抑郁。(吴钧燮,214)

译文五:火焰在眼睛里闪烁,眼睛像露水一样闪光;看上去温柔而充满感情,笑对着我的闲聊,显得非常敏感。清晰的眼球上掠过一个又一个印象,笑容一旦消失,神色便转为忧伤。倦意不知不觉落在眼睑上,露出孤独带来的忧郁。(黄源深,201)

译文六:火焰在眼睛里闪烁,眼睛像露珠般发亮。它看起来既温柔又富有感情;它对我唠叨露出微笑;它很敏感,一个接一个的表情闪过它晶莹的眼珠;微笑一旦停止,它就显得忧伤;一种不知不觉的倦怠神情,使眼皮变得沉重,意味着孤独引起了忧郁。(宋兆霖,211)

这一段是罗切斯特假扮成一位老妇人给简·爱算命时的一段描写,是对眼睛和眼神的描写,语言灵动,富有诗意。原句多处采用音韵修辞格,使原文语言读起来优美动听,富有音乐般的节奏感与韵律美。文中的

"flame flickers""full of feeling"是头韵,"clear sphere"是元韵。第一个分句末的"the eye",与紧接着第二个分句的开头"the eye"的重复使用是反复修辞格。第八个分句的"sad"和第九个分句的"lid"押尾韵。这一段包含有多个以及多种音韵修辞格,要将原句蕴含的审美价值,也就是说语言的"言外行为之力"在汉语中得到完美无缺的再现,无疑会让译者感到难度较大,译者很难将原语具有的诗学特征在汉语中得到毫无损耗的再现。尽管如此,译者还是可以克服两种语言差异性的障碍,采取一些相应的"补偿"措施,来弥补原句诗学价值在转换过程中的损耗。

英语的头韵是指两个或两个以上的单词或词组连在一起,其首字母相同,这样的语言表达可以达到形式整齐、声音悦耳动听的审美效果。汉语的"双声"与英语的头韵有相似之处,但双声修辞手法的作用远远不能与头韵相比。英语的头韵所达到的音韵美与节奏感,很难在汉语中找到对应的词。因此,在翻译时,译者往往需要不拘泥于原文语言的形式,着眼于语言所取得的诗学效果,在传达原文意义的同时,尽量也传达出原文语言具有的音韵之美和节奏之感,避免原句的诗学功能在语言转换中丢失。因为,在文学翻译中,语言的信息功能与审美功能同等重要。

译文二和译文五采用汉语的两个双声词——"闪烁"与"闪光",显得形式整齐并具有韵律美和节奏感,在一定程度上取得了原句的诗学效果。相比较而言,在再现原句的诗学意义时,译文五的译者下了一番功夫。译者通过"闪烁"与"闪光"、"忧郁"与"忧伤"等词在第一个词素上的相同,形成语言的均匀对称之美;同时"闪光"与"忧伤"押尾韵,于是整段话读起来朗朗上口、悦耳动听,在很大程度上弥补了汉语无法完整再现英语头韵这种修辞手法而造成的诗学功能损耗。

在文学翻译中,如果译者能够正视两种语言在语音方面的差异,虽然无法完全再现原作语言的音韵修辞手法,但可以充分发挥目标语语言的韵律特色,巧妙地采取一些弥补措施以取得与原语异曲同工之妙的审美效果,在一定程度上弥补语言在转换时造成的审美意义和诗学价值的损耗。原句有两次重复"the eye",语言上下相互呼应,达到增强情感、突出主题的作用,同时也增强了句子的韵律美和节奏感。译文三、译文五以及译文六通过在句子中重复相同词组"眼睛",来再现原句形式上和韵律上的美。译文二和译文四却没有做这样的重复,而是将原文的两个"the eye"分别译成"眼里"和"眼睛",虽然意义没有太大变化,但却丧失了原文的修辞功能,仅一字之差就可能造成原句的诗学意义丢失。

在学术界有一种观点认为,语言所具有的韵律、节奏等美感特质不可能跨越语言和文化进行无损耗的移植,故而这些审美特质会在翻译中流失,这纯属正常现象。但是语言的韵律又是文学作品具有较高诗学价值的方面,这方面的特质在语言转换过程中的损耗又会消减作品本身具有的艺术性。王尔德(Oscar Wilde)认为,一个伟大作家的特质就应该善于使用语言具有音乐性的韵律特征。因为,在真正的艺术家手里,韵律不仅仅是格律美中的物质元素,它"也许会唤起一种崭新的情绪,或激起一连串新颖的念头,或仅仅通过声音的甜蜜和暗示就推开某扇黄金之门,那门曾被想象力徒劳地叩敲过;韵律,它可以把人的表达转化成上帝的语言……"①。王尔德在这里强调了语言的韵律对构成作品艺术性的重要作用,那么优秀的译者就应该正视语言的这种差异,而有必要创造性地再现出原语具有的这种诗学特征。

汉语作为一种诗性语言,在中国传统诗学中非常重视语言表达的音韵和节奏美,在文学翻译中,译者若能充分发挥汉语的特点,也可使译文具有与原文同样的诗学价值。如果仅囿于原文语言,硬要在目标语中再现原文的修辞手法也很不现实。可是因为其难而不为,没有把文学作品的"精髓"传达出来,也只能被称为本雅明所说的"非本质"的翻译。我们认为,如果将这一段描述作如下翻译,也许能减少原文语言诗学功能的损耗:

火焰在眼睛里闪烁,眼睛如露珠般闪亮,显得柔情脉脉,它微笑

---

① 王尔德. 谎言的衰落——王尔德艺术批评文选. 萧易,译. 南京:江苏教育出版社,2004:93.

面对我的闲聊;是那样的情感丰富,澄澈的眼球上接连掠过不同的印象;微笑一旦消失,眼睛就露出悲伤。倦意蓦然落在眼睑上,流露出孤独带来的忧伤。

例 5.2:A rude noise broke out on these fine ripplings and whisperings,at once so far away and so clear:a positive tramp, tramp, a metallic clatter, which effaced the soft wave-wanderings;as, in a picture,the solid mass of a crag,or the rough boles of a great oak,drawn in dark and strong in the foreground, efface the aerial distance of azure hill,sunny horizon,and blended clouds,where tint melts into tint.(*Jane Eyre*,Chapter 12:143)

译文一:这时候,不独听见马蹄声,还听见有东西在树林里乱窜的声音,还看见是一个有黑有白的东西,原来是一只长毛大头的狮子狗,在我身边走过,随即看见一匹高大马,马背上有一个人,我看了,晓得并不是什么怪物。(伍光建,150)

译文二:一阵突然而来的猛烈声音,那样辽远而又那样清楚,打破了这些微妙的波浪的低吟;这确是阵阵踏地声,是金属的得得声,它将轻微的浪声抹杀了,就如同在一张图画之中,那大堆的峻岩,那大橡树的粗干,又黑又粗画在前面,把那有着碧蓝色的山,晴朗的地平线,色彩互相混合的有云的远方,给抹杀了一样。(李霁野,132)

译文三:一种粗重的声音,遥远而清晰,打破了这委婉的汩汩声和低语般的喃喃声,一种确确实实的脚步声,一种刺耳的得得声,把轻柔的水波流动声盖住了,犹如在一张画中,大块的巉岩,或者大橡树的粗硕树干,用暗色画出来,在前景显得十分强烈,把青翠的山峦、明丽的天际和色彩相互渗透、混合而成的云朵组成的茫茫远景压倒了一样。(祝庆英,142)

译文四:一阵突如其来的闹声,既遥远又清晰,打破了这种轻柔悦耳的水流和风鸣。那是一种沉重的吧嗒、吧嗒和刺耳的得得声,它淹没了轻柔的声波荡漾,犹如在一幅图画中,浓墨重彩地画在前景的大块山岩,或者一颗大橡树的粗大树干,使得缥缈的远景中那融为一体的青翠山冈、明朗天际和斑斓云彩全都黯然失色了一样。(吴钧燮,117)

译文五:一个粗重的声音,冲破了细微的潺潺水声和沙沙风声,既遥远而又清晰:一种确确实实的脚步声,刺耳的喀嗒喀嗒声,盖过了柔和的波涛起伏似的声响,犹如在一幅画中浓墨渲染的前景——大块巉岩或者一棵大橡树的粗壮树干,盖过了缥缈的远景中融为一体的青翠的山峦、明亮的天际和斑驳的云彩。(黄源深,110)

译文六:突然间,从远处传来一阵清晰的嘈杂声,打破了这优美动听的淙淙声和潺潺声。那是一种沉重的践踏声,一种刺耳的得得声,它淹没了轻柔的声波荡漾,犹如在一幅图画中,用浓墨重彩在前景画上大块巉岩,或者是粗大的橡树树干,而把青翠的山峦、明丽的天际和斑斓的云彩构成的茫茫远景给压倒了。(宋兆霖,115)

这一段是罗切斯特首次出场时的情景描写,作者使用了多个象声词,例如"ripplings, whisperings, tramp, clatter, wanderings"等,绘声绘色地描绘出罗切斯特的出现打破大自然的静谧与和谐,凸显出男主人公形象的粗犷与性格的强势,使人读到这里有如闻其声、如临其境之感。译文一和译文二主要注重信息内容的传达,而未能使这些象声词在译文中得到模拟和再现,因此,将原语具有的形象逼真、如临其境的诗学功能丢失。译文三、译文五以及译文六都利用英语与汉语在修辞上具有的共性,借助译者的艺术想象力将原文语言的诗学特征再现出来,收到很好的艺术效果。其中译文五使用的"潺潺水声和沙沙风声",表现出译者具有相当高的艺术想象力,将英语的两个象声词"ripplings, whisperings"再现得栩栩如生。相比较而言,译文四虽然也利用汉语的象声词来模拟再现原文的部分象声词,但由于译者缺乏艺术想象力,没有将原文中的"ripplings, whisperings"等象声词再现出来,造成原语包含的诗学功能亏损。

当然,我们在进行文学翻译时,要想将原文语言蕴含的修辞技巧再现出来,译者需要充分发挥艺术想象力,创造性地再现原语使用的修辞手法。取得与原文相同的诗学功能是值得称道的。因为,艺术需要想象力,也同样需要创造力。

例 5.3:I hated it the first time I set my eyes on it—a sickly, whining, pining thing! It would wail in its cradle all night long—not screaming heartily like any other child, but whimpering and moaning. (*Jane Eyre*, Chapter 21:260)

译文一:这孩子又多病,又好哭,我一看见了就生气。这孩子终夜的哭——不是同别的孩子们大哭一场,就罢了,她却是终夜的哼。(伍光建,338)

译文二:我第一次看见她时就憎恶她——一个哭哭啼啼的、消瘦的病东西!她整夜在摇篮里啼叫——并不像其他孩子一样拼命哭嚷,却只呜咽呻吟着。(李霁野,281)

译文三:我第一眼见到她就恨她——一个病恹恹的、哭哭啼啼的、瘦小的东西!整夜在摇篮里呜咽,不像任何别的孩子那样痛痛快快地号叫,而是呜呜咽咽、哼哼唧唧。(祝庆英,302)

译文四:我第一眼看见她就厌恶透了,——一个哭哭啼啼、病恹恹、瘦巴巴的小东西!她会整夜在摇篮里哭个不停,——不像所有别的孩子那样痛痛快快地大哭,而是老抽抽搭搭、哼哼唧唧。(吴钧燮,248)

译文五:我头一回见了便讨厌她——完全是个哭哭啼啼身体有病的东西!她会在摇篮里整夜哭个不停——不像别的孩子那样放开喉咙大哭,而是咿咿呀呀,哼哼唧唧。(黄源深,231)

译文六:我第一眼看到那孩子就厌恶透了——一个病恹恹的、瘦巴巴、哭哭啼啼的小东西!她会整夜在摇篮里哭个不停——不像别的孩子那样痛痛快快地放声大哭,而是一个劲儿地呜呜咽咽、哼哼唧唧。(宋兆霖,243)

这一段叙述里德太太临终前召见简·爱时,终于说出自己一直以来不喜欢简·爱的原因。里德太太在叙述她这种厌恶之情时,使用两个象声词"whimpering"和"moaning"。译文一和译文二没有将原文中的这两个象声词用汉语再现出来,因而造成原文语言的诗学价值损耗,也削弱了原文语言表达所承载的强烈感情意蕴。译文三、译文四以及译文六不仅使用汉语的双声叠字或四字结构来再现原文语言具有的诗学功能,而且也传达出里德太太个人的主观情感色彩。虽然译文五也创造性地在目标语中再现原文语言的修辞手法,极力传达出原语的审美信息和情感色彩,但由于译者在这里更多采取意译的方法,加上译者用词不够准确,造成词语情感色彩的变味,因而导致原语诗学价值的损耗。因为,在汉语中的"咿咿呀呀"并不常用于表示悲切的呜咽,而更多时候表示小孩子咿呀学语的萌态与笑闹之情。路遥在《平凡的世界》里有这样的描述:"全村大人娃娃,说说笑笑,咿咿呀呀,手舞足蹈,都穿上了自己最体面的衣裳,纷纷走出家门。"[①]充分说明该四字结构通常表达一种欢快之情,而较少表达一种悲切之情。

二、词义修辞格与翻译策略选择

词义修辞格主要指借助词义的联想和语言的变化等创造出来的修辞手法。它们主要包括明喻(simile)、暗喻(metaphor)、典故(allusion)、转喻(metonymy)、移就(transferred epithet)、拟人(personification)、夸张(hyperbole)、反讽(irony)、委婉(euphemism)、双关(pun)以及矛盾修辞法(oxymoron)等。在这里,我们选取一些在《简·爱》中作者使用的词义修辞格,但译者在翻译时迫于两种语言的差异未能在目标语中得以成功再现,或感觉再现起来有一定难度的片段作为本小节讨论的重点。

转喻是文学作品中常用的修辞方法之一,通常指当两个事物之间不相类似,但有密切关系时,可以用一个事物的名称来取代另一个事物的概念,这种密切关系是通过"联想"而获得的。这种修辞手法可以用含蓄的

---

① 路遥. 平凡的世界:第一部. 北京:北京十月文艺出版社,2017:407.

方法表达深厚的情感,取得简洁明了和形象生动的诗学效果。由于转喻是一种认知现象,是人类基本的思维方式和认知方式,因此,作为认知手段和语言手段的转喻也是特定文化的产物。译者在翻译过程中有可能会丢失和省略或增添某些信息,用以解释原文中的转喻信息。

例5.4:"Nor do I particularly affect simple-minded old ladies. By and by, I must have mine in mind; it won't do to neglect her; she is a Fairfax, or wed to one; and blood is said to be thicker than water." (*Jane Eyre*,Chapter 14:161)

译文一:"没甚知识的老太太们,我也不甚欢喜。我想起来了,我不应该使弗菲士太太过于冷落,她同我还有点亲戚。"(伍光建,176)

译文二:"我也不特别假装喜欢头脑简单的老太太。顺便说一下,我这位老太太我心里一定不能忘记的;忽略了她可不成;她也是一位费尔法克斯的,或是嫁给费尔法克斯的人了;有人说有血统关系的人比外人要亲昵。"(李霁野,155)

译文三:"我也不太喜欢头脑简单的老太太。顺便提一下,我得把我的那一位放在心上,她可怠慢不得;她是个姓菲尔费克斯的,至少嫁过一个姓这个姓的;据说,亲人要比外人亲。"(祝庆英,168)

译文四:"我也不太喜欢那些头脑简单的老太太。说起来,我可得想着点儿我的那一位,怠慢了她可不行,她是费尔法克斯家的人,至少嫁过一个这家的人,而据说自家人总比外人亲嘛。"(吴钧燮,138)

译文五:"我也不特别喜爱头脑简单的老妇人。话得说回来,我得想着点儿我的那位,她可是怠慢不得,她是费尔法克斯家族的,或是嫁给了家族中的一位,据说血浓于水。"(黄源深,129)

译文六:"我也不喜欢那些头脑简单的老太太。说起来,我可不能忘记了我那位老太太,她可怠慢不得,她毕竟是个费尔法克斯家的人,至少是嫁过一个这家的人。据说,自家人总比外人亲嘛。"(宋兆霖,135)

在这一段里出现一个英语谚语"blood is said to be thicker than water"，表明有血缘关系的人总比没有血缘关系的人更亲。作者在这里采用的是转喻修辞手法，不仅阐明一个深刻的道理，同时在语言表达上也具有简洁生动的诗学功能。在六个译文中，译文一只译出部分信息内容，而完全忽略原语的诗学价值。译文二、译文三、译文四以及译文六均采取意译方法只传达出原文语言的信息内容，而对作者采用的修辞手法似乎视而不见。原因在于译者在面对语言的差异时，一味屈从于汉语倾向于笼统、模糊的表达习惯，而将原语本身具有的诗学功能完全丢失。只有译文五的译者采取"移植法"直接将原文比喻的说法再现在汉语中，不仅传达出原文语言的诗学效果，同时也丰富了汉语语言表达，可以说是由于译者选择直译的翻译方法，而取得一举两得的好效果。

当然，在传达原文语言的修辞效果时，有时采取完全移植法不一定能够取得好的诗学效果，那就需要译者结合具体的上下文语境，采取直译与意译相结合的方法，适当加以灵活变通，使原文语言的信息内容和诗学效果均在汉语中得到再现。

例 5.5：Good fortune opens the hand as well as the heart wonderfully；and to give somewhat when we have largely received，is but to afford a vent to the unusual ebullition of the sensations.（*Jane Eyre*，Chapter 34：415）

译文一：我既然走了财运，不能就无所表示的，同学生们分手。一个人有了余财，分惠些出来，是觉得高兴的，学生们都是很喜欢我的。（伍光建，587）

译文二：好运气使心开畅了，也使手大方了；而且收入很多的时候，分出去一些，只是给异常沸腾的感觉找一个出口。（李霁野，480）

译文三："幸运"奇妙地使人心胸开阔，也使人手面阔绰；把自己大量获得的东西分一些给别人，那只是让不平常的激动心情有一个出口。（祝庆英，510）

译文四：交好运不但使人心胸开朗，同样也使人手面变得出奇地

阔绰起来。把我们大量获得的稍稍分给别人一点，只不过是让不寻常的心情激动有个宣泄一下的机会罢了。(吴钧燮,423)

译文五：交上好运不但使人心境愉快，而且出手也格外大方了。我们把大宗所得分些给别人，是为自己不平常的激动之情提供一个宣泄的机会。(黄源深,393)

译文六：交上好运不但使人心胸开朗，也使人手头出奇地大方起来。在我们有大宗所得时，拿出一点分给别人，只不过是让不寻常的激动心情有个发泄的机会罢了。(宋兆霖,413)

原著中的这一句"Good fortune opens the hand as well as the heart wonderfully"也包含转喻修辞手法。用"手"形象地表示花钱，而用"心"寓意愉悦的心情。译文一没有将这句的修辞手法译出来。译文二虽然采取直译方法，但由于语言处理不当，使译语读起来有些拗口，未能取得与原语同样的诗学效果。译文三、译文四及译文六使用的语言稍显冗长，体现不出原文使用转喻修辞手法而达到的语言紧凑、简洁之美。相比较而言，译文五采用直译与意译相结合的方法，将"心"与"手"两个词相关联的部分再现出来，而且语言也显得较为紧凑与简洁。但不足之处是，译者受汉语动态语言的影响，硬要将"good fortune"采用动态化的表达方式译为"交上好运"，而且后一句的翻译也失掉原句比喻用法的生动性。基于以上的分析，我们认为，如果将这段做这样的翻译，也许更能再现原句具有的诗学特征：

好运气不仅奇妙地令人心胸开阔，也使人出手变得大方。当我们得到很多时，适当地给予他人，也是为自己的满腔热忱找到一个宣泄口。

不同语言拥有对自己语言的巧妙运用，双关语就是这样一种语言的巧妙使用，它是语言艺术殿堂里的珍品。英语的双关语在语言的实际运用中具有悠久的历史传统，据统计，莎士比亚的戏剧及诗中共发现三千多条双关语，可以说他的每一出戏剧中都会使用大约七十多条双关语。据说要真正领悟到莎士比亚艺术的绝妙有很多密钥,欣赏他作品中的双关语就是其中的密钥之一。在英国文学史上,双关语的使用最为兴盛的三个时期是:文艺复兴时期、19世纪以及20世纪,这三个时期都是英国文学的繁盛时期。因为,伟大的文学必然发端于对词的大量和大胆的使用尝试,双关语就是这样一种文字游戏(play on words)。在《简·爱》中,夏洛蒂在多处使用双关语,这些双关语的巧妙使用,不仅体现出作者对语言游刃有余的驾驭能力,它们还如同璀璨夺目的宝石闪耀在《简·爱》语言的字里行间,增强了原著语言的艺术表现力和感染力。

按照英语的修辞划分,英语的"pun",大致可分为谐音双关(paronomasia)和词义双关(antanaclasis)两类。前者是用"同音异义的词构成双关",也有人将其称为"Homophonic Pun"(谐音双关)。使用这种双关的目的是"使语言新鲜活泼,诙谐有趣,能收到滑稽幽默、冷嘲热讽、生动有力或醒目的效果"①。后者又可称为"Homonymic Pun"(同词异义双关),是"利用某些词的多义现象,在一定的语境中,将原本表示彼义的词用来表示此意,并使这两种意义互相关联起来",以"增加语趣,给人以新鲜感,使语言别开生面、生动活泼"②。

汉语的双关和英语的"pun",在格式和修辞作用上都大致相同,都是"一个词语同时关涉着两种不同事物的修辞方式"③。或者说,是"有意识地使同一词或同一句话,在同一个上下文中,兼有两层意思"④。汉语的双关同样可分为"谐音双关"和"语义双关"两类。

双关语被认为是一种文字游戏,主要是因为这种修辞手法是高难度语言使用技巧的体现。双关语的传译自然难度也十分大,长期以来关于它的可译性一直受到许多翻译家和翻译理论家的质疑。尽管许多学者也提出过一些策略和方法并在实践中也做过大量的尝试,但这种质疑并没

---

① 徐鹏. 英语修辞. 北京:商务印书馆,1996:479.
② 徐鹏. 英语修辞. 北京:商务印书馆,1996:458.
③ 陈望道. 修辞学发凡. 上海:上海教育出版社,1979:96.
④ 王希杰. 汉语修辞学. 北京:北京出版社,1983:288.

有因为一些成功的译例而被彻底打消。因为,双关语传译的难点在于,译者要克服语言和文化双重差异性的障碍,同时再现出语言在内容、形式以及诗学意义等三方面巧妙的组合方式。就双关语而言,最大的障碍是它本身是利用原语在语音或词义上的特点而达到的艺术效果,而两种语言在语音和词义上的差别却很大,因此很难在目标语中找到完全的对应。译者只能做一些"创造性的叛逆",用"'以变应变'的策略,舍弃表层含义,传达深层意蕴"①。也就是说译者得想出办法,创造性地再现出原文语言使用的绝妙之处。

我国现代著名的翻译家赵元任在翻译《爱丽丝梦游奇境记》(*Alice's Adventures in Wonderland*)时就是采用这样的翻译策略,取得与原语同样的绝妙效果。金隄认为,"翻译是一种信息传递的方式。把一个原来用甲语言表达的信息改用乙语言表达,使不懂甲语言的人也获得同样的信息"②。成功的翻译就要在译文中重塑与原文相同的诗学功能,使目标语读者在阅读译文时获得与原语读者同样的感受。

例 5.6:I have been green, too, Miss Eyre-ay, grass green:not a more vernal tint freshens you now than once freshens me. My spring is gone, however, but it has left me that French floweret on my hands, which, in some moods, I would fain be rid of. (*Jane Eyre*, Chapter 14:171)

译文一:爱迩小姐,我从前春气很盛,青绿如春草;现在是已经过时了,草已枯了,我的掌中,只剩了这一小朵法国花,我有时很愿意抛弃它。(武光建,195)

译文二:我以前也年青呵,爱小姐,——草一般青:现在使你新鲜的春色,也正和有一个时候使我新鲜的春色一样呵。不过我的春天过去了,却把那朵法国的小花留在我的手下,有时我有这种心情:愿

---

① 孙致礼. 新编英汉翻译教程. 上海:上海外语教育出版社,2011:138.
② 金隄. 等效翻译探索. 北京:中国对外翻译出版社,1998:24.

把它扔掉。（李霁野，168）

译文三：我以前也年轻，爱小姐，——唉，太年轻了；现在使你朝气蓬勃的青春颜色，并不比一度使我朝气蓬勃的青春色彩浓。不管怎么样，我的春天已经过去了，可是，却把那朵法国小花留在我手上，按照我有些时候的心情，真想摆脱它。（祝庆英，181）

译文四：我也一样曾年轻稚嫩过，爱小姐，——唉，就像小草那么嫩，一度使我朝气勃勃的青春色彩，也并不比你现在差。不过我的春天已经过去了，但它却把那朵法国小花留在我手里。心情不好时，我真想摆脱它。（吴钧燮，149）

译文五：我也很稚嫩，爱小姐——唉，青草一般稚嫩，一度使我生气勃勃的青春色彩并不淡于如今你的。不过我的春天已经逝去，但它在我手中留下了一小朵法国小花，心情不好时，我真想把它摆脱。（黄源深，139）

译文六：我也曾年轻过，爱小姐——是啊，青春焕发。那曾使我朝气蓬勃的青春色彩，一点也不比你现在逊色。可是，我的春天已经逝去了，而把一朵法国小花留在了我的手上。有时心情不好时，我真想扔了它。（宋兆霖，147）

在这里作者使用的是同词异义双关语。英语的"green"是个多义词，它不仅有"绿色"之意，也有"年轻""无经验"之意。原句出现的第一个"green"是"年轻"的意思，而第二个"green"则表示"绿色"之意。罗切斯特在这里故意玩弄一个文字游戏，将同一个词的不同意思巧妙地进行互换，以便达到诙谐幽默的效果。此外"grass green"还是头韵，这句话不仅体现说话者语言表达的机智与幽默，而且语言还富有音韵节奏之美。在六个译文中，绝大多数译文都只将原句的表层信息内容传达出来，而蕴含在语言深层的诗学意义却未能在译语中得到再现。相比较而言，译文二能将原句的部分诗学意义传达出来。译者将第一个"green"译成"年青"，汉语中确实有"年青"的说法；把第二个"green"，译成"青"，表示"绿色""青色"。在两句话中都使用同一个字"青"，但表达出两种不同的意思，具有两种不同意义的同一字词在重复的过程中实际上已被巧妙地互换意义，在一定程度上取得原句的诗学意义。如果将此句这样翻译，是不是在传达原句的诗学意义上效果更好一点呢？

> 我曾经也年青啊，爱小姐，如青青绿草。我昔日迸发出的青春朝气，也不逊色于你现在拥有的朱颜绿发。

像这样的例句毕竟还是屈指可数的，因为原语的双关语毕竟还算是"可译的"。由于两种语言在语音和词义上的差异，在很多情况下原语的双关语成为"不可译"。当然这种说法未免有些绝对，但至少以下例句是难以在汉语中得到完整的再现的。

例 5.7："To the end of turning to profit the talents which God has committed to your keeping; and of which He will surely one day demand a strict account. Jane, I shall watch you closely and anxiously—I warn you of that. And try to restrain the disproportionate fervour with which you throw yourself into commonplace home pleasures. Don't cling so tenaciously to ties of the flesh; save your constancy and ardour for an adequate cause; forbear to waste them on trite transient objects. Do you hear me, Jane?"

"Yes; just as if you were speaking Greek. I feel I have adequate cause to be happy, and I will be happy. Goodbye!"(*Jane Eyre*, Chapter 34:417)

> 译文一："我要你施展你所受于天的本能；将来有一天，上帝要查问你，你把所给的本能，作什么用。柘梧，我将来是要很烦心，很留神的监察你，——我不妨先警告你，要范围你，不要你过于把你的本能，多用于那种家务。你不必太过依恋至亲，不要把有用之才糟蹋了在无用的小事上。柘梧，你听见了么？"

> 我回答道："听见；好像是听见你说希腊话一样。我觉得我是很

该享受欢乐的,我拿定主意,一定要享受。我走了!"(伍光建,590)

译文二:"目的是要将上帝交付给你的天才变成有用;有一天他准备要你对这个有确切的呈报;简,我要焦心密切地观察你——我向你警告。你狂热地投身在普通家庭欢乐之中,你要努力加以约束。不要太坚持地执着于肉界的关系;把你的恒心和热忱留着做一种适当的事业;不要把这些浪费在寻常的、短暂的东西上面去。你听到了吗,简?"

"听到了;正如你在说希腊文一样。我觉得我有适当的原因来快乐,我也要快乐,再见!"(李霁野,482)

译文三:"要到达目的是,要利用上帝交托给你的才能;这种才能他肯定有一天会要你作精确的回报。简,我将严密地、焦急地观察你——这我预先告诉你。你要防止过分热衷于庸俗的家庭欢乐。别顽固地执着于肉体的联系;把你的毅力和热忱留给一种合适的事业把;千万别把它们浪费在平凡而短暂的事物上。听见没有,简?"

"听见了;就像你在说希腊语似的。我想我有充分的理由来感到快活,我要快活。再见!"(译文注释:简说的'充分的理由'和理弗斯说的'合适的事业',英语中都是"adequate cause"。)(祝庆英,513)

译文四:"目的就是要使你的才能能够得到收益,上帝把它托付给了你,有朝一日他肯定是会要你严格交账的。简,我要严密而十分关切地注视着你,——我预先告诉你这一点。我要竭力不让自己过分热衷于你所迷恋的那种庸俗的家庭乐趣。不要那么恋恋不舍那些肉体的牵累;把你的坚毅和热忱用于合适的目的,千万别把它们浪费在平凡而短暂的事物上。你听见了么,简?"

"听见了,就像你是在说希腊语似的。我觉得我希望快乐就是合适的目的,我要快乐。再见!"(吴钧燮,425)

译文五:"我的用心是要使上帝赋予你的才能有所收益,有一天上帝肯定会要你严格交账的。简,我会密切而焦急地注意你——我提醒你——要竭力抑制你对庸俗的家庭乐趣所过分流露的热情。不要那么苦苦依恋肉体的关系,把你的坚毅和热忱留给一项适当的事业,不要将它浪费在平凡而短暂的事情上。听见吗,简?"

"听见了,就仿佛你在说希腊文。我觉得有充分理由感到愉快,我一定会愉快的。再见!"(黄源深,395)

译文六:"目的是要使你的才能充分发挥作用。你的才能是上帝托付给你的,有朝一日他肯定要你详细报账的。简,我会严密而关切地注视着你——这我预先要告诉你。你要竭力不让自己过分热衷于庸俗的家庭乐趣,不要那么恋恋不舍那些肉体上的联系;你应该把自己的毅力和热忱留给一种合适的事业,千万别把它们浪费在平凡而短暂的琐事上,你听见了吗,简?"

"听见了,就像你是在说希腊语似的。我觉得我已经有了使我感到快乐的合适事业。我要快乐。再见!"(宋兆霖,415)

在原文中圣约翰希望简·爱将自己的"毅力和热忱"投身于一种"adequate cause"(恰当的事业),而简·爱与圣约翰有着不同的理想追求,于是简·爱就用圣约翰使用的"adequate cause"来回应他,但在这里简·爱表达的意义已经与圣约翰的完全不同。作者巧妙地使用同词异义双关,因为"cause"除了"事业"之外,还有"理由"的意思。作者实际上是通过使用同词异义双关语,不仅表达出简·爱与圣约翰之间有着完全不同的人生追求,同时还通过在词义上的"偷梁换柱",达到挖苦、奚落对方的目的,在一定程度上取得语言幽默、诙谐之效果。

由于英汉两种语言在词汇层面上的差异,译者难以将原句在形式与内涵上的两层意义均在汉语中得到完美的再现,这可以说是一种"不可译"或"难以译"的现象。六个译文的译者采取三种不同的方法:一是索性不译。例如,译文一几乎没有把原句中两次提到的"adequate cause"包含的两层意思表达出来,当然可能跟译者更重视小说事件发展的叙述有关。二是采取直译的方法。采取这种方法的译者又可分为两类:一类是把两个"adequate cause"译成两种不同的意思,例如,译文二和译文四分别将其译为"适当的事业""适当的原因"以及"适当的事业""充分理由"等;另一类是把两个"adequate cause"译成同一个意思,例如,译文五和译文六分别将其译为"合适的目的""合适的事业"。这两类译文至少有这样的好处:在某种程度上译者还是抱着忠实于原著的思想而进行翻译;坏处是这两类译文都没有把作者的诗学用意表达出来,造成语言形式与功能的分离,使原句语言具有的"言外行为之力"丧失,未能取得与原句同样的审美效果。三是采取直译加注释的方法。虽然译文三也采取直译的方法,但译者对原文出现的两个"adequate cause"做了注释加以解释,说明原文的"cause"是一词多义现象,前后两个"cause"具有不同的意义,表明作者使用了双关语修辞手法。虽然译者也未能通过变通的手法创造性地再现出原语的诗学功能,但译者采取了必要的补救措施进行弥补,提醒目标语读者原文语言在这里使用的修辞手法以及具有的诗学功能。

语言是信息的载体,有着相对的稳定性。但是在语言的实际运用中,它又表现出一定的灵活性和变异性。从上面的例句分析可以看出,在文学翻译过程中,由于语言差异性的制约,译者很难将原语语言的巧妙使用以及同时取得的诗学效果完整无缺地再现在目标语中。在这种情况下,译者需要不拘泥于原文的语言形式,而做"创造性的叛逆",目的是让目标语读者得到与原语读者同样的审美效果体验。要实现这种创造性的翻译,译者必须在吃透原作精神的基础上,努力实现两个"突破":首先,要冲破原语的束缚,不可死扣字面,不可照抄词典的释义,避免生搬原文的结构,而陷入"机械对等"的泥潭。其次,要挣脱目标语僵死的桎梏,让原语与目标语之间互为弥补,相得益彰,达到发展和深化目标语语言之目的。

三、句法差异与翻译策略选择

近几年来,从英汉两种语言在句子层面的差异对译者翻译策略选择的影响进行研究的文章较多,在这些文章中,主要有两种代表性的观念。

一是主张向目标语靠拢,强调英汉两种语言在句式特征上的显性差异,主张在翻译时采取适当的"归化"策略,消除所谓的"翻译腔"。持这种观点者强调两种语言在句式连接上"形合"与"意合"的区别,力图找寻到恰当的翻译策略,来消除"翻译腔"的弊端。例如劳陇在《英汉翻译中的"意合"句法的运用——消除"翻译腔"的一个重要手段》一文中,讨论了英汉翻译的对策:首先必须将原文的神理融会于心,然后对英语表达方式进行必要的改组(reconstructing)。为了符合汉语的表达习惯,需要按照逻辑程序或时间顺序将目标语的句子顺序进行重新安排,以便消除"翻译腔",达到纯粹汉语化的效果。①

二是主张向原语靠拢,一切按照原作的句子结构来,充分尊重作者的句式安排以及由此蕴含的语用意义,并在译文中传达出这种语用信息来。例如,孙致礼认为,译者不应随意改变原文的句法结构,而应彻底化解各成分之间的内在联系,进而做出合情合理的传译。遵循原文的句法结构来译,有一个显而易见的好处,就是能忠实地再现原文所蕴含的思维轨迹和内在节奏。② 申连云在《形合意合的语用意义及翻译策略》一文中提出,形合与意合不具有语言系统的规定性,而是语言使用者在实际的话语中所做出的语用选择。这种选择往往是有理据的,而且这种选择往往赋予形合和意合不同的语用意义。形合与意合的语用意义有四种:风格意义、主题意义、凸显意义和时代意义。在实际的话语交往中,语码的意义并非预先设定,而是在每一次的实际运用中取得不同的交际意义。现代英语在形合和意合的使用频率上也不同于古英语,根据里奇(Geoffrey Leech)和肖特(Michael H. Short)的研究,在过去三百年里,意合有逐渐取代形合的趋势。按照他们的观点,现代英语与17世纪的英语文学风格相比有一个显著特点:在过去三百多年的时间里,逻辑连接词逐渐剥落,句子之间的连接也有很多依靠意合的手段。③

近年来,尽管第二种主张得到许多翻译理论家和翻译家的认同,但是"英语重形合,汉语重意合"以及"两种语言转换应符合各自的特点"的观

① 劳陇. 英汉翻译中的"意合"句法的运用——消除"翻译腔"的一个重要手段. 翻译通讯,1985(7):11.
② 孙致礼. 一切照原作译——翻译《老人与海》有感. 当代外语研究,2012(4):61.
③ 申连云. 形合意合的语用意义及翻译策略. 外国语,2003(2):69.

点似乎还是我国翻译界对两种语言差异性做出的一个重要论断,对翻译实践具有普遍的指导意义。长期以来,传统的翻译理论受语言学的影响至深,尤其是结构主义语言学理论,认为翻译就是单纯的符码之间的转换,致力于寻找语言内部的结构性和规律性。其中英语句子的"形合"与汉语句子的"意合"特征,就是英汉两种语言句式对比研究中找到的最本质、最重要的区别。但过于把这种区别看成语言系统的规定性而忽略它们可能具有的语用意义,在实践中容易走向一种弄巧成拙的尴尬境地。虽然汉语重"意合"的特征能使语言简洁顺畅,但在文学翻译中并不意味着一定要发挥汉语的这种优势,硬要"一刀切"地将英语"形合"的句式转换为汉语"意合"的句式。随着翻译实践及翻译理论研究的深入与发展,越来越多的翻译家及翻译理论家认识到,保持原句的句法特征,往往能够"更加清晰地展示出原文所蕴含的逻辑关系,译出原文所包含的强调意味"①。

《简·爱》在语言上有一个明显的特色,就是存在大量的"意合"句子。但在翻译时却被译者赋予"形合"的特征,也有一些句子本身是"形合"的,但在语言转换时,译者却采取消除其"形合"特征的策略,以便更符合汉语"意合"的表达习惯。

例 5.8:I felt glad as the road shortened before me:so glad that I stopped once to ask myself what that joy meant:and to remind reason that it was not to my home I was going, or to a permanent resting-place, or to a place where fond friends looked out for me and waited my arrival. (*Jane Eyre*,Chapter 22:271)

译文一:我走了一些路,离唐菲近些的时候,我心里觉得高兴。有一次我却反问我自己,为什么高兴:因为我所回去的地方,既不是我的家,又不是永远立足的地方。又不是有许多好友等候我,欢迎我。(伍光建,354)

---

① 孙致礼. 新编英汉翻译教程. 上海:上海外语教育出版社,2011:58.

译文二：路途在我眼前缩短时，我觉得高兴——是这样欢喜，我竟停下来问自己这欢乐是什么意思，并提醒我的理智：我回来并不是我的家，也不是一个永久的安息处，也不是亲爱朋友盼着，等我到来的地方。(李霁野,295)

译文三：路在我眼前越来越短，我感到高兴，高兴得有一次停了下来，问自己欢乐是什么意思，并且提醒我的理智，我并不是回我自己的家，不是上哪一个永久的安息处，也不是去好朋友在盼望我、在等我达到的地方。(祝庆英,316)

译文四：随着剩下的路越来越短，我感到心里高兴，高兴得甚至让我一度停下来自问，这种欢乐究竟是什么意思，同时提醒自己要有理智，我并不是在回自己的家，或者回到我永久的休憩处，回到有好朋友在一心盼望着等我回去的地方。(吴钧燮,259)

译文五：面前的路越走越短，我心里非常高兴，高兴得有一次竟停下脚步问自己，这种喜悦的含义何在，并提醒理智，我不是回到自己的家里，或者去一个永久的安身之处，或者到一个亲密的朋友们翘首以待、等候我达到的地方。(黄源深,241)

译文六：路在我前面越来越短，我心里感到高兴。高兴得有一次甚至停了下来，问自己这般欢乐究竟是什么意思，同时提醒自己的理智，这可不是在回自己的家，不是回一个能长久安身的处所，也不是回一个好友们翘首而待的地方。(宋兆霖,254)

这一段选自《简·爱》第二十二章。当简·爱处理完里德太太的丧事之后，在回桑菲尔德庄园的路途中，由于感觉归去的路途距离桑菲尔德庄园越来越近而突然感到一种莫名的喜悦之情。作者表明当路途缩短时，"我"由此而感到高兴。接着"我"又感觉一阵奇怪，"我"怎么会如此高兴呢？以至于"我"不得不停下来反问自己高兴的原因。原句用一个破折号起停顿、解释的作用，用"so that"起强调作用，表明"我"高兴到连自己都觉得奇怪的地步，以至于需要停下来追问自己高兴的原因。原句通过句式的"形合"将这种逻辑关系和意思表达得很清晰：前一个是表示时间关系的主从复句,后一个是表示递进关系的复句,两个复句之间通过一个破折号连接起来。

六个译文在传达英语这种句式特征时,仍然出现两种策略选择:一是通过直译的方法再现原句"形合"的特征。例如,译文一和译文二都将原文的第一层时间关系复句表达出来,当路途缩短时,"我"感到高兴。接下来的第二层意思:"我"高兴到连自己都觉得奇怪的地步。译文一没有表现出这层意思,但译文二表达出来了。译文二几乎遵循原句句式结构,保留原句式结构特征和逻辑顺序,甚至连标点符号都依照原句,清晰地再现出原句的逻辑关系,使意思表达清楚明了。二是消除语言之间的差异,力图让译语符合汉语"意合"的句式特征。例如,译文三、译文四、译文五及译文六均将原句"形合"的特征抹去,代之以汉语的"意合"句。虽然选择这种策略能使语言更符合汉语的表达习惯,但带来的不利之处却很明显:使"路在眼前越来越短"与"我觉得高兴"两个分句之间的逻辑关系变得不那么紧密,虽然从意义上没有引起根本的变化,但由于没有体现出这两句之间的逻辑关系而有可能引起歧义。实际上从原句句式结构来看,作者主要想突出强调这个时间关系,才为接下来的几个自我反问埋下伏笔,表达出"我"迫切想回到桑菲尔德庄园的心情。

形合与意合是英汉两种语言在句法层面上各自具有的一般特征,但实际上在文学作品中作者对所使用的句式结构不仅有自己的风格倾向性,也有为了表达某种情感的语用目的。在《简·爱》中存在大量的"意合"句子,这与夏洛蒂的写作风格有很大关系。

例 5.9:The ground was hard, the air was still, my road was lonely:I walked fast till I got warm, and then I walked slowly to enjoy and to analyse the species of pleasure brooding for me in the hour and situation. (*Jane Eyre*, Chapter 12:142)

译文一:(伍光建,省略没译)

译文二:地是坚硬的,空气是寂静的,路是荒凉的。我快步走到身暖为止,于是缓缓走起来,享受并分析此时此地所给予我的那种欢

乐。(李霁野,131)

译文三:路很坚硬,空气平静,我的旅途是孤寂的。我走得很快,直到我觉得身暖为止。然后我慢慢地走着,享受和品味此时此景所赋予我的欢乐。(祝庆英,141)

译文四:路面坚硬,空气凝滞,我的旅途是寂寞的。为快步走来一程,使身上暖和起来,然后慢慢走着,享受和细细品味对我来说此时此景所蕴含着的乐趣。(吴钧燮,116)

译文五:地面坚硬,空气沉静,路途寂寞。我走得很快,直到浑身暖和起来才放慢脚步,欣赏和品味此时此景蕴蓄着的种种欢乐。(黄源深,123)

译文六:路面坚硬,空气凝滞,我的旅途是寂寞的。开始我走得很快,直到身上暖和起来,我才放慢脚步,享受和品味此时此景所赋予我的欢乐。(宋兆霖,114)

在这一段,作者通过几个简单句的并列使用,使语言句式呈现出平行结构,具有对称平衡之美。作者在语言使用上的这种风格契合了汉语表达的句式特点,因此,几乎所有译者都没有破坏原句式结构,将作者的这种句式完整地再现在汉语中,因为这样的"意合"句确实是汉语的一种普遍现象。实际上英汉两种语言所谓"形合"与"意合"的特征并非两种语言规定性的特征,随着语言的发展,这两种特征交叉出现的趋势也越来越明显。译者在翻译时应尽量遵循原语的句式结构,传达出作者的语用用意。在《简·爱》中也存在大量的"意合"句子,然而在翻译时却被译者赋予"形合"的特点。

例5.10:I had nothing to say to these words: they were not new to me: my very first recollections of existence included hints of the same kind.(*Jane Eyre*, Chapter 2:45)

译文一:我听了这番话,没得答她的。我耳朵里是听惯了她们说我依靠人的话。我自粗有知识之后,就起首听见这种话。(伍光建,11)

译文二：对于这些话我无话可说；这些话我听起来已经不新鲜了——我最初的生活回忆里就包含着同类的暗示。(李霁野,9)

译文三：听了这些话，我无话可说；这些话对我来说并不新鲜；我最早的生活回忆中就包含着这样的暗示。(祝庆英,9)

译文四：对这我无话可答，这些话对我来说并不新鲜，在我幼年时期最早的回忆中就包含着别人诸如此类的暗示。(吴钧燮,9)

译文五：对她们的这番话，我无话可说，因为听起来并不新鲜。我生活的最早记忆中就包含着类似的暗示。(黄源深,10)

译文六：对此我无话可说。这些话对我来说并不新鲜，打从我小时有记忆时起，我就听惯了诸如此类的暗示。(宋兆霖,10)

在这个例子里，作者只使用两个冒号将三个句子分隔开。根据夸克的《英语语法大全》(*A Comprehensive Grammar of the English Language*)，英语的标点符号除了表示分隔外，还具有指明语法、语义或语用关系的功能。而在英语中冒号的分隔能力比逗号强，一般说来，冒号后面的句子是对冒号前面句子的说明，它们之间的关系可视为同位关系。在英语的实际运用中，冒号可用分号来代替，而且分号的使用更为普遍。作者在这里并没有强调"我无话可说"是"因为听起来并不新鲜"，而只是采用标点符号这样较松散的连接方式，表达出简·爱早已习惯于里德太太一家对她的歧视，流露出自己的一种无奈与见惯不惊的情绪。译文五将原句"意合"句式赋予"形合"的特征，并没有取得与原文同样的诗学效果，反而添加了作者并没有表达的意义。相比较而言，译文三完全遵循原文的句式结构，更符合原句蕴含的诗学需要。有点不同的是译文三将原文的冒号替换为分号，并未引起原文诗学意义的变化。在文学翻译中，尊重原文的句式特点和结构顺序是必要的。因为作者使用任何句式甚至连标点符号都不是任意的，而是蕴含着自己的诗学意图。

英语与汉语在句式上还有一个明显的区别就是：它们分别属于主语突出型语言(subject prominent language)和主题突出型语言(topic prominent language)。语言学家经过研究认为：一般说来，英语属于主语突出型语言,英语主谓结构是高度语法化的结构,特别强调主语与谓语等句法成分之间的一一对应关系,从另一个方面体现出英语"形合"的特征。而汉语是主题突出型语言,话题与主语很多时候并不一致,而且话题比主语得到更高的语法化。在消除"翻译腔"的思想指导下,有学者就提出在翻译中不必要重复英语的主语,以便符合汉语的表达习惯。有很多翻译教科书也几乎都是异口同声地提出这样的观点:为了消除语言之间的这种差异,脱离语言形式外壳的束缚,就应该想方设法找到语言转换的核心,那么把英语的"主谓结构"转换成汉语的"主题—说明结构"就成为转换的核心。这样一来英语"主语突出"的句子,在转换成汉语时,为了符合汉语主题突出的特征,很多时候译者都采取将主语"承前省略"或"蒙后省略"等形式,以便达到语言表达自然流畅与语气连贯的效果。这样的翻译策略在实践中是否一定行之有效呢?

例 5.11:Traversing the long and matted gallery,I descended the slippery steps of oak;then I gained the hall:I halted there a minute;I looked at some pictures on the walls at a bronze lamp pendant from the ceiling,at a great clock whose case was of oak curiously carved,and ebon black with time and rubbing.(*Jane Eyre*,Chapter 11:130)

译文一:我走过很长的过道,下了楼梯,到了堂屋,堂屋门是已经开了。我走出去草地上一看,原来是三层的大房子,上个乡绅的住宅,不是贵族的府邸。(伍光建,134)

译文二:我穿过了铺席的走廊,下了那光滑的橡木楼梯;于是我到了过厅,在那里站了一会,我看着墙上的画,看着从天花板悬下的黄铜灯,看着一座大钟,钟架是雕得古怪的橡木,和因为时间与摩擦而发了黑的乌木做成的。(李霁野,115)

译文三:我穿过了铺着地席的长过道,走下滑溜溜的橡木梯级;来到大厅,在那儿停了一会儿,看着墙上的几幅画,看看天花板挂下来的一盏青铜灯,再看看一只大钟,钟壳是用雕着古怪花纹的橡木跟

因为年久和磨擦而发黑的乌木做成的。(祝庆英,125)

译文四:经过铺着地席的长过道,走下光滑的橡木楼梯级,来到了大厅里,我在那儿逗留了一会儿,看了看墙上的几幅画,又看了看从天花板上垂下来的一只青铜吊灯,和钟壳用刻有精细花纹的橡木以及因为年深日久不断擦拭得乌黑发亮的黑檀木做成的一座大钟。(吴钧燮,103)

译文五:我走过铺着地席的长廊,走下打滑的橡树楼梯,来到了大厅。我站了一会儿,看着墙上的几幅画(记得其中一幅画是一个穿着护胸铁甲十分威武的男子,另一幅是一个头发上搽了粉戴着珍珠项链的贵妇),看着从天花板上垂下来的青铜灯;看着一个大钟,钟壳是由雕刻得稀奇古怪的橡木做成的,因为年深日久和不断地擦拭,变得乌黑发亮了。(黄源深,97)

译文六:我穿过铺着地席的长走廊,走下光滑的橡木楼梯,来到大厅。我在那儿逗留了一会儿,看了看墙上的几幅画,又看了看从天花板垂下的一盏青铜吊灯,还看了一座大钟,这只座钟的外壳是用雕有精细花纹的橡木,以及因年深日久和擦拭变得乌黑发亮的黑檀木制成的。(宋兆霖,102)

原文出现四个小句,主语都是"I",体现出英语主语突出的特点。由于汉语是意合的语言,所以不太注重语言外在形式的连接,而注重语义内在逻辑的连贯性,因此,汉语常用无主句,使各个动作连贯一气,阅读起来自然流畅。在所有的译文中,除译文二之外,其他译文几乎都选择向目标标靠拢的翻译策略来处理英汉两种语言在句子结构上的差异,选择这样的策略有个好处:使译语阅读起来通达流畅,迎合了目标语读者的阅读审美期待。在这个例子里,译者选择的这种策略还没有因为句子表层结构的改变而带来意义深层结构的变化。但相比较而言,译文二的译者选择的策略比较向原语靠拢,即再现出英语主语突出的特点,再现原句重复的四个主语"我",也不失为一种处理语言之间差异的好策略,因为这样的策略选择凸显出两种语言的差异性,而且这样做的结果,也没有因为与地道的汉语表达习惯不相符而使语言变得佶屈聱牙。尊重语言之间的差异，尊重原句的句式特点，在文学翻译中显得非常必要。因为作者并不是随意安排句子，往往在使用的句子结构或语序中赋予原句很深的诗学审美意义。译者有义务将原文语言的这种"异"再现出来，没有权力为"求同"而一味抹杀语言的这种"异"。

例 5.12：I sometimes regretted that I was not handsome；I sometimes wished to have rosy cheeks, a straight nose, and small cherry mouth；I desired to be tall, stately, and finely developed in figure；I felt it a misfortune that I was so little, so pale, and had features so irregular and so marked. (*Jane Eyre*, Chapter 11：130)

译文一：我往往可惜我自己长得不美；我很想两颊微笑，一个直鼻子，两片樱桃红的嘴唇，我又很想身子长高些，大些；我觉得我自己身材太小，脸上无红色，五官既不甚端正，又过于显露。（伍光建，134）

译文二：我有时惋惜我没有更漂亮一些；我有时愿意有玫瑰的面颊，直梁的鼻子和一张樱桃小口；我渴望发展得端庄美好的高身材；我觉得我这样小，这样苍白，这样五官引人注目的不端正，是一种不幸。（李霁野，115）

译文三：我有时惋惜自己没长得再漂亮一点；有时候希望有红喷喷的脸蛋，挺直的鼻子和樱桃般的小嘴；希望自己长得很高、庄严，身材丰满；我觉得自己长得那么矮小，那么苍白，五官长得那么不端正、那么特征显著。真是一种不幸。（祝庆英，124）

译文四：我有时候还很惋惜自己长得不美。有时候我真但愿自己有红喷喷的脸蛋，笔直的鼻梁和樱桃般的小嘴。我渴望身材匀称，高大挺拔。我觉得自己长得那么矮小，苍白，五官那么不端正而且特征分明，真是一种不幸。（吴钧燮，103）

译文五：有时候，我为自己没有长得漂亮些而感到遗憾，有时巴不得自己有红润的双颊、挺直的鼻梁和樱桃般的小口。我希望自己

修长、端庄、身材匀称。我觉得很不幸,长得这么小,这么苍白,五官那么不端正而又那么显眼。(黄源深,97)

译文六:我有时候很惋惜自己没能长得再漂亮一点,有时候真盼望自己有红润的脸蛋,笔直的鼻梁和樱桃般的小嘴,盼望自己有修长端庄、匀称丰满的身材。可是我感到不幸的是,我竟长得这么矮小,这么苍白,五官这么不端正,特征又这么显著。(宋兆霖,101)

在这一段,原文的句式颇有特点:首先是有四个独立的"意合"句,其中含有两个以"I sometimes"引起的句子并用冒号将两句分隔开,在第二句里,"have"连续带有三个形容词修饰的名词性词组,表达出简·爱也有爱美之心的强烈情感。后面的第三句和第四句用分号隔开,第四句是带同位语从句的复句,句子里连续出现四个由"so"加形容词(分词)组成的句式,表达出她觉得自己长相的遗憾之处。原文句式整齐对仗,意义层层递进,体现出女主人公也渴望变美的强烈感情。以上六个译文中,译文一忽略原文句式的这种特点,只将意义表达出来。译文二将原文句式的这种特点再现出来,例如,第一、第二句都以"我有时"开始,第四句中出现的四个以"so"加形容词(分词)的句式,译者也用"这样"加形容词再现出来,表达出作者通过句式安排体现出的诗学效果。相比较而言,其他四个译文并没有太刻意在译文中再现出原文的这种句式特点,相反有几个译文还顺应汉语的表达习惯,"承前省略"后面的主语,以便使语言表达自然流畅。这种过于追求译文语言的自然与流畅,往往在一定程度上冲淡了原文表达的情感色彩,使原文句式蕴含的审美价值亏损。基于这样的认识,将原文做这样翻译也许效果会更好:

我有时遗憾自己不漂亮:我有时多希望拥有玫瑰般的脸颊、挺直的鼻梁、樱桃似的小嘴;我渴望身材高挑、匀称、丰满。然而不幸的是:我的身材这样瘦小,脸色这样苍白,五官这样不端正,却又这样明显。

可见在文学翻译中,译文能遵循原文的句式结构,并不一定都会使译文带上"翻译腔"。汉语的包容性和韧性较强,译者应该发挥汉语的长处,尽量选择直译的方法,将原文句式安排的诗学效果再现出来。因为有些特殊的句式结构本身属于句法修辞格(syntactical rhetorical devices),而长期以来,中国文化传统中重内容而轻形式的观点,又造成一些译者试图脱离语言外在形式的束缚,去追求所谓的深层意义。但是如果没有了形式,意义又将依附在哪里呢?

例 5.13:"Do you think I can stay to become nothing to you? Do you think I am an automation? —a machine without feelings? And can bear to have my morsel of bread snatched from my lips, and my drop of living water dashed from my cup? Do you think, because I am poor, obscure, plain, and little, I am soulless and heartless?"(*Jane Eyre*, Chapter 23:281)

译文一:"你以为我能够住在这里,受你当我是个不相干的闲人么?你以为我是个无知觉的么?是一种无性情的蠢物么?你以为我能够受人从我嘴里抢了我养命的一小块面包,从我手上夺我一盅养命的水么?你以为因为我贫穷,丑陋,小弱,我是个无性情无知识的么?"(伍光建,370)

译文二:"你以为我能对于你毫无所谓地住下去吗?你以为我是一架自动机吗?是一架没有感情的机器吗?能够忍受让我的一口面包从我嘴上夺取,我的一滴活水从杯中碰去吗?你以为,因为我贫穷、微贱、不美、矮小,我就没有灵魂,没有心吗?"(李霁野,307)

译文三:"你以为我会留下来,成为你觉得无足轻重的人吗?你以为我是一架自动机器吗?一架没有感情的机器吗?能让我的一口面包从我嘴里抢走,让我的一滴活水从我杯子里泼掉吗?你以为,因为我穷、低微、不美、矮小,我就没有灵魂没有心吗?"(祝庆英,329)

译文四:"你以为我会留下来,做一个对你来说无足轻重的人吗?你以为我是个机器人?——是一架没有感情的机器?能受得了别人把我仅有的一小口面包从我嘴里抢走,把仅有的一滴活命水从我杯

子里泼掉吗？你以为，就因为我贫穷，低微、不美、矮小，我就既没有灵魂，也没有心吗？"（吴钧燮，270）

译文五："你难道认为，我会留下来甘愿做一个对你来说无足轻重的人？你以为我是一架机器？——一架没有感情的机器？能够容忍别人把一口面包从我嘴里抢走，把一滴生命之水从我杯子里泼掉？难道就因为我一贫如洗、默默无闻、长相平庸、个子瘦小，就没有灵魂，没有心肠吗？"（黄源深，251）

译文六："你认为我会留下来，成为一个对你来说无足轻重的人吗？你认为我只是一家机器——一架没有感情的机器？你认为我能忍受让人把我的一口面包从嘴里抢走，让人把我的一滴活命水从杯子里泼掉吗？你以为因为我穷、低微、不美、短小，我就没有灵魂，没有心吗？"（宋兆霖，265）

这一段描述罗切斯特为了试探简·爱是否真正爱他，假装可能娶英格拉姆小姐为妻时，简·爱表现出来的强烈反应。感情受到刺伤的简·爱一连采用三个"Do you think"的排比句，意思层层推进、步步深入，淋漓尽致地抒发出她对罗切斯特强烈的爱情，以及不甘于留在桑菲尔德庄园做一个无足轻重的人，表现出她敢爱敢恨的鲜明个性。原句使用这样的排比修辞手法明显具有一定的诗学意义，译者最好采用直译的方法，不宜改变原句句式结构，注意译语语言形式的对称以及语气的连贯。而且这是简·爱对罗切斯特充满激情的对白，表达也不宜过于书面语化，以免失去原文语言的简洁流畅、一气呵成之美。译文一、译文二、译文三、译文四及译文六都保持了这三个排比句的基本结构，只是语言上还需进一步精炼，这样会使语气更加连贯，感情表达更充分。译文五采取的是意译法，不仅没能将原文语言的排比修辞手法再现出来，而且由于语言表达过于书面化，显得语气拖沓，在一定程度上造成原文语言诗学功能的损耗。相比较而言，译文三主要采取直译法，不仅再现出原文排比的句式结构，而且语言的外在形式也显得对仗、整齐，增强了语言表达的凝练与紧凑，显得感情充沛，气势激昂。

本章通过对六个译文的比较分析,可以看出译者在处理两种语言的差异性时也存在着两种选择:一是向目标语靠拢;二是向原语靠拢。两种选择都有可能奏效。做出第一种选择的译者往往有很强的目标语优势感,同时译者也有迎合目标语读者阅读习惯的想法。因为在译文中这样的语言表达读起来会通达流畅,增强译文的可读性。但选择这种策略可能会存在一定的风险:不能再现出原语句式的特点,特别是一些具有修辞功能的句式所蕴含的审美价值,从而在很大程度上造成原语诗学功能的亏损。做出第二种选择会带来三个有利之处:一是能够通过翻译这一行为将原语特殊的表达形式引入目标语,达到丰富、深化和发展目标语的目的;二是能够忠实再现作者的逻辑思维轨迹;三是再现原语陌生化或"诗意的"的语言形式,传达出原文语言的诗学价值或审美价值。

在文学翻译中,对语言本体的研究与追寻是文学翻译的本质内容。两种语言的差异永恒存在,但两种语言又绝不是相互陌生的,它们对所指事物的相互关联性又注定它们之间存在一定的亲缘关系。因此,语言之间的相互转换无论在意义上还是在形式上都存在很大的可译性。这种可译性的程度多少,是文学翻译家把握的度,也是文学翻译研究永恒的主题。本雅明在《译者的任务》一文里阐述的观点,无不对我们的文学翻译具有永恒的指导意义。原文的语言与内容之间的关系是浑然一体的,犹如果皮与果肉之间难以分割,而在译文里这种关系则变成包裹在身体上宽松的皇袍。译者的任务是要打破自身语言的腐朽障碍,在语言的流动中获得圆满的"纯语言"。译者不应该试图维护自己语言"碰巧所处的状态",而应借助外语来发展和深化自己的语言。为此,本雅明指出译者最好选择直译的方法,这样不仅能保证"信"的存在,也反映出"对语言互补关系的强烈渴望"。因为"真正的翻译是透明的;它并不掩盖原文,并不阻挡原文的光,而是让仿佛经过自身媒体强化的纯语言更充足地照耀着原文"[1]。

---

① 陈永国. 翻译与后现代性. 北京:中国人民大学出版社,2005:10.

结　语

　　翻译策略选择的问题是文学翻译永恒研究的主题,它贯穿于文学翻译研究过程的始终。作为一种策略选择,译者并非随意的选择,在选择的背后隐藏着深刻而系统的社会文化制约机制,在很大程度上制约着译者做出翻译决策。对翻译策略选择的研究应具有历史的眼光,应纳入社会文化研究的宏大范畴,应看到译者选择不同的策略在不同历史语境下所发挥的功用,这样的研究才不是孤立地看待译者的翻译行为,才能对译著进行客观公正的评价。

　　文学名著的重译现象具有必然性和必要性。本雅明说译著是原著的来世生命,特别强调这种来世生命不是简单生物学意义上的来世生命,而是"历史的视点"中的来世生命。这说明了两点:一是原著在目标语文化中获得来世生命,其本身已经历了一次变化;二是每一个来世生命都具有自己存在的意义和价值。每一部译著都是产生它的历史的产物,都对它赖以产生的历史发挥着积极的、有效的作用。然而任何译著,不管多么优秀,与原著相比也许不具有任何意义,但它确实标志着原著在目标语社会中持续生命的开始。原著因为译著而生存着、灿烂着,在译著中,原著的生命也由此获得了最新的、继续更新的和最完整的展开。

　　这种最新的、继续更新的和最完整的展开反过来又说明,原著在来世生命里又必然经历一次变异,必然在自己来世的生命——译著中融入新的东西。因此,翻译不是简单的从此岸到彼岸的摆渡。勒菲弗尔以"权力"这个在 20 世纪人文科学中出现频率较高的关键词作为他翻译理论研究的核心,从历史的、功能的视角切入,对翻译活动进行了重新审视。他提出翻译是一种"改写"的理论,实际上从很大程度上解构了翻译绝对"忠实"的神话。目标语社会中的"权力"因素参与对翻译行为的"操纵",是译者通过翻译策略的选择来实现的。这些权力因素存在于意识形态层面、诗学层面、话语世界层面以及语言层面。勒菲弗尔在这四个层面上对译者翻译策略选择的制约性所做出的研究,构成一个完整的翻译策略选择制约机制,为翻译策略的探索与研究提供了一个新的视角,具有积极的指导意义。

本书正是在勒菲弗尔"四因素"理论的基础之上,通过对经典文学名著《简·爱》跨越不同历史时期的六个汉译本的分析研究,确实可以看出这四个因素对译者翻译策略选择的影响。从总体上说,译者对翻译策略的选择有两种倾向:一是以原语为中心,向原著靠拢,向作者靠拢;二是以目标语为中心,向目标语靠拢,向目标语预期读者靠拢。无论在意识形态层面、诗学层面、话语世界层面以及语言层面,译者的策略选择都面临着这两种倾向。当原著与译著的意识形态发生冲突时,译者的翻译策略选择往往是毫不犹豫地以向目标语靠拢为主。因为译者的翻译策略选择只有符合目标语社会所倡导的意识形态,译著才有可能在目标语社会中被接受,甚至被赋予"经典"的意义。如果译者选择的翻译策略与目标语社会所倡导的意识形态不太符合甚至是背道而驰的话,这样的译著是难以出版发行的。

当然,意识形态对译者翻译策略选择的影响还可能存在这样两种情况:一是在某些意识形态成分不突出的文学作品中;二是当目标语社会处于比较开放的状态,对多元文化的存在比较宽容。在这两种情况下,意识形态对译者翻译策略选择的影响相对而言较小,意识形态的问题不再是译者策略选择的主要制约因素。这个时候诗学问题、话语世界问题以及语言问题的制约就会变得突出,它们中的任何一方面都有可能成为制约译者翻译策略选择的主要因素。

在文学翻译中,译者经常面临着涉及两种文学传统、两种话语世界以及两种语言差异之间的矛盾对立,译者在做出翻译策略选择的时候,必然受到这些因素的制约。勒菲弗尔称译者都是"妥协大师",这个说法毫不夸张。译者周旋于这些差异之间,"忠实"原著这个沉甸甸的伦理道德时刻鞭策他履行译者的职责,完成译者的任务。但译者又很难摆脱两个话语世界里不同的语言对他翻译策略选择的制约,也不能不考虑目标语读者的接受与期待。这样的情形使他常常感到左右为难,带着"镣铐跳舞"也好,行走于"钢丝之间"也好,这些都是对译者这种尴尬情形的生动描述。在这"四因素"里,除意识形态具有明显的强制性之外,其他三个层面都有可能让译者感到左右为难,于是他不得不极力去寻求一种平衡。

当然,时代是不断发展变化的,人类从文化交流之初到如今全球化时代已经历漫漫的岁月。人类早已克服了那种不同文化在交流的初始阶段所表现出来的羞怯感、保守感甚至恐惧感,取而代之的是一种平等交流、尊重差异的成熟心理。这是人类在心理上的巨大飞跃,也应该是当今译者在做出翻译策略选择时的一种正常心态。正如福柯在完成对权力主体解构的同时,也着力建构"生存伦理的本体",勒菲弗尔提出的翻译策略选择"四因素"似乎是对翻译"忠实"原则的解构,但在解构的同时,我们也需要积极建构一整套翻译的伦理与规范。诚如他所说的那样,翻译是一个通道,是一扇向目标语社会开启的窗口,只有通过这个通道或窗口,两种不同的文化才能相遇。译者是一种文化中最先"接待"另一种文化的人,他理应以一种好客、尊重以及平等的态度对待"客人"。

译者做出的翻译策略选择体现出他对异域文化的基本态度。在全球化的今天,世界文化既呈现出多元文化共生的特点,又保持着民族文化特色的发展趋势,翻译作为一种对待不同文化差异的游戏,译者更应顺应全球文化研究发展的潮流,抱着一种开放、尊重和平等的心态去对待"他者"的差异。中国学者王宁站在文化研究的前沿,高瞻远瞩地指出,在今天的全球化语境下,我们对待不同文化差异应有的态度,即应考虑到文化的趋同性和文化的差异性并存,"既然文学具有一定的共性,那么我们就应当将各民族的文学放在一个广阔的世界文学背景下来评价其固有的文学形式和审美风尚,因而得出的结论就带有普遍性,对不同的民族文学也有一定的指导意义。另一方面,各民族文学所表现的内容又有着强烈的民族精神和文化认同,它们分别是由不同的语言作为其载体,因此我们又必须考虑其民族文学的固有特征和特定的时代精神"①。这一段话充分说明在文学翻译中再现民族文学的差异性十分必要。法国著名作家、思想家布朗肖(Maurice Blanchot)的那句名言也许是本书最好的结尾:"翻译是纯粹的差异游戏:翻译总得涉及差异,也掩饰差异,同时又偶尔显露差异,甚至经常突出差异。这样,翻译本身就是这差异的活命化身。"译者要玩好翻译这个差异的游戏,很重要的一点是,把握好自己翻译策略的选择。

---

① 王宁. 后现代主义之后. 2 版. 上海:上海外语教育出版社,2019:39.

参考文献

[1] Abercrombie, D. *Elements of General Phonetics*. Edinburgh: Edinburgh University Press, 1967.

[2] Alvarez, R. *Translation, Power, Subversion*. Beijing: Foreign Language Teaching and Research Press, 2006.

[3] Austin, J. I. *How to Do Things with Words*. Beijing: Foreign Language Teaching and Research Press, 2002.

[4] Baker, M. *In Other Words: A Coursebook on Translation*. Beijing: Foreign Language Teaching and Researching Press, 2000.

[5] Baker, M. *Routledge Encyclopedia of Translation Studies*. Shanghai: Shanghai Foreign Language Education Press, 2001.

[6] Barnhart, C. *The World Book Encyclopedia Dictionary*. New York: Doubleday & Company, Inc. 1965.

[7] Barnstone, W. *The Poetics of Translation: History, Theory, Practice*. New Haven and London: Yale University Press, 1993.

[8] Bassnett, S. *Translation Studies*. London & NewYork: Methuen, 1980.

[9] Bassnett, S. & Lefevere, A. *Translation, History and Culture*. London & New York: Printer, 1990.

[10] Bassnett, S. & Lefevere, A. *Constructing Cultures: Essays on Literary Translation*. Shanghai: Shanghai Foreign Language

Education Press, 2001.

[11] Bell, R. *Translation and translating: Theory and Practice*. London and New York: Longman, 1991.

[12] Brontë, C. *Jane Eyre*. London: Penguin Classics,1985.

[13] Burrel, T. & Kelly, S. K. *Translation, Religion, Ideology, Politics: Translation Perspective Ⅷ*. New York: State University of New York at Binghamton, 1995.

[14] Catford, J. C. *A Linguistic Theory of Translation: An Essay in Applied Linguistics*. London: Oxford University Press, 1965.

[15] Chesterman, A. *Readings in Translation Theory*. Finland: Loimaan Kirjapaino Oy, 1989.

[16] Culler, J. *Structural Poetics: Structuralism, Linguistics and the Study of Literature*. Ithaca, New York: Cornell University Press, 1975.

[17] Davis, K. *Deconstruction and Translation*. Shanghai: Shanghai Foreign Language Education Press, 2001.

[18] Eagleton, T. *Marxism and Literary Criticism*. London: Methuen & Co Ltd. , 1976.

[19] Eagleton, T. *Ideology: An Introduction*. London & New York: Longman Group UK Ltd. , 1994.

[20] Eagleton, T. *Literary Theory: An Introduction*.2nd ed. Oxford: Blackwell Publishers Ltd. , 1996.

[21] Eco, U. *Interpretation and Overinterpretation*. London: Verso, 1992.

[22] Fawcett, P. *Translation and Language: Linguistic Theories Explained*. Beijing: Foreign Language Teaching and Research Press, 2007.

[23] Fisher, F. *Culture Shock: A Global-trotter's Guide*. Poland,

Or.: Graphic Arts Center Pub. Co., 1995.

[24] Fiske, J. *Introduction to Communication Studies*. London: Mathuen, 1992.

[25] Flotow, L. V. *Translation and Gender*. Shanghai Foreign Language Education Press, 2001.

[26] Foucault, M. *History of Sexuality* (Vol. I). Harmondsworth: Penguin Books, 1970.

[27] Foucault, M. *The Archaeology of Knowledge and the Discourse on Language*. New York: Pantheon Books, 1972.

[28] Foucault, M. *Essays*. Translated from French and Germany by Annstray, T.J. London: Harvester Wheatsheaf, 1992.

[29] Foucault, M. *The Order of Things: An Archaeology of Human Sciences*. London: Routledge, 2002.

[30] Fowler, R. *Linguistic Criticism*. Oxford and New York: Oxford University Press, 1986.

[31] Fowler, R. *A Dictionary of Modern Critical Terms*. London: Routledge, 1987.

[32] Gentzler, E. *Contemporary Translation Theories*. 2nd ed. Shanghai: Shanghai Foreign Language Education Press, 2001.

[33] Grice, H. P. *Logic and Conversation*. New York: Academic Press, 1975.

[34] Hatim, B. *Communication Across Culture: Translation Theory and Contrastive Text Linguistics*. Shanghai: Shanghai Foreign Language Education Press, 2001.

[35] Hatim, B. & Mason, I. *Discourse and the Translation*. Shanghai: Shanghai Foreign Language Education Press, 2001.

[36] Halliday, M. A. K. & Hasan, R. *Cohesion in English*. London: Longman, 1976.

[37] Halliday, M. A. K. *An Introduction to Functional Grammar*. London: Edward Arnold, 1985.

[38] Heidegger, M. *Poetry, Language, Thought*. New York: Harper & Row, 1971.

[39] Hermans, T. *The Manipulation of Literature: Studies in literary Translation*. Shanghai: Shanghai Foreign Language Education Press, 2001.

[40] Hermans, T. *Translation in Systems: Descriptive and System-oriented Approaches Explained*. Shanghai: Shanghai Foreign Language Education Press, 2001.

[41] Hermans, T. *Cross Culture in Transgressions: Research Models in Translation Studies II: Historical and Ideological Issues*. Beijing: Foreign Language and Research Press, 2006.

[42] Hermans, T. *Crosscultural Transgressions: Research Models in Translation Studies (II): Historical and Ideological Issues*. Beijing: Foreign Language Teaching and Research Press, 2007.

[43] Hickey, L. *The Pragmatics of Translation*. Shanghai: Shanghai Foreign Language Education Press, 2001.

[44] Hooks, B. *Language, A Place of Struggle*. In Dingwaney, A. & Maier, C. (eds.). *Between Languages and Cultures. Translation and Cross-cultural Texts*. Pittsburgh & London: University of Pittsburgh Press, 1995.

[45] Irmscher, W. F. *The Holt Guide to English: a contemporary handbook of rhetoric, language and literature*. New York: Holt, Rinehart and Winston, 1972.

[46] Jameson, F. *The Prison-House of Language*. Princeton: Princeton University Press, 1972.

[47] Jakobson, R. Linguistic and poetics. In Pomorska, K. & Rudy, S.

(eds). *Language in Literature*. Cambridge & London: Harvard University Press, 1987.

[48] Jenny, W. & Andrew, C. *The Map: A Beginner's Guide to Doing Research in Translation Studies*. Shanghai: Shanghai Foreign Language Education Press, 2001.

[49] Keesing, F. M. *Culture Anthropology: The Science of Custom*. Stanford: Stanford University Press, 1958.

[50] Kramsch, C. *Language and Culture*. Shanghai: Shanghai Foreign Language Education Press, 2000.

[51] Leech, G. *Principles of Pragmatics*. London: Longman, 1983.

[52] Lefevere, A. *Translation/History/Culture: A Sourcebook*. Shanghai: Shanghai Foreign Language Education Press, 2001.

[53] Lefevere, A. *Translation, Rewriting and the Manipulation of Literary Fame*. Shanghai: Shanghai Foreign Language Education Press, 2001.

[54] Lefevere, A. *Translating Literature: Practice and Theory in a Comparative Literature Context*. Beijing: Foreign Language Teaching and Research Press, 2006.

[55] Levinson, S. C. *Pragmatics*. Cambridge: Cambridge University Press, 1983.

[56] Li, C. N. & Thompson, S. *Subject and Topic: A New Typology of Language*. New York: Academic Press, 1976.

[57] Li, C. N. & Thompson, S. *Mandarin Chinese: A Functional Reference Grammar*. London: University of California Press, 1981.

[58] Luo, X. *Translation Studies: An Interdisciplinary Approach*. Shanghai: Shanghai Foreign Language Education Press, 2006.

[59] Morris, W. *The American Heritage Dictionary of English*

Language. Boston: Houghton Mifflin Co., 1982.

[60] Munday, J. *Introducing Translation Studies: Theories and Applications*. London & New York: Routledge, 2001.

[61] Nesfield, J. C. & Wood, F. T. *Manual of English Grammar & Composition*. London & Basingstoke: Macmillan publishers Ltd., 1946.

[62] Newmark, P. Babel. *Communicative and Semantic Translation*, 1977,23(4):163-180.

[63] Newmark, P. *Approaches to Translation*. Shanghai: Shanghai Foreign Language Education Press, 2001.

[64] Nida, E. A. *Toward a Science of Translation*. Leiden: E. J. Brill., 1964.

[65] Nida, E. A. *Translating Meaning*. California: English Language Institute, 1982.

[66] Nida, E. A. *Language and Culture: Contexts in Translation*. Shanghai: Shanghai Foreign Language Education Press, 2001.

[67] Nida, E. A. & Charles R. T. *The Theory and Practice of Translation*. Leiden: E. J. Brill, 1969.

[68] Nord, C. *Translating as a Purposeful Activity: Functionalist Approaches Explained*. Shanghai: Shanghai Foreign Language Education Press, 2001.

[69] O'Neill, P. *Fictions of Discourse: Reading Narrative Theory*. Toronto, Buffalo, London: University of Toronto Press,1994.

[70] Partridge, E. *The World of Words*. London: Hamish Hamilton, 1954.

[71] Qin, X. *Elementary English Stylistics*. Changsha: Hunan Education Publishing House, 1986.

[72] Quirk, R. *et al*. *A Comprehensive Grammar of the English Language*.

Beijing: Anorld Publishing Corporation, 1985.

[73] Redfern, W. *Puns*. New York: The Bath Press,1984.

[74] Reiss, K. *Translation Criticism: The Potentials & Limitations*. Shanghai: Shanghai Foreign Language Education Press, 2001.

[75] Robinson, D. *Western translation Theory from Herodotus to Nietzsche*. Beijing: Foreign Language Teaching and Research Press, 2006.

[76] Rose, M.G. *Translation and Literature Criticism: Translation as Analysis*. Beijing: Foreign Language Teaching and Research Press, 2006.

[77] Saeed, J. I. *Semantics*. Beijing: Foreign Language Teaching and Research Press, 2000.

[78] Samovar, L. & Port, R. *Communication Between Cultures*. Belmont: Wadsworth Publishing Company, 1995.

[79] Sandra, T. Functional Grammar. *International Encyclopedia of Linguistics*. Oxford: OUP, 1991.

[80] Savory, T. Horace. *The Art of Translation*. London: Joathan Cape, 1957.

[81] Schaffner, C. *Translation and Norm*. Beijing: Foreign Language Teaching and Research Press, 2006.

[82] Schulte, R. & Biguenet, J. *Theories of Translation: An Anthology of Essays from Dryden to Derrida*. Chicago & London: The University of Chicago Press, 1992.

[83] Searle, J. R. *Speech Acts: An Essay in the Philosophy of Language*. Cambridge: Cambridge University Press , 1969.

[84] Shuttleworth, M. & Cowie, M. *Dictionary of Translation Studies*. Shanghai: Shanghai Foreign Language Education Press, 2001.

[85] Steiner, G. *After Babel*：*Aspects of Language and Translation*. Shanghai：Shanghai Foreign Language Education Press, 2001.

[86] Teachman, D. *Understanding Jane Eyre*. Beijing：China Remin University Press,2008.

[87] Thompson, D. *The Concise Oxford Dictionary*. Oxford：Oxford University Press, 1995.

[88] Todorov, T. *Introduction to Poetics*. Minneapolis：University of Minnesota Press, 1987.

[89] Toury, G. *Descriptive Translation Studies and Beyond*. Shanghai：Shanghai Foreign Language Education Press, 2001.

[90] Tymoczko, M. & Gentzler, E. *Translation and Power*. Beijing：Foreign Language Teaching and Research Press, 2007.

[91] Venuti, L. *The Scandals of Translation*：*Towards an Ethics of Difference*. London & New York：Routledge, 1998.

[92] Venuti, L. *The Translator's Invisibility*：*A History of Translation*. Shanghai：Shanghai Foreign Language Education Press, 2004.

[93] Vermeer, H. J. *Skopos and Commission in Translational Action*. Finland：Oy Finn Lectura Ab, 1989.

[94] Wang, G. *A Series of Studies on English and Chinese Rhetoric*. Tianjin：Tianjin Education Publishing House, 1999.

[95] 埃文斯.英国文学简史.宗齐,译.北京:人民文学出版社,1984.

[96] 艾柯.开放的作品.刘儒庭,译.北京:新星出版社,2005.

[97] 奥尼尔.勃朗特姐妹. 叶婉华,译.海南:海南出版社,2004.

[98] 巴格比.文化:历史的投影.上海:上海人民出版社,1987.

[99] 巴赫金.小说理论.白春仁,晓河,译.石家庄:河北教育出版社,1998.

[100] 巴赫金.周边集.李辉凡,等译.石家庄:河北教育出版社,1998.

[101] 白海珍,等.文化精神与小说观念——中小说观念的比较.石家庄:

河北人民出版社,1989.

[102] 白靖宇.文化与翻译.北京:中国社会科学出版社,2000.

[103] 班特利.勃朗特姊妹.郭菀玲,译.北京:百家出版社,2004.

[104] 包惠南.中国文化与汉英翻译.北京:外文出版社,2004.

[105] 包亚明.权力的眼睛——福柯访谈录.严锋,译.上海:上海人民出版社,1997.

[106] 本尼迪克特.文化模式.王炜,等译.北京:生活·读书·新知三联书店,1988.

[107] 曹德和.内容与形式关系的修辞学思考.上海:复旦大学出版社,2005.

[108] 畅广元.文学文化学.大连:辽宁人民出版社,2000.

[109] 陈才忆.英语诗歌的韵律与类型.成都:四川人民出版社,2008.

[110] 陈德鸿,张南峰.西方翻译理论精选.香港:香港城市大学出版社,2000.

[111] 陈福康.中国译学理论史稿.上海:上海外语教育出版社,1992.

[112] 陈宏薇.汉英翻译基础.上海:上海外语教育出版社,1998.

[113] 陈淑华.英语修辞与翻译.北京:北京邮电学院出版社,1990.

[114] 陈望道.修辞学发凡.上海:上海教育出版社,1979.

[115] 陈文伯.英汉成语对比与翻译.北京:世界知识出版社,2004.

[116] 陈文伯.英语成语与汉语成语.北京:外语教学与研究出版社,1982.

[117] 陈永国.翻译与后现代性.北京:中国人民大学出版社,2005.

[118] 陈玉刚.中国翻译文学史稿.北京:中国对外翻译出版公司.1989.

[119] 陈媛.解构中的建构:福柯思想解读的一种视角.北京:法律出版社,2018.

[120] 陈越.哲学与政治:阿尔都塞读本.长春:吉林人民出版社,2003.

[121] 陈珍广,祁庆生.西方名言引喻典故辞典.广州:花城出版社,1990.

[122] 陈振江.二十六史典故辞典.天津:天津人民出版社,1994.

[123] 程裕祯.中国文化要略.北京:外语教学与研究出版社,1998.

[124] 崔刚.广告英语3000句.北京:北京理工大学出版社,1993.

[125] 大卫·宁.当代西方修辞学:批评模式与方法.常昌富,译.北京:中国社会科学出版社,1998.

[126] 邓炎昌,刘润清.语言与文化——英汉语言文化对比.北京:外语教学与研究出版社,1989.

[127] 杜小真.福柯集.上海:上海远东出版社,2003.

[128] 方丹.诗学——文学形式通论.陈静,译.天津:天津人民出版社,2003.

[129] 方梦之.译学辞典.上海:上海外语教育出版社,2004.

[130] 费小平.翻译的政治——翻译研究与文化研究.北京:中国社会科学出版社,2005.

[131] 冯光廉.中国近百年文学体式流变史.北京:人民文学出版社,1999.

[132] 冯广艺,冯学锋.文学语言学.武汉:中国三峡出版社,1994.

[133] 福柯.性史.张廷琛,等译.上海:上海科学技术文献出版社,1989.

[134] 福柯.知识考古学.谢强,马月,译.北京:生活·读书·新知三联书店,1998.

[135] 福柯.规训与惩罚.刘北成,等译.北京:生活·读书·新知三联书店,1999.

[136] 福柯.词与物——人文科学考古学.莫伟民,译.上海:三联书店,2001.

[137] 福柯.疯癫与文明.刘北成,等译.北京:生活·读书·新知三联书店,2003.

[138] 福柯.必须保卫社会.2版.钱瀚,译.上海:上海人民出版社,2010.

[139] 伽达默尔.真理与方法.洪汉鼎,译.上海:上海译文出版社,2004.

[140] 盖斯凯尔夫人.夏洛蒂·勃朗特传.张淑荣,等译.北京:团结出版社,2000.

[141] 高尔基.论文学.孟昌,等译.北京:人民文学出版社,1978.

[142] 高旭东.五四文学与中国文学传统.济南:山东大学出版社,2000.

[143] 高宣扬.福柯的生存美学.北京:中国人民大学出版社,2005.

[144] 高宣扬.后现代论.北京:中国人民大学出版社,2005.

[145] 葛兰西.论文学.吕同六,译.北京:人民文学出版社,1983.

[146] 葛兰西.狱中札记.曹雷雨,姜丽,等译.北京:中国社会科学出版社,2000.

[147] 辜正坤.中西诗比较鉴赏与翻译理论.北京:清华大学出版,2003.

[148] 辜正坤.中西文化比较导论.北京:北京大学出版社,2007.

[149] 顾炎武.日知录:第12卷.上海:上海古籍出版社,1985.

[150] 桂灿昆.论汉英两个语音系统的主要特点比较.现代外语.1978(1).

[151] 郭建中.当代美国翻译理论.武汉:湖北教育出版社,2000.

[152] 郭建中.文化与翻译.北京:中国对外翻译出版公司,2000.

[153] 郭绍虞.中国历代文论选.上海:上海古籍出版社,1979.

[154] 郭秀梅.实用英语修辞学.南京:江苏人民出版社,1985.

[155] 郭延礼.中国近代翻译文学概论.武汉:湖北教育出版社,1999.

[156] 哈特曼,斯托克.语言与语言学词典.黄长著,等译.上海:上海辞书出版社,1981.

[157] 哈维兰.当代人类学.王铭铭,等译.上海:上海人民出版社,1987.

[158] 何功杰.英美名诗品读.上海:上海交通大学出版社,2002.

[159] 何兆熊.新编语用学概要.上海:外语教育出版社,2000.

[160] 何自然.语用学概论.长沙:湖南教育出版社,1987.

[161] 黑格尔.美学.朱光潜,译.北京:商务印书出版社,1979.

[162] 洪堡特.论语法形式的性质和汉语的特性.北京:商务印书馆,1992.

[163] 洪堡特.论人类语言结构的差异及其对人类精神发展的影响.Heath, P.,译.北京:世界图书出版公司,2008.

[164] 胡金望.文化诗学的理论与实践研究.北京:中国社会科学出版社,2004.

[165] 胡文仲.英语习语与英美文化.北京:外语教学与研究出版社,2001.

[166] 胡壮麟,等.系统功能语法概论.长沙:湖南教育出版社,1989.

[167] 胡壮麟,刘润清,李延福.语言学教程.北京:北京大学出版社,1989.

[168] 怀特.文化的科学.济南:山东人民出版社,1988.

[169] 黄国文.语篇分析概要.长沙:湖南教育出版社,1988.

[170] 黄忠廉.翻译变体研究.北京:中国对外翻译出版公司,2000.

[171] 季广茂.意识形态视域中的现代话语转型与文学观念嬗变.北京:北京大学出版社,2005.

[172] 贾玉新.跨文化交际学.上海:上海外语教育出版社,1997.

[173] 蒋承勇,等.英国小说发展史.杭州:浙江大学出版社,2006.

[174] 蒋孔阳,朱立元.西方美学通史:第七卷.上海:上海文艺出版社,1999.

[175] 蒋骁华.意识形态对翻译的影响:阐发与新思考.中国翻译,2003(5):24-29.

[176] 金兵.文学翻译中原作陌生化手法的再现研究.上海:复旦大学出版社,2009.

[177] 金隄.等效翻译探索.北京:中国对外翻译出版社,1998.

[178] 金惠康.跨文化交际翻译续编.北京:中国对外翻译出版公司,2004.

[179] 克里斯特尔.现代语言学词典.北京:商务印书馆,2000.

[180] 孔慧怡.翻译·文学·文化.北京:北京大学出版社,1999.

[181] 夸克,等.当代英语语法.沈阳:辽宁人民出版社,1985.

[182] 劳陇.英汉翻译中的"意合"句法的运用——消除"翻译腔"的一个重要手段.翻译通讯,1985(7):10-12.

[183] 老子.道德经.西安:陕西师范大学出版社,2008.

[184] 乐黛云,张辉.文化传递与文学形象.北京:北京大学出版社,1999.

[185] 乐黛云.独角兽与龙——在寻找中西文化普遍性中的误读.北京:北京大学出版社,1995.

[186] 雷诺.福柯十讲.韩泰伦,编译.北京:大众文艺出版社,2004.

[187] 李春青.在审美与意识形态之间.北京:北京大学出版社,2006.

[188] 李静.异化翻译:陌生化的张力.中南大学学报(社会科学版),2005,11(4):508-512.

[189] 李静,屠国元.以译举政——梁启超译介行为价值取向论.中南大学学报(社科版),2013,6(19):265.

[190] 李明权.佛门典故.上海:上海大词典出版社,2006.

[191] 李晓林.审美主义:从尼采到福柯.北京:社会科学文献出版社,2005.

[192] 李延福.国外语言学通观(下).济南:山东教育出版社,1996.

[193] 李侦,陈学斌.文化"误绩":一只看不见的手——试论文化"误读"对翻译活动的操纵.江西社会科学,2004(12):138-140.

[194] 连淑能.英汉对比研究.北京:高等教育出版社,1993.

[195] 连淑能.英语的"抽象"与汉语的"具体".外语学刊,1993(3).

[196] 廖七一.当代西方翻译理论探索.南京:译林出版社,2000.

[197] 廖七一.当代英国翻译理论.武汉:湖北教育出版社,2001.

[198] 列宁选集.北京:人民出版社,1960.

[199] 林煌天.中国翻译词典.武汉:湖北教育出版社,1997.

[200] 刘北成.福柯思想肖像.上海:上海人民出版社,2001.

[201] 刘靖之.翻译论集.上海:三联书店,1981.

[202] 刘宓庆.新编当代翻译理论.北京:中国对外翻译出版公司,2005.

[203] 刘新桂,等.英语成语典故大辞典.北京:科学出版社,1994.

[204] 龙协涛.文学阅读学.北京:北京大学出版社,2004.

[205] 卢红梅.华夏文化与汉英翻译.武汉:武汉大学出版社,2006.

[206] 陆国强.现代英语词汇学(新版).上海:上海外语教育出版社,1999.

[207] 陆梅林.西方马克思主义美学文选.桂林:漓江出版社,1988.

[208] 路遥.平凡的世界.北京:北京十月文艺出版社,2017.

[209] 吕俊.跨越文化障碍:巴比塔的重建.南京:东南大学出版社,2001.

[210] 吕叔湘.通过对比研究语法.上海:上海外语教育出版,1997.

[211] 罗新璋.翻译论集.北京:商务印书馆,1984.

[212] 罗选民.英汉文化对比与跨文化交际.沈阳:辽宁大学出版社,2000.

[213] 罗选民.外国文学翻译在中国.合肥:安徽文艺出版社,2003.

[214] 罗选民.语言认知与翻译研究.北京:外文出版社,2005.

[215] 马克思,恩格斯.马克思恩格斯选集.北京:人民出版社,1995.

[216] 马祖毅.中国翻译简史——"五四"运动以前部分.北京:中国对外翻译出版公司,1984.

[217] 麦克里兰.意识形态.孔兆政,蒋龙翔,译.长春:吉林人民出版社,2005.

[218] 芒迪.翻译学导论:理论与实践.李德凤,等译.北京:商务印书馆,2007.

[219] 毛泽东选集.北京:人民出版社,1991.

[220] 蒙兴灿,孔令翠.实用英汉翻译.成都:四川大学出版社,2002.

[221] 莫里斯.指号、语言和行为.罗兰,周易,译.上海:上海人民出版社,1989.

[222] 姆贝.组织中的传播和权力:话语、意识形态和统治.陈德民,陶庆,薛梅,译.北京:中国社会科学社,2000.

[223] 南帆.文学理论新读本.杭州:浙江文艺出版社,2002.

[224] 尼采.快乐的哲学.黄明嘉,译.北京:中央编译出版社,1999.

[225] 倪秀华.翻译:一种文化政治行为——20世纪50年代中国译介《牛虻》之现象透析.中国比较文学,2005(1):116-131.

[226] 牛保义.认知·语用·功能.上海:上海外语教育出版社,2009.

[227] 普兰查斯.政治权力与社会阶级.叶林,等译.北京:中国社会科学出版社,1982.

[228] 戚雨村,等.语言学百科词典.上海:上海辞书出版社,1993.

[229] 乔颖.趋向"他者"的翻译.河南大学博士论文:2008.

[230] 饶芃子,等.中西比较文艺学.北京:中国社会科学出版社,1999.

[231] 任淑坤.五四时期外国文学翻译研究.北京:人民出版社,2009.

[232] 邵洪志.汉英对比翻译导论.上海:华东理工大学出版社,2005.

[233] 申丹.论翻译中的形式对等.外语教学与研究,1997(2).

[234] 申连云.形合意合的语用意义及翻译策略.外国语,2003(2):67-73.

[235] 申小龙,等.文化的语言视界——中国文化语言学论集.上海:三联书店,1991.

[236] 申小龙.语言的文化阐释.上海:上海知识出版社,1992.

[237] 申小龙.文化语言学.江西:江西教育出版社,1993.

[238] 什克洛夫斯基,等.俄罗斯形式主义文论选.方珊,等译.上海:三联书店,1989.

[239] 时贵仁.大学英语修辞.沈阳:辽宁大学出版社,2007.

[240] 司马云杰.文化社会学.济南:山东人民出版社,1987.

[241] 思果.翻译研究.北京:中国对外翻译出版公司,2001:34-39.

[242] 宋学智.翻译文学经典的影响与接受.上海:上海译文出版社,2006.

[243] 苏国勋,等.全球化:文化冲突与共生.北京:社会科学文献出版社,2006.

[244] 孙艺风.视角·阐释·文化——文学翻译与翻译理论.北京:清华大学出版社,2004.

[245] 孙艺风.文化翻译与全球本土化.中国翻译,2008(1):5-11.

[246] 孙致礼.1949—1966:我国英美文学翻译概论.南京:译林出版社,1996.

[247] 孙致礼.翻译:理论与实践探索.南京:译林出版社,1999.

[248] 孙致礼.中国的文学翻译:从归化趋向异化.中国翻译,2002(1):40-44.

[249] 孙致礼.再谈文学翻译的策略问题.中国翻译,2003(1):48-51.

[250] 孙致礼.新编英汉翻译教程.上海:上海外语教育出版社,2011.

[251] 孙致礼.一切照原作译——翻译《老人与海》有感.当代外语研究,2012(4):59-62.

[252] 索绪尔.普通语言学教程.高名凯,译.北京:商务印书馆,2002.

[253] 谭载喜.西方翻译简史.北京:商务印书馆,2000.

[254] 泰勒.原始文化.连树声,译.上海:上海文艺出版社,1992.

[255] 谭载喜,编译.新编奈达论翻译.北京:中国对外翻译出版公司,2002.

[256] 陶洁,等.希腊罗马神话一百篇.北京:中国对外翻译出版公司,1989.

[257] 特里·伊格尔顿.文学原理引论.北京:文化艺术出版社,1987.

[258] 童庆炳.文学理论教程.北京:高等教育出版社,1992.

[259] 童庆炳.二十世纪中国文论经典.北京:北京师范大学出版社,2004.

[260] 童庆炳.现代诗学问题十讲.青岛:中国海洋大学出版社,2005.

[261] 托多罗夫.俄罗斯形式主义文论选.蔡鸿滨,译.北京:中国社会科学出版社,1989.

[262] 汪民安.福柯的界限.北京:中国社会科学出版社,2002.

[263] 汪民安,陈永国.后现代性的哲学话语:从福柯到赛义德.杭州:浙江人民出版社,2000.

[264] 汪民安,陈永国,等.福柯的面孔.北京:文化艺术出版社,2001.

[265] 王秉钦.文化翻译学——文化翻译理论与实践.2版.天津:南开大学出版社,2007.

[266] 王德春,杨素英,等.汉英谚语与文化.上海:外语教育出版,2002.

[267] 王东风.翻译文学的文化地位与译者的文化态度.中国翻译,2000(4):2-8.

[268] 王东风.译家与作家的意识冲突:文学翻译中的一个值得深思的现象.中国翻译,2001(5):43-48.

[269] 王东风.归化与异化:矛盾的交锋?.中国翻译,2002(5):24-26.

[270] 王东风.差异还是变异_文学翻译中文体转换失误分析.外国语,2004(1):62-68.

[271] 王东风.解构“忠实”——翻译神话的终结.中国翻译,2004(6):3-9.

[272] 王东风.反思“通顺”——从诗学的角度再论“通顺”.中国翻译,2005(6):10-14.

[273] 王东风. 从诗学的角度看被动语态变译的功能亏损:《简·爱》中的一个案例分析. 外国语,2007(4):48-56.

[274] 王尔德. 谎言的衰落——王尔德艺术批评文选. 萧易,译. 南京:江苏教育出版社,2004.

[275] 王夫之. 船山全书:15. 长沙:岳麓书社,1999.

[276] 王广苏. 英语修辞丛谈. 天津:天津教育出版社,1999.

[277] 王宏印. 中国传统译论经典诠释——从道安到傅雷. 武汉:湖北教育出版社,2003.

[278] 王宏志. 翻译与创作——中国近代翻译小说论. 北京:北京大学出版社,2000.

[279] 王洪涛. 译路先行·文学引介·思想启蒙——李译《简·爱》之多维评析. 天津外国语学院学报,2005(6):7-13.

[280] 王建开. 五四以来我国英美文学作品译介史(1919—1949). 上海:外语教育出版社,2003.

[281] 王克非. 翻译文化史稿. 上海:上海外语教育出版社,1997.

[282] 王力. 王力语言学论文集. 北京:商务印书馆,2000.

[283] 王宁. 翻译加速了文化多元走向的步伐. 中国翻译. 2005,24(5):127-129.

[284] 王宁. 文化翻译与经典阐释. 北京:北京:中华书局,2006.

[285] 王宁. 翻译研究的文化转向:解构主义的推进. 清华大学学报,2009(6):127-136.

[286] 王宁. 翻译研究的义化转向. 北京:清华大学出版社,2009.

[287] 王宁. 多元共生的时代. 福州:福建教育出版社,2018.

[288] 王宁. 翻译在新文化运动中的历史作用及未来前景. 中国翻译,2019(3):13-21.

[289] 王宁. 后现代主义之后. 2版. 上海:上海外语教育出版社,2019.

[290] 王武兴. 英汉语言对比与翻译. 北京:北京大学出版社,2003.

[291] 王希杰. 汉语修辞学. 北京:北京大学出版社,1983.

[292] 王先霈.文学批语术语词典.上海:上海文艺出版社,1999.

[293] 王逸舟.当代国际政治析论.上海:上海人民出版社,1995.

[294] 王寅.英汉语言宏观结构的区别特征.外国语,1990(6):36-40.

[295] 王寅.英汉语言宏观结构的区别特征(续).外国语,1992(5):26-28.

[296] 王友贵.意识形态与20世纪中国翻译文学史(1899—1979).中国翻译,2003(5):11-15.

[297] 王岳川.后现代主义文化研究.北京:北京大学出版社,1992.

[298] 王治河.福柯.长沙:湖南教育出版社,2002

[299] 王佐良.文体学论文集.外语教学与研究出版社,1982.

[300] 韦尔斯.世界史纲:上卷.梁思成,译.上海:上海人民出版社,2006.

[301] 韦勒克,沃伦.文学理论.刘象愚,等译.北京:生活·读书·新知三联书店,1984.

[302] 魏瑾.文化介入与翻译的文本行为研究.上海:上海交通大学出版社,2009.

[303] 魏克威,李德山.二十五史成语典故.长春:吉林人民出版社,2002.

[304] 温宾利.当代句法学导论.北京:外语教学与研究出版社,2002.

[305] 文军.英语写作修辞.重庆:重庆大学出版社,1991.

[306] 吴晶.维多利亚时代的三个叛逆女性.外国文学研究,1994(2):115-119.

[307] 吴猛.福柯话语理论探要.上海:复旦大学博士论文,2003.

[308] 吴猛,和新风.文化权力的终结——与福柯对话.成都:四川人民出版社,2003.

[309] 吴南松.谈译者立场的确立问题——兼评祝庆英译《简·爱》.中国翻译,2000(3):36-40.

[310] 吴晟.诗学审美意象论.学术交流,2000(4):137-143.

[311] 吴晟.中国意象诗探索.广州:中山大学出版社,2004.

[312] 吴文安.后殖民翻译研究:翻译和权力关系.北京:外语教学与研究出版社,2008.

[313] 武占坤.常用辞格通论.石家庄：河北教育出版社,1990.

[314] 奚永吉.文学翻译比较美学.武汉：湖北教育出版社,2003.

[315] 夏罗德·布纶忒.孤女飘零记.伍光建,译.北京：商务印书馆,1935.

[316] 夏洛蒂·勃朗特.简·爱.祝庆英,译.上海：上海译文出版社,1980.

[317] 夏洛蒂·勃朗特.简·爱.李霁野,译.西安：陕西人民出版社,1982.

[318] 夏洛蒂·勃朗特.简·爱.吴钧燮,译.北京：人民文学出版社,1990.

[319] 夏洛蒂·勃朗特.简·爱.宋兆霖,译.北京：中国书籍出版社,2005.

[320] 夏洛蒂·勃朗特.简·爱.黄源深,译.南京：译林出版社,2016.

[321] 萧涤非.唐诗鉴赏辞典.上海：上海辞书出版社,1983.

[322] 谢建平.文化翻译与文化"传真".中国翻译,2001(5):19-22.

[323] 谢金良,卢关泉.圣经典故辞典：英汉对照.上海：复旦大学出版社,1998.

[324] 谢天振.翻译的理论建构与文化透视.上海：上海外语教育版社,2000.

[325] 谢天振.翻译研究新视野.青岛：青岛出版社,2002.

[326] 谢天振.译介学导论.北京：北京大学出版社,2007.

[327] 谢天振.当代国外翻译理论导读.天津：南开大学出版社,2008.

[328] 谢天振,查明建.从政治的需求到文学的追求——略论20世纪中国文化语境中的小说翻译.翻译季刊,2000(18)(19).

[329] 徐复观.中国文学精神.上海：上海书店出版社,2004.

[330] 徐菊.经典的嬗变：《简·爱》在中国的接受史研究.上海：上海文艺出版社,2010.

[331] 徐鹏.英语修辞.北京：商务印书馆,1996.

[332] 徐鹏.修辞和语用——汉英修辞手段语用对比研究.上海：上海外语教育出版社,2007.

[333] 徐通锵.语言论——语义型语言的结构原理和研究方法.长春：东北师范大学出版社,1997.

[334] 徐行言.中西文化比较.北京：北京大学出版社,2004.

[335] 许宝强,袁伟.语言与翻译的政治.北京:中央编译出版社,2001.

[336] 许钧.文学翻译的理论与实践——翻译对话录.南京:译林出版社,2001.

[337] 许钧.论翻译.武汉:湖北教育出版社,2003.

[338] 许钧.生命之轻语翻译之重.北京:文化艺术出版社,2007.

[339] 许钧.改革开放以来中国翻译研究概论(1978—2018).武汉:湖北教育出版社,2018.

[340] 许钧.翻译精神与五四运动.中国翻译,2019(3):5-12.

[341] 闫文培.全球化语境下的中西文化及语言对比.北京:科学出版社,2007.

[342] 杨静远.勃朗特姐妹研究.北京:中国社会科学出版社,1983.

[343] 杨柳.论原作之隐形.中国翻译,2001(2):47-51.

[344] 杨乃乔.论中西学术语境下对"poetics"与"诗学"产生误读的诸种原因.天津社会科学,2006(4):106-111.

[345] 杨自俭,刘学云.翻译新论.武汉:湖北教育出版社,1994.

[346] 姚小平.洪堡特语言哲学文集.长沙:湖南教育出版社,2001.

[347] 姚小平.雅柯布森文集.长沙:湖南教育出版社,2001.

[348] 叶嘉莹.中国古典诗歌评论集.广州:广东人民出版社,1982.

[349] 伊格尔顿.马克思主义与文学批评. 文宝,译.北京:人民文学出版,1980.

[350] 于根元.语言的人文性:语言哲学对话选载之一.语言教学与研究,1997(1):4-16.

[351] 俞吾金.意识形态论.上海:上海人民出版社,1993.

[352] 查明建.文化操纵与利用:意识形态与翻译文学经典的建构——以20世纪五六十年代中国的翻译文学为研究中心.中国比较文学,2004(2):86-102.

[353] 张柏然.试析翻译的语言学研究.外语与外语教学,2008(6):58-60.

[354] 张冰.陌生化诗学:俄罗斯形式主义研究.北京:北京师范大学出版

社,2000.

[355] 张公瑾,等.文化语言学教程.北京:高等教育出版社,2004.

[356] 张杰.巴赫金集.上海:上海远东出版社,1998.

[357] 张美芳.功能加忠诚——介评克里丝汀的功能翻译理论.外国语,
     2005(1):60-65.

[358] 张培基,喻云根.英汉翻译教程.上海:上海外语教育出版社,1992.

[359] 张耘.勃朗特姐妹传——草原上短暂的石楠花.北京:中国文联出版
     社,2002.

[360] 赵爱国.应用语言文化学概论.上海:上海外语教育出版社,2003.

[361] 赵明.语际翻译与文化交融——汉英互译的理论与实践.徐州:中国
     矿业大学出版社,2003.

[362] 赵世开.汉英对比语法论集.上海:上海外语教育出版社,2000.

[363] 赵毅衡.文学符号学.北京:中国文联出版公司,1990.

[364] 郑海陵.文学翻译学.郑州:文心出版社,2000.

[365] 郑海凌.译语的异化与优化.中国翻译,2001(3):3-7.

[366] 郑海陵."陌生化"与文学翻译.中国俄语教学,2003(2):43-46.

[367] 周志培.汉英对比与翻译中的转换.上海:华东理工大学出版
     社,2003.

[368] 朱光潜.西方美学史:下册.北京:人民文学出版社,1989.

[369] 朱虹.英国小说的黄金时代.北京:中国社会科学出版社,1997.

[370] 朱永生,郑立信,等.英汉语篇衔接手段对比研究.上海:上海外语教
     育出版社,2001.

[371] 左岩.汉英部分语篇衔接手段的差异.外语教学与研究,1995(3):
     37-42.

索　引

致　谢

　　本书收笔之时,正好是2019年南方的秋天。秋天的南方少有北方的秋高气爽,难得见湛蓝微笑的天空。缠绵的细雨总无声地落着,倒是这满园桂枝弥漫的浓郁馨香,将铅灰色的天空带来的阴郁驱走了一些。秋天是收获的季节,秋天也述说着许多故事。

　　本书是在我博士论文的基础之上修订而成,走笔到此,心潮起伏却难以平静。情不自禁又回忆起2005年那个不平凡的秋天。我一路风尘来到洛阳读博,那时的天空碧蓝,阳光明丽。古都在静穆中透出的庄重与古朴,似乎向人们言说着它昔日的辉煌。洛外的校园是美丽的:那条延伸至远处的水泥路洁白而悠长,道路两旁的小花朵如璀璨的星星,眨巴着色彩斑斓的眼睛;那片颀长而浓密的梧桐林在秋日的阳光里披上黄金般的袍。也就是在那个初秋,我的父亲永远地离开了我。他走的那天,天空十分阴郁,落着细细的雨。

　　时光似水般流淌,转眼之间,那么多的光阴流逝了。回首攻读博士学位及撰写论文的日子,真是不堪回首——充满了苦辣与酸甜。在本书出版之际,我要向一路走来曾经帮助我、关爱我的人表示深深的谢意。

　　首先我要感谢我的父亲,是他的支持与鼓励,才使我能有信心和毅力去攻读博士学位。父亲一生都与世无争,但非常乐观向上;他为人正直善良,幽默豁达,奠定了我人生的基调。虽然他如今长眠于青山之间,可他的音容笑貌却永恒存在。

　　其次我要感谢我的导师孙致礼先生,他渊博的学识和严谨的治学态度,教给了我为学之道与做人之理。在文学翻译的道路上,他始终是我的引路人,也是良师益友。

我要感谢上海交通大学人文艺术学院的王宁院长,在学术上,他的前沿与高端,令人仰止;在生活中,他的谦和与低调,显得亲切。在清华大学访学期间,我曾因选修他的课而获益匪浅;在论文答辩时,也荣幸地请他来主持。在北京工作期间,我也幸运地得到他在学术上的指引。这些指引不仅拓展了我的学术视野,也使我在学术的道路上走得更远。

我要感谢电子科技大学外国语学院的冯文坤院长、楚军副院长以及同仁为我提供了良好的工作学习环境,特别感谢电子科技大学外国语学院翻译研究中心为我出版本书提供无私的资助。

我要感谢我的至亲与好友,唯有他们的关爱、支持与帮助才使在我人生追求理想的道路上不再孤独,充满了温馨。我的母亲的谆谆教诲和爱的期盼,一直是我生命中的精神支柱;我的丈夫无微不至的关爱使我能静心撰写本书;我的侄女北京大学的杨洋博士为我借阅和查阅了大量图书资料,她聪颖、敏捷与能干,为我节省很多因找资料而花费的时间。

我要感谢内蒙古科技大学的郑坤灿博士,他是我在清华大学访学时的班长,他为我撰写论文做了大量不起眼却很重要的工作。他有着山一般的朴实与厚重,也拥有江南水一样的灵秀。

我要感谢浙江外国语学院的王璟博士,她是我在清华大学访学时的同学,她为我撰写论文下载了大量的资料。她来自烟雨朦胧的雨山湖湖畔,她心地善良、性情柔美。

最后,感谢我的师兄韩子满博士、金兵博士、吴南松博士以及全亚辉博士,他们曾对我的论文提出过非常宝贵而富有建设性的意见;感谢我的同窗张晓云博士为我不辞辛劳地下载和查阅了大量的资料。感谢接力出版社资深编辑、副编审陈邕对本书语言文字部分的审校。

寥寥数语难以充分表达内心的感激之情,在此,谨以本书献给帮助我、关爱我的人!

二〇一九年九月九日
于电子科技大学外国语学院

图书在版编目(CIP)数据

文学翻译策略探索:基于《简·爱》六个汉译本的
个案研究/袁榕著. --杭州:浙江大学出版社,2019.11
(中华翻译研究文库)
ISBN 978-7-308-19868-4

Ⅰ.①文… Ⅱ.①袁… Ⅲ.①《简爱》－文学翻译－
研究 Ⅳ.①I561.074

中国版本图书馆 CIP 数据核字(2019)第 281557 号

中華譯學館 莫言题

文学翻译策略探索

——基于《简·爱》六个汉译本的个案研究

袁 榕 著

出 品 人	鲁东明	
总 编 辑	袁亚春	
丛书策划	张 琛 包灵灵	
责任编辑	包灵灵	
责任校对	陆雅娟	
封面设计	程 晨	
出版发行	浙江大学出版社	
	(杭州市天目山路 148 号 邮政编码 310007)	
	(网址:http://www.zjupress.com)	
排 版	浙江时代出版服务有限公司	
印 刷	浙江新华数码印务有限公司	
开 本	710mm×1000mm 1/16	
印 张	17	
字 数	239 千	
版 印 次	2019 年 11 月第 1 版 2019 年 11 月第 1 次印刷	
书 号	ISBN 978-7-308-19868-4	
定 价	58.00 元	